Alonan Doyle

셜록 홈즈 전집 1

진홍색 연구

셜록 홈즈 전집 1
진홍색 연구

초판	1쇄 발행 2012년 12월 10일
개정판	1쇄 발행 2020년 6월 1일
	8쇄 발행 2023년 12월 30일

지은이	아서 코난 도일
옮긴이	박상은
펴낸이	한승수
펴낸곳	문예춘추사
편 집	구본영
마케팅	박건원
디자인	박소윤

등록번호	제300-1994-16
등록일자	1994년 1월 24일
주소	서울시 마포구 동교로27길 53 지남빌딩 309호
전화	02-338-0084
팩스	02-338-0087
블로그	moonchusa.blog.me
E-mail	moonchusa@naver.com

| ISBN | 978-89-7604-148-7 04840 |
| | 978-89-7604-147-0 (세트) |

셜록 홈즈 전집 1

Sherlock Holmes

진홍색 연구

아서 코난 도일 지음 | 박상은 옮김

문예춘추사

일러두기

1. 외래어 표기법에 따르면 홈즈Holmes는 '홈스'로 써야 하나 이 책에서는 독자들에게 익숙한 '홈즈'로 표기하였습니다.

2. 원서에 쓰인 인치, 마일, 야드, 피트, 파운드 등의 단위는 우리에게 익숙한 센티미터, 미터, 킬로미터, 킬로그램, 그램 등으로 환산하여 표기하였습니다.

3. 최대한 원문에 가깝게 번역했으나 우리 정서에 맞지 않는 부분은 문장을 다듬었습니다. 또한 낯선 단어나 해석이 필요한 구절에 역주를 달아 독자들의 이해를 도왔습니다.

4. 다양한 작가의 그림을 실어 보는 재미를 살렸습니다.

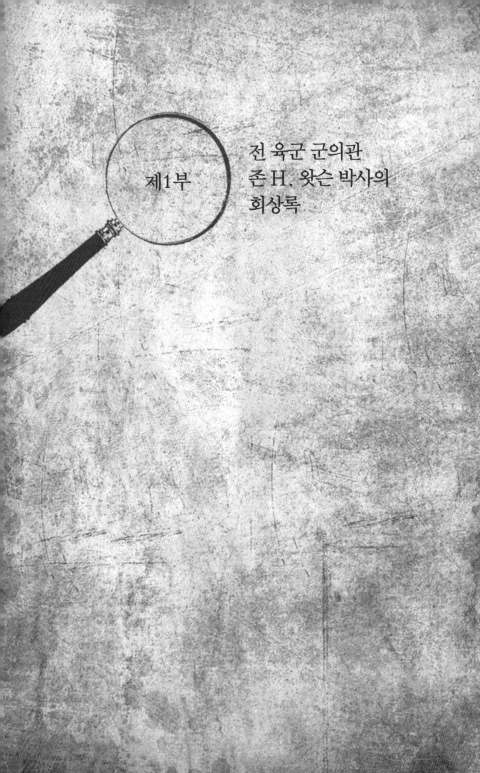

제1부

전 육군 군의관
존 H. 왓슨 박사의
회상록

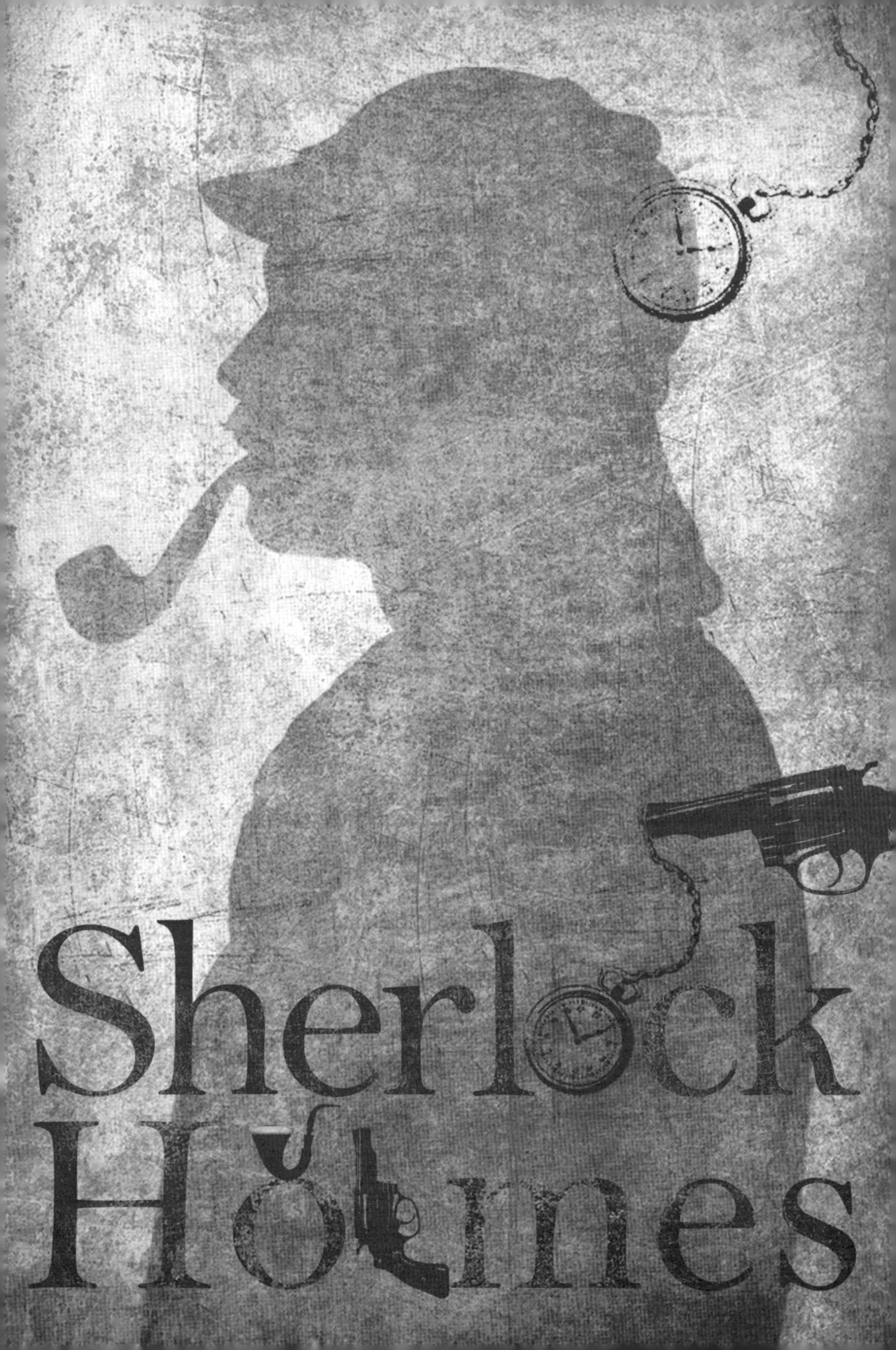
Sherlock
Holmes

1. 셜록 홈즈 씨

1878년, 나는 런던 대학에서 의학박사 학위를 받자마자 군의관 자격을 따기 위해 네틀리 육군병원에서 일하기로 했다. 병원에서의 연수를 마치고는 곧 군의관 보조로 제5 노섬버랜드 퓨질리어 연대에 배속되었다. 그 무렵 연대는 인도에 주둔하고 있었지만 내가 도착하기도 전에 제2차 아프가니스탄 전쟁이 발발했고 봄베이에 상륙했을 때, 나는 연대가 국경을 돌파해서 적진 깊숙이 진군했다는 사실을 알게 되었다. 나는 같은 처지인 여러 사관들과 함께 출발하여 칸다하르에서 부대에 합류했고 바로 새로운 임무를 수행했다.

그 전쟁으로 수많은 장병들이 승진하기도 하고, 훈장을 받기도 했지만 내게 찾아온 것은 불운과 재난뿐이었다. 나는 버크셔 연대로 전속된 뒤, 막대한 피해를 입었던 마이완드 격전에 참가했다. 그 전투에서 제자일 탄[1]에 맞아 어깨뼈가 부서지고 쇄골 밑 동맥을 다쳤다. 만약 부하인

---

1) jezail. 세 번에 걸친 영국-아프가니스탄 전쟁에서 영국군을 무기력하게 만들었던 아프간식 장총.

의무병 머레이가 죽을 각오를 무릅쓰고 나를 구해 주지 않았다면, 틀림없이 나는 잔인한 회교도 병사에게 붙들려 갔을 것이다. 머레이는 나를 짐 나르는 말에 실어서 아군의 전선까지 무사히 데리고 돌아왔다.

상처의 아픔과 오랫동안 겪은 고통 때문에 몸이 완전히 쇠약해진 나는 수많은 부상병들과 함께 페샤와르에 있는 육군본부 병원으로 후송되었다. 병원에서 원기를 회복해서 병원 안을 돌아다니고 베란다에 나가 가벼운 일광욕을 할 수 있게 된 것까지는 좋았다. 그런데 불행하게도 영국 식민지 인도의 그 혐오스러운 장티푸스에 걸리고 말았다. 몇 개월 동안이나 사경을 헤맸던 나는 간신히 의식을 차렸고 병세도 회복되기 시작했지만 몸은 아주 쇠약해졌다. 그 때문에 병원 측에서는 나를 하루라도 빨리 본국으로 돌려보내는 편이 좋겠다고 판단했다. 그래서 나는 곧 수송선 오론테스 호에 올랐다. 한 달이 지나서 포츠머스 항구의 선착장에 상륙했을 때, 내 상태는 예전의 건강을 회복하기 어려울 만큼 나빠져서 영국 정부는 내게 9개월 동안 요양 휴가를 다녀올 것을 명했다.

영국에는 친구도 친척도 없었다. 나는 바람처럼 자유로웠다. 하루 수입인 11실링 6펜스로 생활해야 하는 만큼의 자유를 누릴 수 있는 한 자유의 몸이었다. 그런 상황에서 내가 영국의 모든 한량들이 하루하루 살아가는 거대한 분뇨 구덩이 같은 런던으로 이끌리는 것은 자연스러운 일이었다. 런던에 도착한 나는 일단 스트랜드 가에 있는 호텔에서 묵었다. 지독한 외로움 속에서 생활하면서 앞날은 조금도 생각하지 않고 돈을 마음껏 써 댔다. 문득 정신을 차리고 보니 돈은 얼마 남지 않았고, 그제서야 런던을 떠나 시골에서 생활하거나 그동안의 생활 태도를 완전히 바꿀 수밖에 없다는 사실을 깨달았다. 나는 생활 태도를 바꾸는 방법을 선택했고, 당장 호텔에서 나와 좀 더 저렴하게 지낼 수 있는 집을 찾아야겠다고 마음먹었다.

그렇게 결심한 바로 그날, 크리테리언 술집에서 누군가가 내 어깨를 두드려서 뒤돌아보니 스탠퍼드가 서 있었다. 내가 세인트 바솔로뮤 병원에서 근무했을 때, 외과 수술 조수로 일하던 청년이었다. 외롭고 드넓기만 한 런던에서 반가운 얼굴을 만난 것이다. 외톨이였던 나는 무척 기뻤다. 스탠퍼드와 특별히 친하게 지냈던 것은 아니었지만 당시에는 그를 만났다는 사실이 그저 기쁘기만 했고, 그도 나를 만나서 무척 반가워하는 듯했다. 나는 기쁜 나머지 홀본 식당에서 점심을 먹자며 이륜마차를 잡아타고 식당으로 향했다.

"왓슨 씨, 무슨 일이 있었습니까? 왜 이렇게 마르셨어요? 거기에 얼굴은 새까맣게 탔고요."

덜컹거리는 마차가 인파로 북적이는 런던 거리를 지나는 동안, 스탠퍼드는 놀라움을 감추지 못하며 물었다.

나는 아프간 전쟁에서 겪었던 일을 간략하게 이야기했는데, 마차가 식당에 도착할 때까지도 이야기를 다 마치지 못할 정도였다.

"저런, 큰일을 겪으셨군요! 그럼 지금은 무슨 일을 하고 계십니까?"

불행한 내 이야기를 듣고 그는 진심으로 안됐다는 듯이 물었다.

"하숙집을 찾고 있다네. 적당한 가격에 썩 괜찮은 방을 찾아 돌아다니고 있지."

"네? 거참, 오늘은 똑같은 말을 두 번씩이나 들었네요."

"그래? 나 말고 그런 말을 한 사람이 또 있단 말인가?"

"병원 화학 실험실에 있는 사람입니다. 오늘 아침에 보니, 좋은 방을 찾기는 했는데 방세가 너무 비싸다면서 반씩 세를 내고 같이 살 사람이 없을까 안타까워하더군요."

"거 잘됐군! 그 사람이 정말 세를 나누어 내고 같이 살 사람을 구한다면 내가 바로 적임자일세. 나도 혼자 살기보다는 함께 살 사람이 있는 게 좋거든."

나도 모르게 큰 소리로 말했다.

스탠퍼드는 와인 잔 너머로 나를 바라보더니 뭔가 묘한 눈빛을 보이며 말했다.

"박사님께서 아직 셜록 홈즈라는 사람을 모르셔서 그렇지요. 오랫동안 같이 살 수 있는 사람은 아닐 겁니다."

"그 사람에게 무슨 문제라도 있다는 건가?"

"아뇨, 아뇨. 그런 뜻은 아니고요. 단지 생각하는 게 좀 특이해서요. 무슨 과학인가 하는 걸 열심히 연구하고 있어요. 제가 아는 한 성품은 꽤 괜찮은 사람이긴 했습니다."

"의학생인가?"

"아니요. 저도 그 사람이 무슨 연구를 하는지는 잘 모릅니다. 해부학에 정통하고 일류급 화학자이지만, 제가 알기로는 의학을 체계적으로 배우진 않았어요. 연구하는 것도 종잡을 수가 없고 좀 이상한 것들뿐이에요.

그렇지만 교수님들을 까무러치게 할 정도로 기묘한 지식을 잔뜩 갖고 있지요."

"무엇을 연구하는지 물어봤나?"

"아니요. 물어봐도 쉽게 대답해 줄 만한 사람이 아니에요. 기분이 좋아지면 이야기도 곧잘 하지만 말이죠."

"한번 만나 보고 싶군. 이왕 같이 살 거라면 학구적이고 조용한 사람이었으면 좋겠어. 아직 소음이나 자극을 견딜 수 있을 만큼 건강이 좋아지지 않았거든. 그런 거라면 아프가니스탄에서 신물이 날 정도로 맛봤으니까. 그럼 언제 그 친구와 만날 수 있겠나?"

"분명히 실험실에 있을 겁니다. 몇 주씩 실험실 근처에는 얼씬도 하지 않을 때도 있고, 반면에 어떤 때는 아침부터 밤까지 거기에 틀어박혀 있기도 한 사람이거든요. 선생님만 괜찮으시다면 식사를 마치고 함께 가 봐도 됩니다."

"나야 좋지."

그 다음부터는 다른 것들에 대한 이야기를 나눴다. 우리가 홀본 식당에서 나와서 마차를 타고 세인트 병원으로 향하는 동안 스탠퍼드는 내가 함께 살기로 결정한 사람에 대해서 더욱 자세한 이야기를 들려주기도 했다.

"그 친구와 잘 지내지 못한다고 해서 절 원망하지는 마세요. 실험실에서 가끔 얼굴을 마주칠 뿐이지 저도 잘 모르는 사람이니까요. 같이 살아보겠다고 먼저 말을 꺼낸 것은 박사님이시니 나중에 저한테 뭐라고 하시면 안 됩니다."

나는 스탠퍼드를 가만히 바라보며 말했다.

"사이가 틀어지면 그땐 따로 살면 그만이지. 자네가 자꾸 이 일에서 손을 떼고 싶어 하는 것 같은데. 혹시 그 사람 성격이 이상한 거 아닌가? 확실하게 말해 주게."

그러자 스탠퍼드가 웃으며 말했다.

"말로 설명할 수 없는 걸 설명하려니 어렵네요. 제가 보기에 홈즈라는 사람은 학구열이 굉장히 과한 면이 있거든요. 냉혈한이라고 말해도 되겠지요. 최근 발견된 식물성 알칼로이드[2]를 친구에게 슬쩍 먹여 볼지도 모를 사람이에요. 악의가 있어서 그런 게 아니라, 확실한 효과를 확인하려는 연구심 때문에 말이죠. 그 사람 성품 대로라면 자기도 기꺼이 그걸 먹어 볼 겁니다. 빈틈없고 정확한 지식을 위한 열정이 있는 사람 같아요."

"그거야 바람직한 일 아닌가?"

"그래도 너무 지나칠 때가 있어요. 해부실에 있는 시체를 막대기로 치며 돌아다닌다면 좀 오싹하지 않습니까."

"시체를 막대기로 친다고?"

"그렇다니까요. 시체에 상처가 얼마나 생기는지 확인하기 위해서라더군요. 제 눈으로 직접 봤습니다."

"그런데 의학생이 아니란 말이지?"

"네. 그가 뭘 연구하는지는 신만이 아시겠죠. 이제 다 왔으니 어떤 사람인지는 선생님이 직접 확인해 보세요."

우리는 이야기를 나누며 골목을 빠져나와 큰 병원의 병동으로 이어진 작은 뒷문으로 들어섰다. 나는 병원에 익숙했으므로 싸늘한 돌계단을 올라갈 때 안내같은 것은 전혀 필요 없었다. 우리는 하얀 회반죽을 바른 벽과 흑갈색 문이 늘어서 있는 긴 복도를 걸어갔다. 복도 끝 부분

2) alkaloid. 식물 속에 들어 있는, 질소를 가진 염기성 유기 화합물의 총칭. 니코틴, 모르핀, 카페인 등도 여기에 속한다.

에 낮은 아치 천장이 있는 통로
가 있었는데 그 길은 화학 실험
실로 이어져 있었다.

천장이 높은 실험실에는 셀
수도 없이 많은 병들이 나란히
늘어서 있거나 사방팔방에 흩어
져 있었다. 여기저기에 낮고 꽤
넓은 실험대가 있었으며 그 위
에 증류기, 시험관, 파란 불꽃을
피워 올리고 있는 분젠 램프 등
이 있었다. 실험실에는 안쪽 실
험대에 엎드려 실험에 열중하고
있는 한 사람밖에 없었다. 그는
우리의 발소리를 듣고 휙 돌아
보더니 자리에서 벌떡 일어나 환호성을 질렀다.

"발견했어! 발견했다고!"

그는 스탠퍼드 쪽을 보며 외치더니 손에 시험관을 쥐고 우리 쪽으로
달려왔다.

"시약을 만들었다네. 혈액 속 헤모글로빈에만 반응하는 시약일세."

설령 홈즈가 금광을 발견했더라도 그렇게 기뻐하는 표정을 짓지는 못
했을 것이다.

"왓슨 박사님, 이분이 셜록 홈즈 씨입니다."

스탠퍼드가 우리를 서로 소개해 주었다.

"안녕하십니까? 왓슨 씨."

홈즈는 생각보다 강한 힘으로 내 손을 잡으며 친절하게 말했다.

"아프가니스탄에 갔다 오셨나 봅니다."

"그걸 어떻게 아시죠?"

내가 깜짝 놀라서 물어보자 그는 빙그레 웃으며 말했다.

"별 거 아닙니다. 그보다 이젠 헤모글로빈이 문제죠. 제가 발견한 게 얼마나 중요한 의미를 가지고 있는지는 알고 계시겠죠?"

"틀림없이 흥미로운 발견이지요. 화학적으로는 말입니다. 하지만 실용적인 면에서는……."

"아니, 아니죠. 근 몇 년 동안 법의학계에서 이것보다 더 실용적인 발견은 없었습니다. 이 방법으로 확실한 혈흔 테스트를 할 수 있을 텐데, 모르시겠습니까? 자, 이리 좀 와 보세요."

홈즈는 열의에 차서 내 프록코트 소매를 잡더니 조금 전 자기가 연구하던 그 실험대로 끌고 갔다.

"신선한 피가 좀 필요한데."

그는 긴 바늘로 자기 손가락을 찌르더니 배어 나온 피 한 방울을 피펫[3]으로 빨아들였다.

"잘 보세요. 이 적은 피를 물 1리터와 섞겠습니다. 혼합된 액체지만 순수한 물처럼 보이지요? 여기에서 피가 차지하는 비율은 100만 분의 1보다 낮을 테지만, 분명히 확실한 반응이 나타날 겁니다."

이렇게 말하며 홈즈는 용기 안에 있는 물에 하얀 결정체를 두어 개 넣은 후 곧 투명한 액체를 몇 방울 떨어뜨렸다. 물은 곧바로 거무스름한 적갈색으로 변했고 유리병 바닥에 갈색 침전물이 떨어지기 시작했다.

---

3) pipette. 일정한 부피의 액체를 정확하게 옮길 때 쓰는 유리관.

"됐다, 됐어!"

손뼉을 치며 소리치는 그의 얼굴은 마치 새 장난감을 받은 소년처럼 기뻐 어쩔 줄 몰라하는 모습이었다.

"어떻습니까?"

"아주 민감한 테스트 같군요."

나도 내 생각을 말했다.

"굉장해! 대단한 일이고 말고! 여태껏 써온 유창목 수액 테스트[4]는 복잡하기만 했지 정확하지도 못했어요. 현미경으로 혈구를 검사하는 것도 마찬가지지요. 현미경 검사는 혈액이 묻은 지 두어 시간만 지나면 소용없으니까. 그런데 이제는 오래된 피를 쓰건 신선한 피를 쓰건 똑같은 반응이 나옵니다. 이 검출법을 진작 발견했더라면, 지금도 활개 치며 돌아다니는 범죄자 놈들 중 수백 명은 벌써 죗값을 치렀을 겁니다."

"그렇군요!"

나는 작은 소리로 말했다.

"지금까지 형사 사건이 해결되려면 계속 한 가지 문제에 달려 있었어요. 사건이 발생하고 한 달이 지나서 용의자가 나타났다고 칩시다. 속옷이나 옷을 조사해 봤더니 거기에 갈색 얼룩이 있지 뭡니까. 그건 혈흔일까요, 진흙일까요, 녹일까요, 과즙 아니면 또 다른 것일까요? 이 문제로 수많은 전문가들이 골머리 깨나 썩였습니다. 어째서일까요? 그동안 믿을 만한 검출법이 없었기 때문이지요. 하지만 이제부터는 셜록 홈즈 검출법을 쓰면 되니, 더 이상 어려울 게 없습니다."

이야기하는 홈즈의 눈이 반짝반짝 빛났다. 그는 마치 많은 사람들의

---

4) 약간 초록색이 감도는 갈색 유창목 수액에 알코올을 넣은 액체로 헤모글로빈의 존재를 감지하는 방법. 헤모글로빈과 반응하면 색이 푸른색으로 변한다.

박수에 화답하듯이 가슴에 손을 얹고 정중히 인사를 해 보였다.

"축하드립니다."

나는 홈즈가 그토록 기뻐하는 모습에 놀라며 축하한다는 말을 건넸다.

"작년에 독일 프랑크푸르트에서 폰 비숍 사건이 일어났지요. 그때 이 혈액 검출법이 있었더라면 그는 분명히 교수형에 처했을 겁니다. 거기에 브래드포드의 메이슨, 악명 높은 뮬러, 프랑스 몽펠리에의 르 페브르, 미국 뉴올리언스의 샘슨도 있군요. 제가 발견한 검출법이 결정적인 단서가 될 수 있었던 사건이라면 몇 가지든 들 수 있습니다."

스탠퍼드가 웃으며 말했다.

"마치 걸어 다니는 범죄 사전 같군요. 범죄 전문 신문을 발행해도 되겠어요. 〈과거의 범죄 기사〉라는 이름을 붙여서요."

"꽤 흥미로운 신문이 만들어질지도 모르겠군."

손가락의 상처에 조그만 반창고를 붙이며 홈즈가 말했다. 그리고 나를 향해 몸을 돌리더니 미소를 머금은 얼굴로 말을 이었다.

"언제나 독극물을 만지기 때문에 조심해야 하거든요."

그는 말하면서 손을 내밀었다. 그의 손에는 반창고가 몇 개나 붙어 있었고, 피부는 강한 산 때문에 색깔이 변해 있었다.

"사실, 드릴 말씀이 있어서 찾아왔습니다."

스탠퍼드는 다리가 세 개인 높은 의자에 앉으며 발을 이용해 똑같은 형태의 의자를 내 쪽으로 밀면서 말했다.

"여기 있는 박사님께서 하숙집을 찾고 있거든요. 홈즈 씨도 함께 방을 빌릴 만한 사람이 없을지 알아봐야겠다고 하셨잖아요. 그래서 두 분을 소개하면 좋겠다고 생각했어요."

셜록 홈즈는 나와 함께 방을 나누어 쓰는 것이 마음에 든 모양이었다.

"사실 베이커 가에 제가 봐 둔 방이 있는데, 우리에게 딱 맞을 겁니다. 독한 담배 냄새가 나도 괜찮으시겠죠, 선생님?"

"저도 해군 담배를 피우는걸요."

"그거 잘 됐군요. 전 화학 약품을 가지고 있고 때때로 실험을 하기도 하죠. 선생님께서는 그것도 괜찮으시겠습니까?"

"상관없습니다."

"어디…… 그것 말고 내 단점이 또 뭐더라? 아, 전 가끔 우울해져서 며칠 동안 한마디도 안 할 때가 있습니다. 그럴 때면 제가 화난 거라고 생각하지 마세요. 그냥 혼자 내버려 두시면 금방 원래대로 되돌아올 겁니다. 그런데 선생님은 제게 뭔가 일러 두실 말씀이 없으신가요? 함께 생활하기 전에 서로의 결점을 알아 두는 편이 나을 테니까요."

이 반대신문을 받고 나는 웃음을 터뜨렸다.

"전 새끼 불도그를 한 마리 키우고 있습니다. 신경이 날카로워져서 시끄러운 건 질색이고, 아침에 일어나는 시간은 제멋대로죠. 그리고 굉장히 게으른 건 말할 것도 없고요. 몸이 건강할 때라면 나쁜 버릇이 더 있겠지만 지금은 그 정도입니다."

"바이올린을 켜는 것도 시끄러운 소리에 들어갈까요?"

홈즈가 걱정스럽다는 듯이 물었다.

"연주하는 사람에 따라 다르겠지요. 연주가 멋지면 훌륭하다고 느끼겠지만 서툴다면……."

홈즈는 잘됐다는 듯이 웃었다.

"아, 그럼 됐습니다. 이걸로 이야기는 끝났고, 이제 방이 마음에 드실지 그 문제만 남았군요."

"방은 언제 보러 갈까요?"

"내일 12시에 여기로 와 주세요. 둘이 가서 보고 결정합시다."

"알겠습니다. 그럼 내일 정오에 뵙지요."

나는 홈즈와 악수했다. 그는 약품에 둘러싸여 다시 실험을 시작했고, 우리는 호텔을 향해서 걷기 시작했다.

"그런데 말일세. 홈즈는 내가 아프가니스탄에서 돌아왔다는 사실을 어떻게 알았을까?"

내가 갑자기 멈춰 서서 스탠퍼드를 돌아보며 묻자 그는 알 수 없는 웃음을 지으며 이렇게 대답했다.

"바로 그게 그 친구를 괴짜라고 부르는 이유지요. 어떻게 그렇게 많은 걸 알고 있는지 모두 궁금해하고 있어요."

"그래? 아무도 모른단 말이지? 재미있군. 그 친구를 소개해 줘서 고맙네. 포프라는 시인도 '인간의 참된 연구 대상은 인간이다.' 하고 말하지 않았나?"

나는 기분이 좋아져서 손을 비벼 댔다.

"이제 그를 연구해 볼 생각이시군요. 하지만 곧 홈즈 씨라는 사람이 얼마나 종잡을 수 없는 인물인지 잘 알게 되실 겁니다. 제가 장담하건대 선생님이 그 친구에 대해서 알아내는 것보다 그 친구가 선생님에 대해 알아내는 것이 훨씬 더 많을 테니까요. 그럼, 안녕히 가십시오."

"잘 가게."

나는 새 친구에게 상당한 흥미를 느끼면서 호텔을 향해 어슬렁어슬렁 걸어갔다.

2. 추론의 과학

이튿날 나는 실험실에서 홈즈를 만나서 그가 이야기한 베이커 가 221B번지에 있는 방을 보러 갔다. 아늑해 보이는 침실이 두 개 있었고 거실이 딸려 있었다. 거실에는 밝은 느낌이 드는 가구가 있었으며 햇빛이 잘 드는 커다란 창이 두 개 달려 있었다. 하숙치고는 더할 나위 없이 좋은 곳이었다. 방세도 두 사람이 나눠서 낸다면 나름대로 적당한 가격이었으므로 우리는 그 자리에서 계약을 하고 바로 들어와 살기로 했다. 나는 그날 밤 호텔에서 짐을 옮겨 왔고, 셜록 홈즈도 다음 날 아침에 상자와 여행 가방을 몇 개 가지고 들어왔다. 그리고 하루 이틀 동안은 짐을 풀고 가져온 것을 정리하느라 몹시 분주했던 우리는 정리가 끝나자 마침내 안정을 되찾고 새로운 환경에 적응해 나갔다.

함께 살기에 홈즈는 결코 까다로운 사람은 아니었다. 그는 조용했고 규칙적으로 생활했다. 거의 밤 10시가 넘기 전에 잠들었으며, 늘 나보다 먼저 일어나서 아침을 먹고 집을 나섰다. 화학 실험실이나 해부실에서 하루를 보내지만 이따금 멀리 빈민가까지 산책을 나가기도 하는 것 같았다. 그는 연구 열정에 한 번 불이 붙기 시작하면 굉장히 열중했는데 그러다가도 그에 대한 반작용 때문인지, 거실 소파에 누워서 말 한마디 없이 꼼짝도 하지 않은 채 하루를 보내는 일이 며칠 동안 이어지기도 했다. 그럴 때면 홈즈의 눈빛은 꿈꾸는 듯 텅 비어 있었고 표정은 어떤 이야기도 읽어낼 수가 없었다. 만약 홈즈가 평소에 절도 있고 깨끗하게 생활한다는 사실을 알지 못했다면 나는 그가 마약중독자가 아닐까 의심했을 지도 모를 일이었다.

시간이 흐를수록 나는 더욱 그에게 끌렸고, 그의 목표가 무엇인지에 대한 호기심은 점점 더 강해졌다. 아무리 둔한 사람이라도 홈즈의 얼굴과 풍채를 보면 관심이 갈 것이다. 키는 180센티미터가 조금 넘었지만 너무 말라서 훨씬 더 커 보였다. 방금 말한 무기력 상태일 때를 제외하면, 눈은 사람을 꿰뚫을 듯이 날카로웠다. 갸름한 매부리코 때문에 날쌔고 결단력 있는 사람으로 보였고 각이 지고 돌출된 턱도 그런 인상을 강하게 풍겼다. 두 손에는 언제나 잉크와 화학약품이 묻어 있었지만 촉감은 매우 예민했다. 나도 그가 깨지기 쉬운 실험용 기구를 능란하게 다루는 모습을 자주 보고는 했다.

나는 그에게 아주 강한 호기심을 느꼈다. 자기 이야기를 하지 않으려는 홈즈의 입을 열게 하려고 내가 얼마나 노력했는지 모른다. 그것에 대해 이야기하면, 독자들은 나를 남의 일에 참견하기 좋아하는 오지랖 넓은 사람이라고 생각할지도 모른다. 하지만 그런 생각을 하기 전에, 그때 나는 하는 일도 없었고 아무것에도 흥미를 느끼지 못했다는 점을 떠올려 주었으면 한다. 몸도 회복되지 않아서 날씨가 나쁘면 외출도 불가능했다. 게다가 무료한 나날을 보내는 나를 찾아오는 친구도 없었다. 그랬기 때문에 나는 함께 사는 사람이 풍기는 비밀스러운 느낌에 마음이 끌리지 않을 수 없었다. 나는 매일 그 비밀을 풀기 위해서 온 정신을 쏟기 바빴다.

홈즈가 의학을 공부하는 것은 아니었다. 그것에 대해서 내가 물어보았더니, 홈즈가 자기 입으로 그렇게 대답했다. 스탠퍼드의 생각이 맞았던 것이다. 제대로 공부해서 과학 분야 학위를 받으려고 하는 것 같지도 않았고, 학자가 되고자 공부하는 것 같지도 않았다. 그럼에도 불구하고 어떤 분야의 연구를 위해 그가 쏟는 정열은 실로 놀라울 따름이었다. 한정적인 분야이긴 했지만 홈즈의 학식은 놀라울 만큼 풍부하고 정확했으며 그의 관찰력 앞에서 나는 그저 감탄을 금치 못했다. 어떤 목적이 없다면 그렇게 열심히 연구할 리도 없고, 그렇게 정확한 지식을 얻지도 못할 것이다. 아무 책이나 닥치는 대로 읽어도 정확한 지식을 얻을 수는 없다. 그럴 만한 이유가 없으면 인간은 상세한 것까지 다 기억하느라 정신을 힘겹게 하지는 않을 것이기 때문이다.

홈즈의 지식이 놀라운 만큼 무지도 놀라웠다. 현대 문학이나 철학, 정치에 관해서는 거의 아무것도 아는 것이 없는 것 같았다. 내가 사상가인 토머스 칼라일[5]의 말을 인용하자 홈즈는 칼라일이 누구며 무슨 일을 한 사람인지 진지하게 물었다. 우연히 홈즈가 코페르니쿠스의 지동설과 태양계의 구성에 대해서 아무것도 모른다는 사실을 알았을 때 나의 놀라움은 정점을 찍었다. 19세기를 사는 문명인이 지구가 태양 주위를 공전하고 있다는 사실을 모르다니! 너무나도 이상한 사람이었다. 나는 도저히 믿을 수가 없었다.

어이없다는 표정을 짓고 있는 나를 보고 홈즈는 웃음을 터뜨렸다.

---

5) Thomas Carlyle(1795~1881). 물질주의와 공리주의에 반대하여 인간 정신을 중시하는 인상주의를 만든 영국의 사상가이자 역사가.

"놀란 모양이군. 이제 그 사실을 알았으니 다시 잊어버려야겠어."

"잊어버린다고?"

"잘 들어 보게. 난 인간의 뇌는 원래 텅 빈 조그만 다락방 같아서 마음에 드는 가구만 들여놓을 수 있다고 생각하네. 그런데 어리석은 사람은 여기에 우연히 발견한 잡동사니까지 전부 쌓아 놓지. 그래서 도움이 될 만한 지식이 삐져나오거나 다른 것과 뒤섞여 버리기 십상이라 정작 필요한 것에는 손 댈 수도 없게 돼.

하지만 솜씨 좋은 장인은 머릿속 다락방에 무엇을 넣어 두어야 좋을까 가만히 지켜볼 거야. 장인은 일에 필요한 도구만 고를 테고, 구색을 잘 맞춰서 사용하기 편리하도록 가지런하게 정리해 두지. 작은 방의 벽이 무한정 늘어서 무엇이든지 넣을 수 있다고 생각하는 건 착각이야. 새로운 지식을 집어넣을 때마다 기억하고 있던 지식을 잃어버리는 것이니까. 그러니까 중요한 건, 도움이 되는 지식이 내몰리지 않게 하려면 쓸데없는 지식을 집어넣지 말아야 한다는 걸세."

내가 반박했다.

"하지만 태양계의 구조는……."

홈즈가 답답하다는 듯이 내 말을 끊었다.

"그게 나한테 무슨 소용이 있나? 자네는 우리가 태양 주위를 돌고 있다고 말했지? 하지만 달 주위를 돈다 해도 내가 생활하고 연구하는 것에는 아무런 지장도 주지 못할 걸세."

나는 대체 자네가 하는 일이 무엇이냐고 물어보려고 했지만 홈즈의 태도를 보아하니 그런 질문은 싫어할 것 같았다. 나는 그때 나눈 짧은 대화를 몇 번이나 되씹으면서 무슨 수를 써서라도 추리해 내려고 했다. 그는 자기 목적과 관계없는 지식은 기억하지 않는다고 했다. 즉, 홈즈의 지식은 그의 일에 도움이 되는 것들뿐이라는 말이다. 나는 홈즈가 유독 자세하게 알고 있는 분야의 지식을 머릿속에서 떠올려 보고, 연필로 적어 보기까지 했다. 홈즈의 지식을 나열한 표를 완성하자 나도 모르게 웃음이 터지고 말았다. 표는 이런 식이었다.

〈셜록 홈즈의 지식 범위표〉

1. **문학 지식** : 없음.
2. **철학 지식** : 없음.
3. **천문학 지식** : 없음.
4. **정치학 지식** : 약간 있음.
5. **식물학 지식** : 한쪽으로 치우쳐 있음. 벨라도나, 아편 등과 같은 독약은 잘 알지만 일반적인 원예에는 무지함.
6. **지질학 지식** : 실용적인 지식은 있지만 한계가 있음. 여러 종류의 토양이 가진 차이점을 한눈에 알아봄. 산책에서 돌아온 그가 바지에 묻은 진흙을 보이면서, 색과 점성 등으로 미루어 보아 런던의 어느 지구에서 묻은 것이라고 일러 준 적 있음.
7. **화학 지식** : 해박함.
8. **해부학 지식** : 정확하지만 체계적이지는 못함.
9. **범죄 사건에 관한 지식** : 매우 자세하게 알고 있음. 금세기에 벌어진 중범죄에 대해서는 혀를 내두를 정도.
10. **바이올린 연주 실력** : 수준급.
11. **운동 실력** : 봉술, 권투, 검술이 뛰어남.
12. **영국 법률 지식** : 꽤 실용적으로 알고 있음.

나는 여기까지 표를 만들다가 실망해서 종이를 불 속으로 던져 버렸다.
"홈즈의 직업은 이런 능력이 전부 필요한 일일 텐데 도저히 알 수가 없군. 이젠 나도 모르겠다!"

표를 보면 바이올린 연주에 대해 언급한 구절이 있다. 홈즈의 바이올린 연주 실력은 훌륭했지만, 다른 재능과 마찬가지로 어딘지 모르게 독특했다. 내가 부탁하자 그는 멘델스존의 가곡이나 그 밖에도 자신이 좋아하는 곡을 연주해 준 적이 있었다. 그래서 나는 그가 어려운 곡도 연주할 수 있다는 사실을 잘 알고 있었다. 그런데 혼자 있을 때면 홈즈는 좀처럼 제대로 된 곡이나 잘 알려진 선율을 연주하려 들지 않았다. 저녁이면 그는 팔걸이의자에 앉아서 무릎 위에 바이올린을 올려놓고는 눈을 감은 채 손가락이 움직이는 대로 무심하게 소리를 울리기도 했다. 어떤 때는 가락이 우울하기도 했고 때로는 환상적이고 명랑하기도 했다. 그때그때 홈즈의 기분이 선율로 나타나는 것은 분명했지만, 생각에 잠기기 위한 연주인지 아니면 마음 가는 대로 하는 연주인지는 알 수 없었다. 그런 연주가 끝나면 그는 나의 인내심에 보상을 하는 듯이 내가 좋아하는 몇 곡을 연속으로 들려주곤 했는데, 그것마저 없었다면 나는 틀림없이 그 짜증나는 단독 연주에 저항했을 것이다.

함께 살고 나서 일주일 동안은 우리를 찾아온 사람이 하나도 없어서 나는 홈즈도 친구가 없다고 생각했다. 그런데 얼마 지나지 않아서 사회 여러 계층에 그가 아는 사람이 꽤 많다는 사실을 알게 되었다. 그중에는 혈색이 좋지 않고 눈이 검으며 쥐처럼 생긴 조그만 사람이 있었다. 소개를 받을 때 이름이 레스트레이드라고 들었는데 그 사람은 일주일에 서너 번이나 홈즈를 찾아오곤 했다. 어느 날 아침에는 요즘 유행하는 옷을 입은 젊은 아가씨가 와서는 30분 정도 이야기를 하고 간 적도 있다. 그날 오후에는 초라한 옷차림을 한 백발 유대인 행상이 매우 흥분한 모습으로 찾아왔고, 바로 그 뒤를 이어서 단정하지 못한 차림새의 어떤 노파가 방문하기도 했다. 머리가 희끗희끗한 신사도 홈즈를 만나러 왔고, 벨벳 제복을 입고 붉은 모자를 쓴 철도 직원이 찾아온 적도 있었다. 정체를 알 수 없는 이런 손님들이 방문할 때마다 홈즈는 거실을 좀 쓰고 싶다고 청했기 때문에 나는 내 방으로 들어가야만 했다. 그는 늘 폐를 끼치게 해서 미안하다고 사과했다.

"이 거실을 사무실로 쓸 수밖에 없어서 말이네. 그리고 여기를 방문하는 사람들은 내 의뢰인들일세."

확실하게 그의 직업을 물어볼 수 있는 기회였지만 그런 것을 구실로 비밀을 밝혀내고 싶지는 않아서 그만두었다. 그때는 나름대로의 사정이 있어서 말하지 않는 것이라고 생각했다. 하지만 얼마 지나지 않아서 홈즈가 먼저 자신의 직업에 대해 말을 꺼냈으므로 내 생각이 잘못되었음을 알 수 있었다.

3월 4일에 벌어진 일이었다. 그날은 조금 특별한 일이 있어서 날짜를 확실하게 기억하고 있다. 나는 평소보다 일찍 잠에서 깼는데 셜록 홈즈는 아침을 먹고 있던 참이었다. 하숙집 여주인은 내가 늦게 일어난다는 사실을 알고 있었기에 아침 식사는 물론이고 커피도 준비해 두지 않은 상태였다. 나는 괜히 짜증을 내면서 벨을 울리고는 식사를 할 준비가 되었다고 약간 퉁명스럽게 말했다. 그러고 나서, 홈즈가 말없이 토스트를 먹는 동안 테이블 위에 있는 잡지나 뒤적이며 시간을 죽일 요량으로 그것을 집어 들었다. 여러 개의 기사 중에 제목에 연필로 표시를 해 둔 것이 눈에 들어와서 자연스럽게 그것을 읽기 시작했다.

조금 당돌하게 느껴지는 〈인생의 책〉이라는 제목이었는데, 관찰력이 뛰어난 사람은 어느 분야에서나 정확하고 체계적으로 연구할 수 있기 때문에 훌륭한 업적을 남길 수 있다는 내용이었다. 예리함과 불합리를 교묘하게 섞어 놓은 기사라는 느낌이 들었다. 잘 짜이고 열성이 담겨 있는 논증이었지만 추론은 비약이 심해서 과장되어 보였다. 글쓴이는 근육이나 눈의 움직임처럼 금세 사라지는 순간적인 표정을 통해서 마음속 깊은 곳까지 읽어 낼 수 있다고 주장했다. 또한 관찰법과 분석법을 훈련한 사람은 속일 수 없다면서 이는 유클리드의 정리처럼 틀림없는 것이라고 결론지었다. 자신이 이러한 과정을 실제로 증명해 보이면 그것을 미처 경험해 보지 못한 사람들은 자신을 마법사라고 여길 만큼 매우 놀라고는 하지만 그것을 논리적으로 설명을 해 주고 나면 그들도 금세 이해한다는 것이었다. 글쓴이는 또 이렇게 말했다.

논리학자는 대서양이나 나이아가라 폭포가 있다는 사실을 전혀 모르더라도, 물 한 방울을 보고 그것들이 존재한다는 사실을 추리할 수 있다. 이와 마찬가지로 인생은 하나의 커다란 사슬이므로 그 사슬에 속한 고리 하나로도 인생의 본질을 알 수 있다. 다른 모든 학문과 마찬가지로 추리와 분석에 관한 과학도 오랫동안 끈기 있게 연구해야만 익힐 수 있다. 그러나 그 과학의 길을 정복하기에 인생은 너무나도 짧다. 이 과학을 배우려는 사람은 매우 어려운 정신적인 면에서 시작하기보다는 우선 기초적인 문제부터 배우는 편이 좋을 것이다. 어떤 사람을 만나면 금방 그 사람의 경력이나 직업을 꿰뚫어 볼 수 있도록 훈련하는 것도 좋다. 유치한 훈련법이라고 생각할지 모르겠지만, 그렇게 하면 관찰력이 좋아지고 어떤 점에 주목해야 하는지 알 수 있게 된다. 손톱, 옷소매, 장화, 바지의 무릎, 그리고 검지와 엄지에 박힌 굳은살, 표정, 셔츠의 소맷부리…… 이 모든 것에 그 사람의 직업이 나타나 있다. 재능 있는 연구자라면 그러한 것들을 종합해서 어떤 단서를 잡을 수 있을 것이다.

"무슨 말도 안 되는 소리! 이런 헛소리는 살다 살다 처음 보겠네."

나는 잡지를 테이블 위로 내던졌다.

"뭔데?"

홈즈가 물었다.

나는 식탁 의자에 앉으며 달걀 먹는 작은 숟가락으로 잡지를 가리켰다.

"이 기사 말일세. 표시해 놓은 걸 보니 자네도 읽은 듯한데. 확실히 문장력은 좋지만 읽고 있자니 화가 나는군. 틀림없이 안락의자에 푹 파묻혀서 빈둥거리는 녀석이 꾸며 낸 이론일 거야. 녀석은 서재에 틀어박혀서 이런 미끈하고 하찮은 역설들을 발전시켜 나갔겠지. 이런 건 현실에서 전혀 쓸모가 없어. 지하철 삼등석에 처넣고 승객들의 직업을 모조리 맞혀 보라고 하고 싶군. 맞히지 못한다에 전부를 걸지."

"그럼 자네는 돈만 날릴 걸세. 그 기사를 쓴 건 나니까."

셜록 홈즈가 차분한 어조로 말했다.

"자네가 썼다고?"

"그래. 나는 관찰과 추리에 재능이 있거든. 자네는 내가 쓴 이론을 터무니없다고 생각할지도 모르지만 사실은 매우 실용적이라네. 그 덕분에 내가 먹고살 수 있을 정도니까."

"아니, 어떻게?"

나는 자신도 모르게 물었다.

"난 나만의 직업을 가지고 있다네. 그 직업을 가진 사람은 아마 세상에서 나 하나뿐일 거야. 자네가 이해할 수 있을지는 모르겠지만 나는 고문탐정顧問探偵일세. 런던에는 형사와 사설탐정들이 헤아릴 수도 없이 많아. 그들이 수사를 하다가 막히면 나를 찾아오고, 나는 올바른 수사법을 그들에게 가르쳐 주지. 그들은 증거도 모두 가져오기 때문에 범죄사 지식을 활용해서 추리하기만 하면 사건들 대부분은 해결된다네. 범죄 사건에는 공통되는 부분이 상당히 많아. 1,000가지 범죄사건에 대해서 죽꿰고 있으면서 1,001번째 범죄의 비밀을 풀지 못하면 이상하지. 레스트레이드는 유명한 형사야. 요즘 그가 수사하는 위조지폐 사건이 미궁에 빠지는 바람에 여기까지 오게 된 거지."

"그럼 다른 사람들은?"

"대부분은 사설 조사 사무실에서 소개받고 온 사람들일세. 각자 고민거리가 있는 사람들이 해결의 실마리라도 얻고 싶은 마음에 오는 거지. 나는 그 사람들의 이야기를 듣고 그들은 내 의견을 들은 후 사례금을 내는 거라네."

"그러면, 세세한 사항까지 다 알고 있는 당사자들도 해결하지 못하는 일을 자네는 여기서 단 한 발자국도 나가지 않고 사건의 실마리를 풀 수 있단 말인가?"

"그렇다네. 내가 그런 쪽으로는 직관력이 꽤 있거든. 때로는 좀 까다로운 사건도 있어서 그럴 때는 밖으로 나가서 직접 내 눈으로 보고 오기도 한다네. 내 머릿속에는 특수한 지식들이 가득 들어차 있어서 그것을 응용하면 사건은 아주 간단하게 풀리지. 자네는 이 기사에 나온 추리법을 터무니없다고 했지만, 내가 하는 일에는 커다란 도움을 줘. 내게 관찰은 제2의 천성이야. 우리가 처음 만났을 때, 자네가 아프가니스탄에서 왔다는 사실을 알아맞혔더니 자네가 놀라지 않았나."

"분명히 누가 말해 줬겠지."

"당치도 않네. 나는 자네가 아프가니스탄에서 돌아왔다는 걸 알고 있었어. 오랫동안 습관이 들어서 사고가 빨라진 나머지 중간 단계를 의식하지 않고도 결론에 도달해 버리는 거지. 그때는 이렇게 추리를 했다네. '이 신사는 의사 같은데 군인다운 면도 있어. 그럼 틀림없이 군의관이겠군. 얼굴은 검은데 손목이 하얀 걸 보니 원래 피부가 검은 사람은 아니야. 열대지방에서 이제 막 돌아왔고, 고생을 심하게 해서 병까지 걸렸어. 얼굴이 여윈 걸 보면 확실하지. 움직임이 부자연스러운 걸 보아 왼쪽 팔을 다쳤고. 우리나라 군의관이 팔에 부상을 입을 정도로 격렬한 전투를 치른 열대지방은 어딜까? 분명히 아프가니스탄이다.' 이렇게 추리하는 데 1초도 걸리지 않았어. 그래서 자네더러 '아프가니스탄에 갔다 오셨나봅니다.'라고 했던 거지. 자네는 놀라는 듯했지만."

내가 웃으며 말했다.

"설명을 듣고 보니 아주 간단하군. 자네는 에드거 앨런 포의 뒤팽[6]을 닮았어. 그런 인물이 소설 바깥에 정말 있으리라고는 생각지도 못했네."

셜록 홈즈는 자리에서 일어나 파이프에 불을 붙였다.

"나를 칭찬할 생각으로 뒤팽 이야기를 꺼냈겠지? 하지만 내가 보기에 뒤팽은 나보다 한참이나 수준이 낮아. 15분이나 입을 다물고 있다가 문

---

6) Auguste Dupin. 미국 문학가 에드거 앨런 포가 창조한 프랑스인 탐정. 《모르그 가의 살인 사건》에서 처음 등장하여 작품 세 편에 출현했다. 처음에는 재미로 추리를 시작했으나 뒤로 갈수록 직업적으로 추리하는 모습을 보인다. 뒤팽은 이후 셜록 홈즈, 아르센 뤼팽을 비롯한 소설 속 탐정들의 원형이자 모티브가 되었다. 특히 괴짜 같은 행동이나 무능한 경찰을 경멸하는 점 등은 셜록 홈즈와 유사하다.

득 떠오른 것처럼 그럴듯한 말을 꺼내서 생각에 잠겨 있는 친구를 방해하는 건 얄팍한 허세일 뿐이야. 물론 분석하는 재능이 조금 있기는 했지만 포가 만들어 내고 싶어 했던 천재와는 아주 거리가 먼 인물이라네."

"에밀 가보리오의 작품을 읽어 봤나? 르코크 형사[7]는 자네가 말하는 탐정에 어울릴 만한 사람인가?"

셜록 홈즈는 콧방귀를 뀌고는 화가 난 어투로 말했다.

"멍청한 짓을 되풀이하는 르코크는 형사라고 할 수도 없네. 배울 만한 구석이라고는 그저 의욕밖에 없어. 그 책을 읽으면서 난 아주 짜증이 났다네. 문제는 정체를 알 수 없는 죄수의 신상을 밝히기만 하면 끝이었어. 나라면 하루 만에 끝낼 수 있는 일인데 르코크는 여섯 달이나 걸려서 해결했지. 그 책은 멍청한 탐정의 표본으로나 삼으면 적당할 걸세."

내가 정말 좋아하는 소설 속 두 명탐정을 깎아내리는 소리를 들으니 화가 났다. 나는 창가로 가서 많은 사람들이 오가는 거리를 바라보며 "이 친구는 머리는 좋을지 몰라도 잘난 척이 심하군." 하고 중얼거렸다. 그때 홈즈가 투덜대며 말했다.

"요즘에는 범죄다운 범죄도 없고 머리가 좋은 범죄자도 없단 말이야. 이 직업에 유용하고 비상한 두뇌를 갖고 있어 봤자 무슨 소용이 있겠나? 나는 이름을 떨칠 만한 재능을 가지고 있다네. 범죄 수사에 관해서라면 나보다 더 노력과 재능을 쏟아부은 사람도 없을 거라고. 그런데 그 결과가 어떤가? 무언가 추리를 할 만한 범죄도 없어. 있어 봤자 고작해야 런던경찰국[8]의 형사들도 쉽게 파헤칠 수 있는 정도의 꼼수나 가득한

---

7) Monsieur Lecoq. 프랑스 소설가 에밀 가보리오가 창조한 형사 탐정. 형사답게 직접 탐문하고 돌아다니며 증거를 찾아 문제를 해결하는 타입으로 추리소설 장르에 구체적인 수사 과정을 도입하여 사실성을 높이는 계기가 되었다고 평가받는다.

범죄뿐이지."

잘난 척 이야기하는 홈즈를 보니 여전히 기분이 좋지 않았다. 나는 화제를 바꾸는 게 좋겠다고 생각했다.

"그런데 저 사람은 뭘 찾고 있는 거지?"

나는 건너편 길을 걸어가던 체격이 다부지고 키가 큰 사내를 가리켰다. 평범한 옷차림을 한 그 남자는 집집마다 번지를 확인하고 있었는데 손에 크고 파란 봉투를 들고 있는 것을 보아 틀림없이 누군가에게 그것을 전해 주려는 것이었다.

"아, 저 퇴역한 해병대 하사관 말인가?"

홈즈가 말했다.

'적당히 둘러대기는. 내가 확인할 길이 없다는 걸 알고 이러는 거지?'

나는 이렇게 생각했다.

그 생각이 사라지기도 전에 그 남자가 우리 집 번지를 보더니 서둘러 길을 건넜다. 아래층에서 문을 두드리는 소리와 굵은 목소리가 들리더니 곧 계단을 올라오는 육중한 발소리가 났다.

"셜록 홈즈 씨에게 전해 드리라는 편지입니다."

남자는 방으로 들어와서 내 친구에게 편지를 건넸다.

잘난 척하는 홈즈를 혼내 줄 절호의 기회였다. 아까 되는 대로 지껄였을 때는 이런 일이 생길 줄 상상도 못했을 것이었다.

"죄송하지만 직업이 어떻게 되십니까?"

나는 일부러 아주 정중한 어조로 물었다.

---

8) Scotland Yard. 정식 명칭은 Metropolitan Police Service. 1829년에 내무부장관 로버트 필이 창설했는데, 당시 런던에 있는 옛 스코틀랜드 국왕의 궁전터에 위치해 있었으므로 '스코틀랜드 야드'라는 별칭이 붙었다.

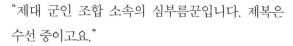

"제대 군인 조합 소속의 심부름꾼입니다. 제복은 수선 중이고요."

남자가 무뚝뚝하게 대답하자 나는 홈즈를 심술 궂게 바라보며 다시 물었다.

"그럼 전에는 어떤 일을 하셨나요?"

"영국 해병대 보병 부대 하사관이었습니다. 답장은 없습니까? 그럼, 전 이만 실례하겠습니다."

그는 뒤꿈치를 모아 거수경례를 하고 밖으로 나갔다.

3. 로리스턴 가든의 미스터리

고백하건대 나는 홈즈의 추리가 실제로 맞아떨어지는 것을 보고 내심 놀라지 않을 수 없었다. 그의 뛰어난 분석력에 대한 존경은 경이로울 정도로 커졌다. 그래도 마음 한구석에는 나를 놀라게 하려고 미리 꾸민 일이 아닐까 하는 의문이 남아 있었다. 물론 홈즈가 그런 짓을 할 이유는 전혀 알 수 없었지만 말이다. 홈즈가 있는 쪽을 바라보니 그는 편지를 막 다 읽은 참이었다. 그리고 생각에 잠길 때면 그렇듯이 텅 빈 눈빛으로 멍한 표정을 짓고 있었다.

"어떻게 추리한 거지?"

내가 말을 걸었다.

"추리라니?"

신경질적인 날카로운 목소리가 들려왔다.

"아까 그 남자가 해병대 하사관이었다는 사실 말일세."

"그런 별것 아닌 문제에 답할 시간은 없네."

홈즈는 퉁명스럽게 대답하더니 곧 미소를 지으며 말했다.

"무례하게 굴어서 미안하네. 자네가 내 사고의 흐름을 끊어 버렸지만, 말을 걸어 줘서 오히려 다행일지도 모르겠어. 그런데 자네는 그 남자가 해병대 하사관이었다는 사실을 정말로 몰랐단 말인가?"

"그래, 전혀 몰랐어."

"내겐 그 사실을 알아낸 이유를 설명하는 것보다 그냥 알아채는 게 더 쉽다네. 누가 자네더러 2 더하기 2가 4라는 사실을 증명하라고 하면, 자네는 그게 옳다는 사실을 확신하면서도 그걸 설명하는 것은 조금 어려워하지 않겠나. 아까 그 남자는 길 건너편에 있었지만 손등에 크고 파란 닻 문신이 새겨진 게 보였다네. 닻 하면 바다가 딱 떠오르지. 그리고 행동에 군인다운 면이 있었고 군인들에게 흔한 구레나룻도 기르고 있어서 해병대라는 걸 알았네. 게다가 조금 뻣뻣한 구석이 있었고, 사람들을 지휘하는 듯한 분위기도 느꼈다네. 자네도 그 남자가 등을 꼿꼿하게 펴고 지팡이를 휘두르는 모습을 봤겠지? 그 표정에는 차분하고 멋진 중년 남자의 느낌이 있었어. 이런 사실들을 바탕으로 그 남자는 예전에 하사관이었다는 결론을 낸 거지."

"정말 대단하군!"

나도 모르게 커다란 목소리로 말했다.

"아주 흔한 일이야."

홈즈는 이렇게 말했지만 그의 표정을 보니 내가 눈에 띄게 놀라고 찬탄하는 모습을 보고 기뻐하는 기색이 역력했다.

"조금 전에 요즘은 제대로 된 범죄자가 없다고 말했지만 내가 틀린 것 같군. 이걸 좀 보게나!"

그는 심부름꾼이 가지고 온 편지를 내밀었다.

"세상에, 이거 엄청나군!"

재빨리 읽고 나자 내 입에서 외침이 터져 나왔다.

"흔히 일어나는 사건과는 약간 다른 것 같아. 미안하지만 그 편지를 소리 내서 읽어 줄 수 있겠나?"

홈즈가 차분한 목소리로 말했다.

다음이 내가 홈즈에게 읽어 준 편지의 내용이다.

　　셜록 홈즈 선생님

　　어젯밤 브릭스턴 가 외곽에 있는 로리스턴 가든 3번지에서 끔찍한 사건이 벌어졌습니다. 새벽 2시쯤 순찰을 돌던 경찰이 어떤 집에 불이 켜져 있는 것을 발견했는데, 거기는 원래 빈집이라 뭔가 의심스러운 일이 벌어졌다고 생각하고는 그 집에 들어가 보았지요. 현관문은 열려 있고, 가구 하나 없는 거실에서 옷차림이 훌륭한 신사의 시체가 발견되었습니다. 주머니에는 '미국 오하이오 주 클리블랜드 시 이녹 J. 드레버'라고 적힌 명함이 몇 장 들어 있었습니다. 강도를 당한 흔적은 없으며, 사망 원인을 추정할 만한 증거도 없었습니다. 방에 혈흔이 남아 있었는데 시체에 상처는 없습니다. 사망자가 왜 방에 있었는지 우리로서는 알 길이 없습니다. 모든 것이 오리무중입니다. 오늘 정오가 되기 전에 사건이 벌어진 집으로 오신다면 절 만나실 수 있을 겁니다. 연락해 주실 때까지 현장은 그대로 보존해 두겠습니다. 만약 오실 수 없다면 나중에 자세한 상황을 들려드리겠습니다. 그때 홈즈 선생님의 의견을 들려주신다면 저로서는 대단히 감사한 일입니다.

　　　　　　　　　　　　　　　　　토비어스 그렉슨

“그렉슨은 런던경찰국에서 가장 똑똑한 형사라네. 그와 레스트레이드는 멍청한 형사들 중에서 그래도 가장 나은 사람들이지. 두 사람 모두 재빠르고 열정적이지만 무시무시할 정도로 틀에 박혀 있지. 그리고 이 두 사람은 언제나 서로 으르렁거린다네. 매춘부처럼 서로를 질투하고 있거든. 만약 두 사람이 이 사건을 수사하게 된다면 재미있는 구경거리가 될 걸세.”

홈즈가 느긋하게 험담이나 하는 것을 보고 나는 깜짝 놀랐다.

“이렇게 꾸물거릴 시간이 없네. 마차를 불러 줄까?”

“아직 가겠다고 하지 않았네. 나는 이 세상에서 제일가는 게으름뱅이거든. 가끔은 깜짝 놀랄 만큼 열심히 일하기도 하지. 그렇지만 안 그럴 때도 있단 말일세.”

“왜 그러나? 기다리고 기다리던 사건이 아닌가?”

“이보게, 그래서 뭐 어쨌단 말인가? 사건을 해결해도 그 공은 전부 그렉슨이나 레스트레이드 같은 사람들에게 돌아갈 게 뻔한데. 내가 그저 고문탐정이라는 이유 때문에 말이야.”

“하지만 그 형사가 도와달라고 부탁하지 않았나?”

“그건 맞아. 그렉슨은 내가 자신보다 뛰어나다는 사실을 알고 있거든. 나한테도 그렇게 말했다네. 하지만 다른 사람들 앞에서 그런 말을 할 바에는 차라리 자기 혀를 깨물어 버릴걸. 어쨌든 한번 가 보는 것도 괜찮겠어. 나는 내 나름대로 수사할 생각이야. 단서는 못 찾아도 경찰들을 비웃어 줄 수는 있겠지. 가세!”

홈즈는 서둘러 외투를 걸쳤다. 그리고는 조금 전까지 무기력하던 모습을 지우고 활발하게 움직이면서 내게 말했다.

“자네도 모자를 쓰게.”

"내가 같이 가도 괜찮겠나?"

"특별히 다른 일이 없다면."

잠시 후, 우리는 브릭스턴 가를 향해 질주하는 이륜마차에 타고 있었다. 안개가 희뿌옇고 흐린 아침이었다. 쭉 늘어선 집들의 지붕은 진흙투성이 거리를 그대로 비추듯이 진한 갈색 장막에 둘러싸여 있었다. 내 친구는 기분이 무척 좋아서 크레모나에서 만드는 바이올린 이야기, 특히 스트라디바리우스와 아마티 가家에서 만든 바이올린의 차이점 등에 대해서 혼자 떠들어 댔다. 반면에 나는 날씨도 음침할 뿐더러 우리를 기다리는 오싹한 사건 때문에 기분이 잠겨 들어서 아무 말도 하지 않았다.

그러다가 결국 참지 못하고 악기에 대한 홈즈의 이야기를 끊어 버렸다.

"자네는 이번 사건에 별로 신경 쓰지 않는 것 같군."

홈즈가 대답했다.

"아직 아무 자료도 없다네. 증거가 모이기도 전에 추리를 하는 건 위험한 일일세. 판단에 선입견을 갖게 하니까."

나는 손가락으로 바깥을 가리키며 말했다.

"자료는 곧 자네 손에 들어올 걸세. 여기가 브릭스턴 가고, 저게 그 문제의 집이로군."

"그렇군. 마부, 마차를 세우게!"

빈집에서 100미터 정도 떨어져 있었지만 홈즈가 여기서 내리겠다고 고집을 부리는 바람에 하는 수 없이 거기서부터 걸어갔다.

로리스턴 가든 3번지는 오싹한 느낌이 드는 곳이었다. 거리에서 조금 안쪽으로 들어간 곳에 집 네 채가 나란히 서 있었다. 그중 두 집에는 사람이 살았고 나머지 두 집은 비어 있었다. 사건이 일어난 곳은 빈집 중 한 집이었다. 커튼도 없이 창이 휑하니 늘어서 있어 을씨년스러웠다. 흐릿한 유리창 곳곳에는 '임대'라고 쓴 팻말이 붙어 있어서 마치 백내장에 걸린 듯했다. 길가와 집 사이에는 작은 정원이 있었는데 연약해 보이는 나무 몇 그루가 듬성듬성 서 있었다. 점토와 자갈로 만들어 놓은 듯한 누렇고 좁다란 길이 정원을 가로지르고 있었다. 밤새 비가 내려서 주변은 온통 진흙탕이 되어 질퍽거렸다. 정원은 위에 나무 난간이 있고 높이는 90센티미터 정도 되는 벽돌담으로 둘러싸여 있었고, 건장한 경찰이 그 벽에 바싹 붙어 서 있었다. 경찰 주위로 몇몇 구경꾼들이 모여 안에서 무슨 일이 일어났는지 알아보려고 목을 길게 빼고 들여다보려 했지만 모두 부질없는 짓이었다.

나는 셜록 홈즈가 현장으로 달려가 곧바로 그 괴이한 사건을 수사하리라고 생각했지만 그런 기색은 전혀 없었다. 그 상황에서도 홈즈는 내겐 거드름에 가까워 보이는 아주 태연한 표정으로 거리를 어슬렁어슬렁 걸었다. 그리고 멍하니 지면에 시선을 던지기도 하고, 하늘을 바라보기도 하고, 맞은편에 있는 집과 목책을 바라보기도 했다. 그런 다음에 집으로 통하는 좁은 길을 걸었다. 아니, 길은 놓아두고 바로 옆에 자란 풀 위를 느릿느릿 걸으면서 계속 땅바닥만 바라보았다. 그는 두 번 정도 멈춰 섰는데 한 번은 싱긋 웃으며 기쁘다는 듯한 감탄사를 질렀다. 점토 위에는 발자국이 잔뜩 찍혀 있었으나 이미 그곳을 오간 경관들의 발자국만이 남아 있었기에 홈즈가 어떤 단서를 잡으려는 것인지 도무지 알 수가 없었다. 그래도 나는 그의 날카로운 관찰력을 충분히 봤기 때문에 내가 보지 못한 것들을 많이 알아내리라고 확신했다.

현관 앞에서 우리는 키가 크고 얼굴이 희며 머리는 금발인 남자를 만났다. 손에 수첩을 들고 있던 그는 앞으로 뛰어나와 반가움을 표하듯이 내 친구의 손을 잡았다.

"정말 잘 오셨습니다. 현장은 손대지 않고 그대로 두었습니다."

"저기만 빼고 말이죠. 들소가 지나갔다고 해도 저렇게 엉망이 되지는 않았을 거요. 하지만 그렉슨 씨라면 분명히 저곳이 짓밟히기 전에 나름대로 조사는 해놓았겠지요."

홈즈가 손가락으로 정원의 좁다란 길을 가리키며 대답했다.

"집 안에서 할 일이 좀 있어서요. 동료인 레스트레이드가 와서 그쪽은 그 친구에게 맡겼습니다만……."

형사가 슬쩍 얼버무리자 홈즈는 내게 시선을 돌려 비꼬듯이 눈썹을 움직여 보이고는 다시 그에게 말했다.

"당신과 레스트레이드가 함께 수사를 했으니 제3자가 알아낼 건 별로 없겠군요."

그렉슨은 기쁜 듯이 손바닥을 비벼 댔다.

"저희가 할 수 있는 건 다 했지만, 퍽 기묘한 사건이라 홈즈 선생님 취향에 맞을 겁니다."

"혹시 여기에 마차를 타고 오셨습니까?"

홈즈가 물었다.

"아니요."

"레스트레이드도요?"

"그렇습니다."

"그럼 방 안을 보여 주시죠."

홈즈는 쓸데없는 질문을 하더니 재빨리 집 안으로 들어갔다. 그렉슨은 어이없다는 표정으로 홈즈의 뒤를 따랐다. 카펫도 없이 먼지가 수북한 나무 복도는 조금 떨어진 부엌까지 이어져 있었다. 복도 양쪽에 방이 있었으며 그중 한쪽 방은 몇 주일 동안이나 문이 닫혀 있었던 것 같았다. 다른 방은 식당과 연결되어 있었는데 그곳이 바로 이 기묘한 사건이 벌어진 현장이었다. 홈즈가 먼저 식당 안으로 발을 들였고 나도 뒤따라 들어갔다. 시체가 쓰러져 있던 곳의 공기가 내 기분도 울적하게 만들었다.

방은 넓고 정사각형 모양이었는데 가구가 하나도 없어서 더욱 넓게 느껴졌다. 요란스럽게 빛나는 싸구려 벽지는 군데군데 곰팡이가 피어 얼룩져 있었다. 벽지가 벗겨진 채 너덜거리는 곳도 있어 그 밑의 누런 회벽이 그대로 드러나 보이기도 했다. 문 맞은편 벽 쪽에 지나치게 큰 난로가 있었는데, 그 위에 하얀 인조 대리석으로 만든 장식장이 있어서 천박한 느낌이 들었다. 그 장식장 위쪽에는 타다 남은 붉은 초 하나가 놓여 있었다. 창이 하나 있었지만 원체 지저분한 나머지 들어오는 햇빛마저 흐리멍덩했고, 방 안의 모든 것들을 우울해 보이게 했으며 먼지가

잔뜩 쌓여 있어서 방 안이 더욱 뿌옇게 보였다.

그때 내 눈에는 바닥에 꼼짝 않고 누워 있는 시체만 들어온 까닭에 방의 풍경을 이렇게 자세히 관찰한 것은 나중의 일이었다. 빛바랜 천장을 텅 빈 눈으로 쳐다보며 미동도 하지 않는 시체는 보기만 해도 오싹했다. 마흔 서넛쯤 돼 보이는 남자로, 키는 보통이었고 어깨가 넓었으며 검은 곱슬머리에 짧고 억센 수염을 기르고 있었다. 나사지羅紗紙로 만든 질 좋은 프록코트, 조끼, 옅은 색 바지 차림이었고, 목깃과 소매는 티끌 하나 없이 새하얬다. 옆에는 깨끗하게 솔질한 실크 모자가 놓여 있었다. 시체는 양팔을 벌린 채 주먹을 꽉 쥐고 있었고, 뒤틀린 두 다리를 보면 고통에 시달리다가 죽었다는 사실을 알 수 있었다. 뻣뻣이 굳은 얼굴 위로 두려움에 질린 표정이 머물러 있었는데 그건 여태껏 내가 사람들의 얼굴에서 한 번도 보지 못한 증오의 표정이라는 느낌을 받았다. 이 악귀 같은 얼굴은 좁은 이마, 못생긴 코, 앞으로 튀어나온 턱, 거기에 더해서 부자연스럽게 뒤틀린 몸 때문에 원숭이나 유인원을 떠올리게 했다. 지금까지 여러 시체들을 보았지만, 런던 교외의 큰길가에 있는 이 어둡고 을씨년스러운 집 안에서 본 시체만큼 무시무시한 것은 처음이었다. 사내의 고통스러운 자세 때문에 더욱 강해졌다.

바싹 말라 족제비를 쏙 빼닮은 레스트레이드 형사가 문 주변에서 모습을 드러내더니 홈즈와 내게 인사했다.

"이 사건은 세상을 떠들썩하게 할 겁니다. 나도 풋내기가 아니지만 이런 끔찍한 사건은 처음이에요."

"뭐라도 단서를 찾았나?"

그렉슨이 물었다.

"아무것도."

레스트레이드가 고개를 가로저으며 말했다. 셜록 홈즈는 시체에게 다가가 무릎을 꿇고 꼼꼼하게 살펴보기 시작했다.

"분명히 시체에는 아무런 상처도 없지요?"

홈즈는 사방에 무수히 튀어 이미 굳어 버린 수많은 혈흔을 손가락으로 가리키며 물었다.

"틀림없습니다."

두 형사가 동시에 대답했다.

"그렇다면 이건 다른 사람의 피로군요. 이게 살인 사건이라면 아마도 살인범의 피겠죠. 1834년에 네덜란드 위트레흐트에서 일어난 반 얀센 살인 사건이 생각나는군요. 그 사건을 기억합니까, 그렉슨?"

"아니요."

"그 사건 기록을 꼭 읽어 봐야 합니다. 태양 아래 새로운 것이 없다고들 하지 않습니까. 모든 일은 예전에 한 번은 벌어진 것들이니까요."

그렇게 말하면서 홈즈는 민첩한 손놀림으로 시체를 만져 보기도 하고, 눌러 보기도 하고, 옷 단추를 들춰 보기도 했다. 그 사이, 그의 눈에는 전에 보았던 먼 곳을 바라보는 듯한 멍한 표정이 떠올라 있었다. 너무나도 빨리 조사를 했기 때문에 얼마나 자세히 살펴본 것인지는 아무도 알 수가 없었다. 마지막으로 홈즈는 시체의 입 냄새를 맡아 본 뒤, 에나멜가죽으로 만든 구두 밑창을 확인했다.

"누가 시체를 옮기거나 하지는 않았겠죠?"

홈즈가 물었다.

"조사에 필요한 만큼만 움직였을 뿐입니다."

"이제 조사는 다 했으니 영안실로 옮겨도 좋습니다."

그렉슨은 들것과 장정 네 사람을 대기시켜 놓고 있었다. 그가 손짓을 하자 그들이 방으로 들어왔고, 시체는 들것으로 옮겨졌다. 사람들이 시체를 들어 올리자 때 반지 하나가 소리를 내며 바닥으로 굴러 떨어졌다. 레스트레이드는 그것을 집어 들더니 영문을 알 수 없다는 듯이 바라보다 소리쳤다.

"여자가 있었군. 이건 여자가 끼는 결혼반지잖아?"

레스트레이드는 이렇게 외치더니 반지를 손바닥에 올려놓고 내밀었다. 우리는 그를 둘러싸고 반지를 빤히 쳐다보았다. 그것은 한때 어느 여자의 손가락에 끼어 있었을 결혼반지가 틀림없었다. 그렉슨이 입을 열었다.

"이거 안 그래도 복잡한 사건이 더 복잡해졌구먼."

"반지 덕분에 더 간단해졌다고는 생각지 않습니까? 반지를 들여다봤자 일은 풀리지 않아요. 시체의 주머니에는 뭐가 들어 있었습니까?"

홈즈의 말이 끝나자 그렉슨은 계단 가장 아래에 어지럽게 놓여 있는 물건들을 가리켰다.

"이게 전부입니다. 런던 바로드 사 제품으로 제조번호는 97163인 금 시계 하나. 앨버트 형 시곗줄도 있는데 꽤 무거운 걸로 봐서 도금은 아 닙니다. 비밀결사단체인 프리메이슨 문양이 새겨진 금반지도 하나. 불 도그 얼굴 모양에 눈은 루비로 된 넥타이 핀도 있고요. 러시아 가죽으로 만든 명함집도 있었어요. 그 안에 클리블랜드 시 이녹 J. 드레버라는 명 함 몇 장이 들어 있었습니다. 이것은 셔츠에 새겨진 머리글자 'E. J. D'와 도 일치합니다. 지갑은 없었지만 7파운드 13실링을 잔돈으로 갖고 있더 군요. 보카치오의《데카메론》포켓판이 한 권 있는데 면지 부분에 조셉 스탠거슨이라는 이름이 적혀 있습니다. 그 밖에 편지가 두 통 나왔습니 다. 하나는 E. J. 드레버에게, 또 하나는 조셉 스탠거슨 앞으로 온 편지였 습니다."

"받는 사람 주소는 뭡니까?"

"스트랜드 가에 있는 아메리칸 환전소입니다. '편지를 찾아갈 때까지 보관해 달라.'고 적혀 있습니다. 둘 다 기온 선박회사에서 보낸 편지로 리버풀 항을 출발하는 배를 안내하는 내용입니다. 피해자는 뉴욕으로 돌아가려고 한 것이 분명합니다."

"스탠거슨이라는 사람에 대해서는 이미 조사해 봤겠지요?"

"곧바로 조사했습니다. 모든 신문에 광고를 냈고 아메리칸 환전소로 부하를 보냈는데 아직 돌아오진 않았습니다."

그렉슨이 대답했다.

"클리블랜드 시에도 연락을 해 봤습니까?"

"오늘 아침에 전보를 보냈습니다."

"어떤 내용으로요?"

"사건 경위를 간단하게 설명하고 참고가 될 만한 것이 있으면 알려 달라는 내용이었습니다."

"당신이 생각하기에 결정적인 단서가 될 만한 것을 묻지는 않았나요?"

"스탠거슨에 대해 물어보았습니다."

"그 밖에 또 이 사건의 열쇠가 될 만한 것은 없습니까? 다시 한 번 전보를 보낼 생각은 없으신지요?"

"궁금한 건 전부 물었습니다."

그렉슨이 발끈하며 대답했다. 셜록 홈즈가 껄껄 웃으며 다른 말을 하려는데, 우리가 거실에서 이야기를 하는 동안 식당에 남아 있던 레스트레이드가 모습을 나타냈다. 득의양양한 그는 얼굴 가득 회심의 미소를 지으면서 손을 비벼 댔다.

"그렉슨, 조금 전에 아주 중요한 것을 발견했다네. 내가 식당 벽을 꼼꼼하게 조사하지 않았더라면 아무도 눈치 채지 못했을 거야."

키가 자그마한 형사가 눈을 반짝이며 말했다. 그는 동료보다 한 점 먼저 따 냈다는 기쁨을 억누르고 있는 것이 틀림없었다.

"이쪽입니다."

레스트레이드는 잰걸음으로 식당으로 향했다. 오싹한 시체를 치운 그곳은 아까보다 조금은 더 밝아진 느낌이었다.

"자, 거기 서세요!"

레스트레이드는 부츠 바닥에 성냥을 그어 불을 붙여 벽을 비추고는 의기양양하게 외쳤다.

"저걸 보십시오!"

조금 전에 벽지가 여기저기 벗겨져 있었다는 이야기를 했다. 레스트레이드가 성냥불을 비추며 가리킨 방구석의 벽은 잔뜩 벗겨져서 누런 회벽이 정사각형 모양으로 완전히 드러난 곳이었고 거기에는 핏빛으로 이런 글자가 적혀 있었다.

RACHE

레스트레이드 형사는 사회자가 공연을 진행하는 듯한 어투로 소리쳤다.

"자, 어떻게 생각하십니까? 어두운 방구석에 있어서 미처 발견하지 못했던 겁니다. 아무도 이런 곳까지는 조사하려 들지 않거든요. 남자인지 여자인지는 모를 범인이 자기 피로 쓴 것입니다. 여기 피가 벽을 타고 흘러내린 걸 보세요. 어쨌든 이로써 이 남자가 자살했을 가능성은 없어진 거라는 생각이 드는군요. 그렇다면 살인자는 어째서 이런 방구석에 이런 글자를 적어 놓았을까요? 제가 말해 보지요. 난로 위 장식장에 놓여 있는 초를 보세요. 범행 당시에는 불이 켜져 있었을 테고, 그렇다면 이곳은 지금처럼 어둡기는커녕 매우 밝은 장소였을 겁니다."

"자네가 발견했다는 이게 그럼 지금 무슨 의미를 갖는다는 건가?"

그렉슨이 비아냥거리는 투로 말했다.

"무슨 의미냐고? 그러니까, 이걸 쓴 사람은 레이첼Rachel이라는 여자의 이름을 쓰려고 했는데 쓰기 전에 방해를 받은 걸세. 잘 기억해 두게. 사건이 해결될 때쯤이면 자네도 레이첼이라는 여자가 관련돼 있다는 사실을 알게 될 테니까. 셜록 홈즈 선생님. 마음껏 비웃어도 좋습니다. 하지만 당신이 똑똑하고 재주가 뛰어날지는 몰라도 결국에는 구관이 명관이라는 것을 알게 될 테니."

내 친구는 자기가 터뜨린 웃음보 때문에 기분이 상한 자그마한 남자에게 사과했다.

"이거, 실례했습니다. 처음으로 그것을 발견했으니 큰 공을 세운 게 맞습니다. 당신의 말대로 그건 어젯밤 사건과 관계있는 사람이 썼겠지요. 그런데 난 여태 이 방을 둘러볼 시간이 없었으니 괜찮다면 지금부터 조사를 해 보지요."

그렇게 말하면서 홈즈는 주머니에서 커다랗고 둥근 돋보기와 줄자를 꺼냈다. 그것들을 들고 그는 조용히 방 안을 돌아다니면서 때때로 멈춰서기도 하고 무릎을 꿇고 앉기도 했다가 바닥에 엎드리기까지 했다. 작업에 열중한 나머지 홈즈는 우리가 있다는 사실조차 잊은 듯했다. 왜냐하면 그는 쉴 새 없이 입을 움직이고 있었기 때문이다. 소리를 지르기도 하고, 신음소리를 내기도 하고, 휘파람을 불기도 하고, 뜻대로 일이 풀렸는지 환호성을 지르기도 했다. 그것을 보고 나는 잘 훈련된 순종 폭스하운드가 잃어버린 사냥감 냄새를 맡기 위해 맹렬하게 숲을 헤치고 다니는 모습을 떠올렸다.

홈즈는 줄자를 이용하여 내 눈에는 전혀 띄지 않는 흔적과 흔적 사이의 거리를 신중하게 측정하며 20분 정도 조사를 계속했다. 이유는 알 수 없지만 벽에 줄자를 가져다 대보기도 했고. 한번은 바닥에 얇게 쌓여 있는 회색 먼지를 조심스럽게 모아서 봉투에 넣기도 했다. 마지막으로 벽면에 적힌 글자를 돋보기로 하나씩 세심하게 관찰했고, 그것이 끝나자 이내 만족스러운 듯 줄자와 돋보기를 주머니에 넣고 미소를 지으며 말했다.

"천재란 모든 고통을 견뎌 내는 사람이라고 하지요. 형편없는 정의이기는 하지만 탐정에게는 잘 어울리는 말입니다."

그렉슨과 레스트레이드는 아마추어 탐정이 조사하는 모습을 경멸스러운 눈으로 바라보았지만 호기심은 감추지 못했다. 홈즈의 행동은 제아무리 사소한 것이더라도 확실하고 실용적인 목표를 향해 있었다. 나도 깨닫기 시작한 이 사실을 두 형사는 전혀 모르는 듯했다.

"이 사건에 대해 홈즈 선생님은 어떻게 생각하십니까?"

두 사람이 동시에 물었다.

"내가 여러분을 돕는다면 당신들의 공을 앗아 갈지도 모릅니다. 형사님 두 분이 그렇게 훌륭히 조사했으니 굳이 내가 방해해선 안 되겠죠. 나중에 수사의 진행 상황을 알려주신다면 기꺼이 협력하지요. 그건 그렇고 시체를 발견한 경찰과 이야기를 좀 나누고 싶은데요. 그 경찰의 이름과 주소를 가르쳐 주시겠습니까?"

홈즈의 말에는 빈정대는 기색이 역력했다. 레스트레이드는 수첩을 들여다보며 말했다.

"존 랜스입니다. 지금은 비번이니 집에 있겠죠. 케닝턴 파크 게이트의 오들리 코드 46번지입니다."

홈즈는 수첩에 주소를 받아 적었다.

"의사 선생, 같이 가서 그를 만나 보세. 아, 두 분께는 이 사건을 푸는데 참고가 될 만한 걸 하나 알려드리죠."

홈즈는 두 형사를 향해 몸을 돌리고 말을 이었다.

"이건 살인 사건이고 범인은 중년 남자입니다. 범인의 신장은 180센티미터가 넘고, 키에 비해서 발이 작은데 끝이 각진 싸구려 부츠를 신었습니다. 담배는 인도산 트리치노폴리 잎담배를 피우고요. 범인은 피해자와 함께 사륜마차를 타고 여기에 왔습니다. 그 말은 오른쪽 앞발에만 새 편자를 박았고 나머지는 낡은 것입니다. 범인의 얼굴은 붉고 오른손 손톱은 꽤 길 겁니다. 단서 몇 개에 불과하지만 실마리 정도는 되겠지요?"

레스트레이드와 그렉슨은 서로의 얼굴을 바라보며 믿을 수 없다는 듯이 실실 웃어 보였다.

"살인 사건이라면 어떤 방법으로 저지른 겁니까?"

레스트레이드가 물었다.

"독살입니다."

홈즈는 쌀쌀맞게 대답하고는 발걸음을 떼었다. 그리고 문을 나서기 전에 돌아서서 말했다.

"하나 더 있군요. 레스트레이드, 'Rache'는 독일어로 '복수'라는 뜻입니다. 그러니 레이첼이라는 여자를 찾는 데 시간을 낭비하지 마시오."

홈즈는 형사들에게 마지막으로 한 방 먹이고 문 밖으로 사라졌고 그의 뒤에는 두 경쟁자가 입을 떡 벌린 채 서 있었다.

4. 존 랜스의 증언

우리가 로리스턴 가든 3번지를 나선 것은 오후 1시였다. 셜록 홈즈는 나와 같이 가까운 전신국에 들러서 긴 전보를 친 다음, 영업용 마차를 불러 세웠다. 그리고 마부에게 레스트레이드가 가르쳐 준 주소까지 데려다 달라고 했다.

"직접 만나서 물어보는 게 가장 확실하지. 사실은 사건의 전모가 이미 짐작이 가네만 더 알아낼 수 있는 게 있다면 그보다 좋은 일은 없어."

"홈즈, 자네는 사람을 깜짝 놀라게 하는 재주가 있군. 그런데 아까 한 말을 정말로 확신하는 건 아니겠지?"

"아니, 그건 의심의 여지가 없어. 아까 그 집에 갔을 때 내 눈에는 보도블록 옆에 난 두 줄기 바큇자국이 가장 먼저 띄었다네. 최근 일주일 사이에 비가 내린 것은 어젯밤뿐이었어. 그러니 그렇게 깊이 파인 바큇자국이라면 지난밤에 생긴 게 틀림없네. 길에는 말굽 자국도 남아 있었는데 네 개 중에서 딱 하나만 다른 것보다 자국이 뚜렷하지 뭔가. 그래서 그 발에만 편자를 새로 신겼다는 걸 알 수 있었어. 영업용 마차는 비가 내리기 시작한 다음에 도착한 것인데, 그렉슨이 보낸 편지를 보면 그곳에 마차를 타고 온 사람이 없다고 하지 않았나? 그렇다면 두 사람이 탄 마차는 자정 이전에 그 집에 왔던 걸세."

"듣고 보니 아주 간단하군. 그럼 범인의 키는 어떻게 알았나?"

"아, 보폭을 보면 인간의 키를 알 수 있는데 정확도가 90퍼센트는 되네. 그 계산법도 아주 간단하지만 지금 말해 봤자 자네는 따분해지기만 하겠지. 어쨌든 범인의 발자국이 정원의 좁은 길과 집 안에 남아 있어서 그걸로 보폭을 쟀고 계산법을 적용해서 키를 알아냈다네. 그리고 인간은 벽에 글씨를 쓸 때 눈높이에 맞춰서 쓰는데 이건 본능이라고도 할 수 있네. 그 피로 쓴 글씨는 바닥에서 180센티미터보다 조금 높은 곳에 있었지 않나. 그러니 범인의 키를 추정하는 건 식은 죽 먹기지."

"그럼 나이는?"

내가 물었다.

"정원에 너비가 135센티미터쯤 되는 웅덩이가 있었네. 그걸 가뿐하게 건너뛰었다면 늙어 빠진 노인네는 아니겠지. 한데 에나멜 구두 자국은 웅덩이를 피해서 돌아갔고, 앞코가 각진 부츠 자국은 그걸 뛰어넘었다네. 내 말에 신비함 같은 건 전혀 없네. 나는 잡지에 관찰과 추리를 권하는 글을 썼지. 내가 말했던 걸 일상생활에 응용했을 뿐일세. 뭐 더 궁금한 게 있나?"

"손톱 길이와 트리치노폴리 잎담배는?"

"벽에 있던 글자는 집게손가락에 피를 묻혀서 쓴 것이라네. 돋보기로 봤더니 글씨를 쓸 때 회벽 긁힌 자국이 약간 남아 있었다네. 손톱이 짧다면 그런 흔적은 남지 않았을 걸세. 그리고 바닥에 떨어진 재를 모아서

담아 봤더니 색깔은 거무스름하고 얇게 썰어 놓은 모양이었어. 그런 재는 트리치노폴리 잎담배에서만 나오지. 실제로 나는 잎담배의 재를 전문적으로 연구했고, 논문을 발표한 적도 있어. 자랑 좀 하자면, 난 잎담배든 다른 담배든 이름이 알려진 것이라면 그 재를 힐끗 보고도 이름을 맞힐 수 있다네. 이런 작은 차이가 뛰어난 탐정이 될 것이냐, 그렉슨이나 레스트레이드 같은 부류가 될 것이냐를 결정짓지."

"그럼, 범인의 얼굴이 붉다는 건?"

"아, 그건 좀 더 과감한 추론이었지만 틀림없을 걸세. 지금은 묻지 말아 주게나."

나는 이마를 쓰다듬으며 말했다.

"머리가 빙빙 도는군. 생각하면 생각할수록 더 이상해져. 그 두 사람은, 그러니까 만약 두 사람이 있었다면 말이지만, 도대체 뭘 하려고 빈집에 갔을까? 두 사람을 태우고 온 마부는 어떻게 된 거지? 범인은 피해자에게 어떻게 독을 먹였을까? 바닥에 떨어진 피는 누구의 것이고? 아무것도 없어지지 않았는데 그럼 살인자의 목적은 무엇이었을까? 왜 여자 반지가 거기에 있었지? 그리고 정말로 알 수 없는 건 벽에 쓰인 글씨라네. 왜 범인은 도망가기 전에 독일어로 'RACHE'라고 쓴 걸까? 솔직히 말해서 난 이런 사실들을 어떻게 연결해야 할지 도저히 모르겠네."

내 친구는 빙그레 웃으며 고개를 끄덕였다.

"자네가 복잡한 문제를 일목요연하게 잘 정리해 주었네. 중요한 사실들은 짐작이 가네만 그래도 아직 확실하지 못한 몇 가지가 남아 있어. 레스트레이드가 고생 끝에 발견한 그 글씨는 사회주의자나 비밀조직의 범행처럼 보이게 해서 경찰의 눈을 속이려는 눈가림일 뿐이야. 그건 독일인이 쓴 게 아닐세. 자네가 눈치 챘는지 몰라도 'A'는 독일 활자체와 비슷하게 쓰였지. 하지만 진짜 독일인이었다면 라틴 활자체로 썼을 걸세. 틀림없다네. 독일인으로 보이려 했지만 오히려 그것 때문에 정체가 드러난 셈이지. 그 글씨는 수사를 다른 방향으로 돌리려는 수작에 불과하다네. 의사 선생, 설명은 이쯤에서 마치도록 하지. 마술사도 한번 수법을 드러내면 인기가 시들해지지 않나? 내가 일하는 방법을 너무 많이 보여 주면, 결국 자네는 내가 아주 평범한 사람에 불과하다는 결론을 내릴 걸세."

"결코 그런 일은 없네. 자네는 탐정 일을 정밀 과학 수준으로 끌어올렸어."

친구는 내 말과 열성적인 말투를 듣고 기쁜 듯이 얼굴을 붉혔다. 여자들이 아름답다는 칭찬을 받으면 좋아하는 것처럼, 홈즈는 자기가 일하는 모습을 칭찬해 주면 좋아한다는 사실을 나는 전부터 알고 있었다.

"한 가지 더 말해 주겠네. 에나멜 구두를 신은 남자와 발끝이 각진 부츠를 신은 남자는 같은 마차를 타고 와서 정원의 좁다란 길을 아주 사이 좋게 걸어갔다네. 팔짱이라도 낀 듯이 다정하게 말야. 집 안으로 들어간 두 사람은 그 방을 서성였지. 아니, 에나멜 구두를 신은 남자는 가만히 서 있었고 발끝이 각진 부츠를 신은 남자가 왔다갔다 했다고 말해야 정확하겠지. 이건 바닥에 쌓인 먼지를 보고 알아낸 사실일세. 그리고 범인은 서성이는 동안 점점 흥분했어. 점점 넓어지는 보폭을 보면 알 수 있지. 범인은 계속해서 뭔가를 말했고 점점 더 분노가 커진 거야. 그러다가 비극이 일어난 걸세. 내가 알아낸 건 이 정도고 나머지는 전부 추측일 뿐이지. 하지만 이쯤이면 수사를 시작하기엔 충분할 걸세. 서두르세! 오늘은 노먼 네루다 부인의 바이올린 연주를 들으러 할레 연주회에 꼭 가고 싶다네."

이렇게 이야기하는 동안에도 마차는 빛바랜 거리와 음침한 골목길을 요리조리 빠져나갔다. 지금까지 지나친 길 중에서도 가장 지저분하고 을씨년스러운 거리로 들어서자 마부는 거칠게 마차를 세웠다.

"이 앞이 오들리 코트입니다. 돌아오실 때까지 여기서 기다리겠습니다."

마부는 우중충한 벽돌담 사이로 난 좁은 골목을 가리키며 말했다.

오들리 코트는 마음을 끄는 곳은 아니었다. 좁고 답답한 골목길을 빠져나가자 돌로 포장한 네모난 안뜰이 있었고 그 위에는 초라한 집들이 늘어서 있

었다. 지저분해 보이는 아이들 사이를 비집고, 널어놓은 빛바랜 속옷 밑을 지나서야 간신히 46번지에 도착했다. 현관에 랜스라는 이름이 새겨진 작은 청동 문패가 붙어 있었다. 우리는 랜스 순경을 만나고 싶다고 말했지만 그가 아직 자고 있는 바람에 조그만 응접실로 안내되어 거기서 잠시 기다렸다.

시간이 조금 지나자 자다가 불려 나온 것이 못내 짜증이 난다는 듯한 얼굴을 한 랜스가 나타나서 말했다.

"보고서라면 벌써 경찰서에 냈는데요."

홈즈는 주머니에서 10실링짜리 금화를 꺼내 들더니 생각에 잠긴 듯한

표정으로 만지작거리기 시작했다.

"이번 사건에 대해서 직접 듣고 싶어서 왔습니다."

"내가 아는 거라면 뭐든지 말씀드리죠."

랜스는 조그만 금화를 뚫어지게 바라보며 말했다.

"그날 있었던 일을 생각나는 대로 들려주시면 됩니다."

랜스는 말 털로 만든 소파에 앉았다. 그리고 하나도 빠짐없이 털어놓겠다고 결심한 듯이 이마에 주름을 잡으며 이야기를 시작했다.

"처음부터 이야기하겠습니다. 난 밤 10시부터 다음 날 아침 6시까지 근무합니다. 그날은 밤 11시쯤에 화이트 하트라는 술집에서 싸움 한 번 난 게 다였고, 그것만 빼면 내 순찰 구역은 아주 조용했어요. 오전 1시쯤부터 비가 쏟아지더군요. 그때 홀랜드 그로브 구역을 순찰하는 해리 머처를 만나서 헨리에타 가 모퉁이에서 이야기 좀 했지요. 얼마 지나지 않아서…… 그러니까 새벽 2시가 좀 넘었을 때 난 브릭스턴 가도 한번 봐야겠다고 생각했습니다. 거기는 유난히 음침하고 인적이 드문 동네지요. 거리를 지나다니는 사람 하나 없었고 영업용 마차도 한두 대밖에 못 봤으니까요. 우리끼리 이야기지만, 순찰 돌면서 따뜻한 술이나 한잔 들이키면 좋겠다고 생각하던 참이었습니다. 그때, 사건이 일어난 집 창에서 불빛이 새어 나오는 게 보이더군요. 난 로리스턴 가든에 있는 두 집이 텅 비어 있는 이유를 압니다. 예전에 두 집 중 한 집에 세 들어 살던 사람이 장티푸스에 걸려 죽었는데도 집주인이 하수구를 고칠 생각을 하지 않고 있거든요. 나야 그걸 빤히 아니까 창밖으로 불빛이 새어 나오는 걸 보니 무슨 일이 나도 단단히 났구나 하는 생각이 들어서 현관까지 갔는데……."

"그랬다가 다시 문으로 돌아왔지요? 그 이유가 뭡니까?"

홈즈가 말을 끊고 묻자 랜스는 놀라서 믿을 수 없다는 표정으로 그를 바라보았다.

"그렇습니다. 아니, 선생님이 그걸 어떻게 아십니까? 아무도 못 봤을 텐데! 현관까지 가긴 했는데 너무 조용해서 그냥 다른 사람과 같이 가는 게 좋을 거라고 생각했지요. 살아 있는 거라면 무서울 거 하나 없지만, 장티푸스로 저세상에 간 사내가 귀신이 돼서 원한을 품고 자기를 죽게 만든 하수구를 보러 돌아온 게 아닐까 생각하니 덜컥 겁이 나더군요. 어쩌면 머처가 손전등을 비추는 걸 볼 수 있을지도 모른다고 생각해서 문까지 되돌아간 겁니다. 하지만 머처는 고사하고 누구 하나 지나가질 않았습니다."

"거리에는 아무도 없었나요?"

"쥐새끼 한 마리 없었습니다. 그래서 마음을 다잡고 다시 현관으로 가서 문을 열었는데, 아무 소리도 안 나길래 불 켜진 방으로 갔습니다. 난로 위 장식장에 촛불이 흔들리고 있었죠. 붉은 양초였는데 그 불빛에 비쳐서 내 눈에 들어온 꼴이⋯⋯."

"아, 그건 전부 알고 있습니다. 당신은 방 안을 몇 번이고 왔다 갔다 하다가 시체 옆에 무릎을 꿇고 앉았지요. 그리고 방에서 나와 부엌의 문을 확인한 다음에⋯⋯."

존 랜스는 겁먹은 표정과 수상쩍다는 눈빛을 보이며 자리에서 벌떡 일어나 외쳤다.

"어디에 숨어서 날 지켜본 거요? 너무 많이 알고 있군!"

홈즈는 웃으면서 그 순경을 향해 자기 명함을 테이블 위로 던졌다.

"날 살인 용의자로 체포할 생각을 하진 마세요. 나는 사냥개지 쫓기는 늑대가 아니니까요. 그렉슨과 레스트레이드에게 물어보면 아실 겁니다.

자, 이야기를 계속 들려주세요. 그 다음엔 어떻게 했습니까?"

랜스는 자리에 앉았지만 아직도 얼떨떨한 얼굴이었다.

"문 쪽으로 가서 호각을 불었더니 바로 머처와 다른 두 사람이 달려와 주었습니다."

"그때 거리에는 사람이 없었나요?"

"네. 도움이 될 만한 사람은 없었죠."

"무슨 소리죠?"

순경은 소리 없이 입꼬리를 살짝 올리며 웃었다.

"지금까지 주정뱅이라면 잔뜩 다뤄 봤지만 그렇게 엉망으로 취한 녀석은 처음이었습니다. 내가 문 쪽으로 갔을 때, 그 놈은 벽돌담 목책에 기대서 〈콜롬바인의 유행의 깃발〉인지 뭔지 하는 노래를 고래고래 악을 써 가며 부르지 뭡니까. 제대로 서 있지도 못하니 당연히 날 도와주지도 못했고요."

"어떤 남자였죠?"

셜록 홈즈가 물었다. 존 랜스는 사건과 무관한 이야기로 대화가 흘러가자 조금 짜증이 나는 듯했다.

"아주 고주망태가 되도록 퍼마신 녀석이었습니다. 그 일만 없었으면 유치장에 처넣었을 텐데 말이죠."

"얼굴이든 옷이든 뭐든 기억나는 게 없습니까?"

"기억나는 게 있기는 해요.

난 녀석을 끌어안아 일으켜서…… 아니, 머처랑 둘이서 일으켰구나. 아무튼 키가 굉장히 크고 얼굴이 붉은 사내였는데 입 주위는 깃으로 가려 놓아서…….”

“알겠습니다. 그래서 그 사내를 어떻게 했죠?”

홈즈가 큰 소리로 물었다.

“안 그래도 바빠 죽겠는데 그런 녀석한테 신경 쓸 시간이 어디 있습니까? 알아서 집에 잘 들어갔겠지요.”

랜스가 불만스럽다는 듯이 대답했다.

“어떤 옷을 입고 있었죠?”

“갈색 코트요.”

“채찍은 들고 있지 않았나요?”

“채찍? 그런 건 없었어요.”

“그럼 어딘가에 두고 왔나 보군.”

홈즈가 중얼거렸다.

“그 뒤에 마차를 보거나 마차 소리를 듣지는 못했나요?”

“못 들었습니다.”

“여기 10실링을 받으세요.”

친구는 그렇게 말하고 모자를 집으면서 말했다.

“한데 랜스 순경, 당신은 경찰에서 더 이상 진급하긴 글렀소. 머리는 장식이 아니라 제대로 쓰라고 있는 겁니다. 당신은 어젯밤에 경사가 될 수도 있었어요. 당신이 그 손으로 부축했던 사내가 바로 이 사건의 열쇠를 잡고 있는, 우리가 쫓고 있는 사람이니 말입니다. 이제 와서 이런 이야기해 봐야 소용없지만, 그렇다는 겁니다. 가세, 의사 선생.”

반신반의하는 눈빛이었지만 화가 났다는 사실만은 명백한 정보 제공

원을 뒤로 하고, 우리는 그대로 마차가 있는 곳으로 되돌아왔다.

하숙집으로 돌아오는 마차 안에서 홈즈가 내뱉듯이 말했다.

"멍청한 녀석! 그런 기회는 좀처럼 오지 않는 법인데 그걸 놓치다니."

"난 아직도 잘 모르겠네. 주정뱅이의 인상이 자네가 말한 두 번째 인물과 일치하는 건 맞아. 하지만 한 번 도망간 사람이 왜 다시 돌아왔을까? 범인이라면 그런 짓은 하지 않을 텐데."

"반지 때문이네. 틀림없이 반지 때문에 되돌아온 거야. 만약 다른 방법으로 해도 안 된다면, 그 반지를 미끼로 범인을 낚을 수 있겠지. 내가 꼭 잡고 말겠네. 의사 선생, 내기를 걸어도 좋아. 이게 다 자네 덕일세. 자네가 아니었다면 난 이 사건에 손을 대지 않았을지도 모르네. 그랬다면 내 생에 최고의 연구도 놓쳐 버렸겠지. 이걸 '진홍색[9] 연구'라고 부르면 어떻겠나? 우리도 가끔은 예술적인 표현을 써 보자고. 인생이라는 색깔 없는 실 뭉치에 살인이라는 진홍색 실이 섞여 있어. 그 실을 풀어서 떼어낸 다음 온 세상에 드러내는 게 우리가 할 일이야. 이제 점심을 먹고 노면 네루다 부인의 연주를 들으러 가야겠군. 활을 놀리는 솜씨가 아주 대단해. 쇼팽의 소곡은 그야말로 예술이지. 그 곡명이 뭐더라. 트라 라 라 리라 리라 레이……."

이 아마추어 탐색견探索犬은 등받이에 등을 기대며 종달새처럼 끊임없이 흥얼댔지만, 나는 인간 정신이 얼마나 복잡한 것인가에 대해서 깊은 생각에 잠겼다.

---

9) 진홍색은 비유적으로 죄악을 상징하는 색으로 쓰인다.

5. 광고를 보고 온 손님

몸이 완전히 회복되지 않은 채 오전 내 나가 돌아다녔던 것이 내게 좀 무리인 듯싶었다. 오후가 되자 피로가 몰려오면서 몸이 말을 듣지 않았다. 홈즈가 연주회에 가고 나서 나는 소파에 누워 두 시간 정도 잠을 자려고 했지만 정신은 더욱 맑아지기만 했다. 여러 가지 일을 겪은 탓에 신경이 날카로워졌고, 이상한 생각과 추측들만 머리에 떠오르며 가슴은 계속 흥분 상태였다. 눈을 감을 때마다 살해된 남자의 개코원숭이 같이 일그러진 얼굴이 떠올랐다. 그 얼굴이 너무나 사악한 인상을 강하게 풍긴 나머지 그런 얼굴을 가진 사람을 이 세상에서 제거해 준 자에게 감사하고 싶은 기분이 들 정도였다. 만약 인간의 얼굴이 극악무도함을 나타낼 수 있다면 그건 바로 클리블랜드 시의 이녹 J. 드레버와 같은 얼굴일 것이다. 그렇지만 나는 정의는 실현되어야 하고, 제아무리 피해자가 타락한 인간이라 하더라도 법률이 그 범죄를 용서해서는 안 된다고 생각했다.

생각하면 생각할수록 드레버가 독살을 당했다는 내 친구의 가설은 참으로 훌륭했다. 나는 시체의 입 냄새를 맡던 홈즈의 모습을 떠올렸다. 거기에는 틀림없이 홈즈가 독살을 떠올렸을 만한 무엇인가가 있었을 것이다. 생각해 보면 시체에는 맞은 흔적도, 찔린 흔적도, 목을 졸린 흔적도 없었으니 독살 말고는 달리 생각할 방법이 없다. 그렇다면 바닥에 떨어져 있던 피는 누구의 것이었을까? 격투를 벌인 흔적도 없었고, 피해자가 범인에게 상처를 입혔을 만한 무기도 발견되지 않았다. 이런 의문이 풀리지 않으면 나도 홈즈도 쉽게 잠들지 못할 것이다. 침착하면서도 자신에 넘치는 홈즈의 태도를 보니 이미 모든 사실을 설명할 수 있는 추리를 세워 놓은 듯했는데, 나는 도통 알 수가 없었다.

홈즈는 꽤 늦은 시간이 되어서야 집으로 돌아왔다. 연주회만 갔다 왔다면 이렇게 늦게 왔을 리가 없었다. 저녁은 그가 오기 전에 테이블 위에 차려져 있었다.

홈즈가 자리에 앉으면서 말했다.

"멋진 연주였다네. 다윈이 음악에 대해서 뭐라고 했는지 아는가? 그의 주장에 따르면 인간은 언어를 사용하기 훨씬 전부터 음악을 만들고 즐겼다고 하더군. 그래서 우리가 음악을 듣고 깊은 감동을 받는 것이 아닐까? 우리 마음속에 아득한 옛날의 기억이 희미하게 남아 있는 거겠지."

"상상력이 아주 풍부하군."

"자연을 해석하려면 대자연처럼 원대하게 생각해야지. 그런데 무슨 일 있었나? 어디 안 좋은 것 같은데. 브릭스턴 가에서 일어난 사건 때문에 마음이 언짢은가 보군."

"솔직하게 말하면, 그렇다네. 아프가니스탄에서 전쟁을 치르고 돌아왔으니 좀 더 대담해진 줄 알았는데 말이야. 마이완드 전투에서는 난도질

당한 전우들을 봐도 아무렇지도 않았고."

"무슨 말인지 알겠군. 이 사건은 상상력을 자극하는 묘한 부분이 있네. 상상하지 않으면 공포도 없어. 참, 오늘 석간신문을 봤나?"

"아니."

"그 사건을 아주 자세하게 다룬 기사가 실렸네. 그런데 시체를 옮기려 했을 때 여자 결혼반지가 바닥에 떨어졌다는 이야기는 없었어. 천만다 행일세."

"왜 그런가?"

"이 광고를 보게. 오늘 아침에 사건 현장에서 돌아오자마자 모든 신문에 이 광고를 냈다네."

그는 내 앞으로 신문을 던졌고 나는 그가 가리킨 곳을 보았다. 유실물 습득란의 가장 윗부분에 다음과 같은 광고가 실려 있었다.

오늘 아침, 브릭스턴 가 화이트 하트 술집과 홀랜드 그로브 주택가 중 간 지점에서 무늬 없는 여성용 금반지 습득. 오늘 저녁 8시에서 9시 사이 에 베이커 가 221B번지 왓슨 박사에게 연락 바람.

"미안하지만 자네 이름을 좀 빌렸네. 내 이름을 쓰면 멍청한 형사들이 보고 귀찮게 할 것 같아서 말일세."

"그건 상관없네만, 만약 누가 찾아오면 어떻게 하지? 반지가 없으니 말일세."

그러자 홈즈는 내게 뭔가를 건네며 말했다.

"반지라면 여기 있네. 그거면 될 걸세. 거의 비슷하게 생겼으니까."

"이 광고를 보고 누가 올 것 같은가?"

"물론 그 갈색 코트를 입은 사내지. 얼굴이 붉고 발끝에 각진 구두를 신은 친구 말이야. 만약 자신이 오지 않는다면 공범자라도 보내겠지."

"위험하다고 생각하지 않을까?"

"그렇게 생각하진 않을 걸세. 내 생각이 옳다면, 물론 그럴 만한 이유야 다 있지만, 범인은 반지를 찾기 위해서라면 모든 위험을 감수할 걸세. 그 사내는 죽은 드레버 위로 몸을 굽혔을 때, 반지가 떨어졌다는 사실을 눈치 채지 못했어. 집에서 나온 뒤에야 반지를 떨어뜨렸다는 사실을 알고 서둘러 되돌아갔지만, 촛불을 켜 놓고 나와 버린 바람에 이미 경찰이 와 있었지. 그리고 문 앞에 있으면 의심을 받을까 봐 술 취한 척을 한 거야. 한번 그 남자의 상황에서 생각해 보게나. 반지가 없어졌는데 곰곰이 생각해 보니 그 집에서 나온 다음에 길 어딘가에서 떨어뜨렸을 가능성이 떠오르지 않겠나? 그럼 어떻게 할까? 유실물 습득란에 반지를 찾았다는 광고가 실릴지도 모른다고 생각해서 눈이 빠져라 석간을 읽을 걸세. 이 광고를 보면 눈이 반짝 빛나겠지. 뛸 듯이 기뻐할 거야. 함정일지도 모른다고 의심할 이유가 있을까? 그가 보기에는 살인 사건과 반지가 연결될 까닭이 전혀 없거든. 놈은 올 거야. 반드시 온다고. 한 시간 안으로 자네도 그를 볼 걸세."

"만약 그가 오면 어쩌지?"

"그때는 내게 맡겨 두게나. 그런데 혹시 무기를 갖고 있나?"

"구식이지만 육군 리볼버를 가지고 있네. 탄환도 조금 있고."

"그럼 손질을 하고 탄환도 넣어 두게. 아주 필사적인 녀석일 테니까. 틈을 봐서 덮칠 생각이지만, 무슨 일이 일어날지 모르니 준비를 해 두는 편이 나을 걸세."

나는 침실로 가서 홈즈가 말한 대로 했다. 권총을 가지고 거실로 나와 보니 테이블은 이미 정리가 끝나 있었고 홈즈는 바이올린을 연주하느라 바빴다.

내가 들어가자 홈즈가 말을 걸었다.

"더 흥미진진한 사건이 됐어. 미국으로 친 전보에 대한 답이 왔다네. 내 추리가 맞았어."

"그게 뭔가?"

나는 그 다음 이야기를 듣고자 하는 열망으로 가득 차서 흥분된 목소리로 물었다.

"바이올린 줄을 갈아야겠군. 권총은 주머니에 넣게. 녀석이 나타나도 평소와 다름없이 말하면 되네. 나머지는 내가 알아서 하지. 너무 뚫어지게 쳐다봐서 의심을 사지 않도록 하게나."

"8시로군."

나는 시계를 꺼내 흘낏 보며 말했다.

"그래, 몇 분만 지나면 나타날 걸세. 문은 조금 열어 두게. 그 정도면 됐어. 열쇠는 안쪽 열쇠구멍에 꽂아 주게. 고맙네. 이건 내가 어제 가판대에서 산 낡은 책인데 좀 기묘해. 1642년에 로랜드의 리에주에서 발간된 《각국의 법률》이라는 책이야. 라틴어로 쓰였지. 1649년에 청교도혁명이 일어났으니, 이 조그만 갈색 책은 그 전에 인쇄된 거야. 국왕 찰스 1세의 목이 아직 단단히 붙어 있을 때로군그래."

"발행인은 누구지?"

"누군지는 모르겠지만 필립 드 크로이라고 쓰여 있네. 그리고 책 면지를 보면 잉크로 '글리올미 화이트의 장서'라고 적혀 있는데 희미하지만 아직은 읽을 수 있다네. 글리올미의 영국식 발음은 윌리엄인데, 그럼 이 윌리엄 화이트는 또 누구일까? 17세기에 살았던 참견하기 좋아하는 변호사가 아닐까? 필체에 변호사들에게서 곧잘 볼 수 있는 습관이 묻어 있거든. 아, 기다리던 사람이 온 듯하군."

현관 벨이 요란하게 울렸다. 셜록 홈즈는 가만히 일어나서 자기 의자를 문 쪽으로 옮겼다. 현관에서 분주히 움직이는 하녀의 발소리가 들리더니 이어서 빗장을 올리는 소리가 울렸다.

"여기에 왔슨 박사님이 살고 계신가요?"

상당히 갈라졌지만 우렁찬 목소리였다. 하녀의 대답은 들리지 않았으나 현관이 닫히는 소리, 그리고 계단을 올라오는 발소리가 들려왔다. 발을 질질 끄는 듯한, 어딘지 불안정한 발걸음이었다. 귀를 기울이고 있던 친구의 얼굴에 의외라는 표정이 떠올랐다. 발소리가 천천히 복도를 따라 다가오더니 곧 작은 노크 소리가 들렸다.

"들어오세요."

나는 큰 소리로 말했다.

우락부락한 사내가 들어오리라 예상했는데 상당히 나이 들어 보이는 주름투성이 노파가 방 안으로 비틀비틀 들어왔다. 갑자기 밝은 곳으로 들어와서 눈이 부신 듯했지만 무릎을 가볍게 굽혀 인사했다. 그리고는 짓무른 눈을 깜빡이며 우리를 보더니 떨리는 손으로 주머니를 뒤지기 시작했다. 나는 얼른 친구를 훔쳐보았다. 매우 실망스러워하는 표정이라 나도 태연함을 가장하는 것이 고작이었다. 노파는 석간을 꺼내 들더니 홈즈가 낸 광고를 가리켰다.

"신사 양반, 난 이걸 보고 왔수."

그러더니 다시 한 번 무릎을 굽혀 인사했다.

"브릭스턴 가에 떨어져 있었다던 결혼 금반지 말이우. 그건 우리 딸 샐리 건데, 결혼한 지 1년쯤 됐지요. 서방이라는 사람은 유니온 기선에서 주방 보조로 일하는데, 돌아와서 반지가 없어진 걸 알아채면, 어이구, 생각만 해도 끔찍하구먼! 원래 평소에도 성격 급한 사람인데 술이라도 마시는 날에는 누구도 말릴 수가 없어요. 딸내미는 어제 서커스를 보러 갔다가 반지를……."

"이게 따님의 반지인가요?"

내가 물었다.

"오, 신이여 감사드립니다! 이제 샐리도 마음 놓고 푹 잘 수 있겠수. 이 반지가 틀림없어요."

노파가 외쳤다.

"그런데 어디에 살고 계신가요?"

내가 연필을 들었다.

"하운즈디치의 던컨 가 13번지. 왔다 갔다 하기에 피곤할 만큼 먼 곳이지요."

"하운즈디치에 사신다면 어떤 서커스를 보러 가더라도 브릭스턴 가는 지날 필요가 없을 텐데요."

셜록 홈즈가 날카롭게 말하자 노파는 획 돌아서더니 빨갛게 짓무른 조그만 눈으로 그를 노려보았다.

"이 신사 양반이 물어본 건 내 주소잖수. 샐리는 페캄의 메이필드 플레이스 3번지에 세 들어 살아요."

"그럼 할머니 성함은 어떻게 되십니까?"

"내 성은 소여고, 딸은 데니스라오. 톰 데니스와 결혼했거든요. 톰은 배 타고 바다에 나가 있을 때는 똑똑하고 깔끔한 사람이라 회사에서도 제일가는 직원인데, 어째 뭍에만 오르면 여자에 술에……."

"소여 부인, 반지를 드리죠. 틀림없이 따님 반지 같군요. 진짜 주인한테 돌려드리게 되어 다행입니다."

홈즈가 눈짓을 하기에 나는 그쯤에서 노파의 말을 끊었다.

노파는 신에 대한 축복과 감사의 말을 몇 번이고 중얼거리더니 반지를 주머니에 넣고 다리를 질질 끌면서 계단을 내려갔다. 셜록 홈즈는 노파가 방에서 나가자마자 뛰어들 듯 자기 방으로 들어갔다. 몇 초 후, 그는 외투에 목도리를 두르고 나타났다.

"지금부터 저 할멈을 미행해야겠네. 틀림없이 그들과 같은 패거리일 거야. 이제 곧 범인에게 갈 걸세. 잠들지 말고 기다려 주게."

홈즈가 서둘러 말했다.

노파가 현관문을 닫은 바로 다음 순간, 홈즈는 계단을 내려갔다. 나는 창으로 바깥을 내다보았다. 건너편 인도를 힘없이 걸어가는 노파와 그 뒤를 따라가는 홈즈가 보였다.

'홈즈가 잘못 생각하고 있는 게 아니라면 이제 이 사건의 수수께끼가 풀릴 거야.'

홈즈는 나한테 잠들지 말고 기다려 달라는 부탁을 할 필요도 없었다. 미행이 어떤 결과를 가져 오는지 듣지 않으면 나도 결코 잠들 수 없을 것 같았다. 홈즈는 오후 9시가 다 되어서 밖으로 나갔다. 언제 돌아올지 알 수는 없었지만 나는 멍하니 파이프를 빨면서 앙리 뮈르제르가 쓴 《보헤미안의 생활》이라는 책을 뒤적거렸다. 10시가 넘자 침실로 가는 하녀들의 발소리가 들렸다. 11시에는 마찬가지로 잠을 자러 가는 듯한 하숙집 여주인의 우아한 발소리가 방 앞을 지나갔다. 12시가 거의 다 돼서야 현관 빗장을 여는 소리가 들렸다. 홈즈가 방으로 들어서는 순간, 그의 얼굴을 보고 일이 잘못됐다는 사실을 알았다. 표정을 보니 어이없기도 하고 분하기도 한 듯했다. 어쩔 줄 몰라하던 그는 결국 크게 웃음을 터뜨렸다.

홈즈는 자리에 앉으면서 외쳤다.

"이번 일만은 절대 런던경찰국 녀석들에게 알리고 싶지 않아. 오늘 그렇게 놀려 주고 왔으니 이 일을 안다면 두고두고 숙덕거릴 게 아닌가? 그래도 내가 지금 웃을 수 있는 건, 그래도 마지막에 웃는 건 바로 나라는 사실을 알고 있기 때문일세."

"미행은 어떻게 됐나?"

"아, 실패한 이야기를 하는 건 아무렇지도 않다네. 그 노파는 조금 걷더니 아주 아프다는 듯이 다리를 절기 시작했네. 그리고 곧 멈춰 서더니 지나가던 영업용 사륜마차를 세웠지. 어디로 가는지 알아내려고 서둘러 다가갔지만 그럴 필요가 없었다네. 길 건너편까지 들릴 만한 목소리로 '하운즈디치까지 가 줘요. 던컨 가 13번지까지.'라고 했거든. 그렇다면 그 주소는 사실이었을지도 모른다고 생각했지. 노파가 마차에 오르는 것을 확인하고 나는 마차 뒤에 매달렸네. 탐정이라면 이 정도는 해야 하는 법이야. 마차는 힘차게 달리기 시작해서 목적지에 도착할 때까지

단 한 번도 속도를 줄이지 않았네. 나는 13번지에 도착하기 전에 마차에서 뛰어내리고는 산책 나온 사람처럼 걸었네. 마침내 마차가 멈추고 마부가 재빨리 뛰어내려 문을 열고 손님이 내리기를 기다리더군. 그런데 내리는 사람이 아무도 없지 뭔가. 내가 마차까지 걸어갔을 때 마부는 텅 빈 좌석을 미친 듯이 헤집으며 생전 들어본 적도 없는 거친 욕을 퍼붓고 있었네. 마차를 타고 있던 노파가 연기처럼 사라졌으니 마차 삯을 받아 내려면 시간 깨나 걸리겠지. 그래서 마부와 함께 13번지를 찾아가 보았더니 케스윅이라는 훌륭한 도배장이가 집주인이었다네. 그 사람은 주변에서 소여나 데니스라는 이름을 들어본 적 없다고 하더군."

"설마 그 비틀거리면서 약해 빠진 노파가 자네와 마부에게 들키지 않고 달리는 마차에서 뛰어내린 건 아니겠지?"

"노파는 무슨 빌어먹을 노파!"

셜록 홈즈가 날카롭게 외쳤다.

"그렇게 깜박 속아 넘어 갔으니 우리야말로 노파지. 젊고 운동신경이 뛰어난 데다 연기력도 엄청난 사내 녀석이 변장했던 거야. 정말 대단한 변장술이었네. 미행을 눈치 채고 마차를 이용해서 나를 감쪽같이 속인 게 확실해. 난 그 녀석이 혼자 움직인다고 생각했는데, 그걸 보고 녀석을 위해서라면 위험을 무릅쓸 수 있는 동료가 있다는 사실을 알았네. 그런데 의사 선생은 꽤 피곤해 보이는군. 이제 그만 쉬는 게 좋겠어."

그렇지 않아도 나는 몹시 피곤했으므로 홈즈의 지시를 따랐다. 그는 아직도 타오르는 난롯불 앞에 자리를 잡고 앉았다. 그날 밤, 음울하고 슬픈 바이올린 소리가 끊임없이 희미하게 들려왔다. 그것으로 나는, 홈즈가 여전히 그 기묘한 사건에 대해 깊은 생각에 잠겨 있다는 사실을 알았다.

6. 토비어스 그렉슨의 수사

　다음 날, 아침 신문은 〈브릭스턴 가의 괴사건〉이라는 기사로 도배되어 있었다. 어느 신문에나 장문의 기사가 실렸으며 어떤 신문에서는 사설로도 다루었다. 그중에는 내가 모르고 있던 정보도 실려 있었다. 난 아직도 사건에 관한 수많은 기사와 발췌문을 수집한 스크랩북을 가지고 있다. 그중에서 몇몇 정보를 요약해 보면 다음과 같다.

　〈데일리 텔레그래프〉에서는 이처럼 기괴한 비극은 범죄사에서 그 예를 찾아보기 어렵다고 전했다. 피해자의 이름이 독일계라는 사실, 살인 동기가 알려지지 않은 점, 벽에 피로 적은 기분 나쁜 글자 등의 단서를 종합하여 정치적 망명자나 혁명가가 저지른 범행이라는 쪽에 무게를 두었다. 미국에는 셀 수 없이 많은 사회주의 지부가 존재하는데, 피해자는 그들의 불문율을 깨서 처단당한 것이 틀림없다고 했다. 또한 그 신문은 중세 독일의 비밀재판제도, 토파나 독액, 이탈리아의 비밀정치결사 카르보나리와 프랑스의 독살범 브랑빌리에 후작 부인, 심지어는 다윈의 진화론, 래트클리프 하이웨이 연속살인 사건에 대해서까지 신나게 떠들어 댔다. 마지막으로 정부를 질타하는 한편, 영국에 거주하는 외국인을 엄중히 감시해야 한다고 주장하며 기사를 끝맺었다.

〈스탠다드〉는 자유당 정권이 집권해서 이런 불법적인 잔학 행위가 일어나는 것이라고 했다. 그들의 기사는 이랬다. '국민이 불안해하고 권위가 약화되면 이런 사건이 일어난다. 피해자는 몇 주 전부터 런던에 거주하던 미국 신사다. 그는 캠버웰의 토퀘이 테라스에 있는 차펜티어 부인의 하숙에서 살고 있으며, 비서인 조셉 스탠거슨 씨와 함께 여행을 하고 있었다. 두 사람은 이번 달 4일, 화요일에 하숙비를 냈고, 주인에게 리버풀행 급행을 탄다고 말한 다음에 유스턴 역으로 향했다. 유스턴 역 플랫폼에 서 있는 두 사람을 봤다는 증인도 있다. 이미 보도한 대로, 드레버 씨는 유스턴 역에서 몇 킬로미터 떨어져 있는 브릭스턴 가의 빈집에서 시체로 발견되었다. 이때까지의 두 사람의 행적은 밝혀진 바가 없다. 드레버 씨가 빈집에 간 이유와 살해된 이유 등도 알려지지 않았으며 스탠거슨 씨도 행방불명 상태다. 런던경찰국의 레스트레이드 형사와 그렉슨 형사가 이 사건을 맡은 것은 아주 기뻐할 만한 일이며, 그 고명한 두 형사는 빠른 시일 내에 사건의 수수께끼를 풀어 낼 것으로 크게 기대받고 있다.'

〈데일리 뉴스〉는 이 사건이 틀림없이 정치적인 범죄일 것이라고 논했다. '유럽 정부들의 폭정과 왕성한 자유주의에 대한 혐오로, 자국에서 훌륭한 시민이던 사람들이 우리나라로 속속 망명하고 있다. 그들은 시련을 겪었지만 그것 때문에 성품이 비뚤어지지는 않았다. 그들 사이에는 명예에 대한 엄격한 규율이 있고 그것을 범하면 죽음을 당한다. 피해자의 평소 습관을 알기 위해서라도 당국은 비서인 스탠거슨 씨를 찾는 데

온 힘을 쏟아야 한다. 두 사람이 하숙했던 곳이 밝혀져서 수사에 커다란 진전이 있었다. 이것은 오로지 런던경찰국 소속 그렉슨 형사의 예리함과 열정 덕분이다.'

셜록 홈즈와 나는 아침을 먹으면서 이런 기사들을 읽었는데 그는 무척이나 재미있어하는 표정이었다.

"보게, 내가 말한 대로지? 레스트레이드와 그렉슨은 무슨 일을 해도 사람들한테 칭송받는다네."

"하지만 사건이 어떻게 끝날지 아직 모르잖나?"

"그건 상관없다네. 만약 범인이 체포된다면 그건 두 사람의 노력 '덕' 이 될 걸세. 만약 범인을 놓치게 된다면, 두 사람의 노력에도 '불구하고' 가 되겠지. 동전을 던져서 앞면이 나오면 내가 이기고, 뒷면이 나오면 네 가 진다는 것과 같은 말이야. 그 두 사람은 무슨 일을 하더라도 추종자 가 따르지. '바보들을 존경하는 더 큰 바보가 있다.'라는 프랑스 말도 있 지 않은가."

"이건 또 무슨 소리야?"

그때 현관과 계단에서 우르르 하는 발소리가 나서 나는 이렇게 외쳤 다. 뒤이어 하숙집 여주인이 야단치는 소리가 들려왔다.

"베이커 가의 소년 탐정단일세."

친구가 진지한 표정으로 말하는 것과 거의 동시에 누더기를 걸친 부 랑아 6명이 방 안으로 뛰어들었다. 살면서 그렇게 지저분한 녀석들은 처 음이었다.

"차렷!"

홈즈가 절도 있게 구령을 붙이자 작은 부랑아 여섯은 일렬로 쭉 늘어 섰다. 그 모습이 마치 더러워진 조각상 같았다.

"앞으로 보고할 일이 있으면 위긴스 혼자만 오도록. 나머지는 밖에서 기다린다. 그걸 찾았나, 위긴스?"

"아뇨, 아직 못 찾았습니다."

아이들 중 하나가 대답했다.

"나도 기대하진 않았지만 앞으로 찾아 낼 때까지 포기해선 안 돼. 자, 수고비다."

홈즈는 아이들에게 1실링씩 건네줬다.

"그럼, 이제 돌아가거라. 다음에는 좀 더 나은 보고를 들려주도록."

홈즈가 손을 흔들었다. 소년들은 쥐가 경쟁을 하듯 앞다투어 계단을 달려 내려갔다. 곧 길거리에서 새된 아이들 목소리가 들려왔다.

"형사 12명보다 저 꼬마 녀석 하나가 훨씬 쓸모 있다네. 사람들은 상대가 형사처럼 보이면 입을 다물어 버리지만 저 아이들은 어디든 갈 수 있고 어떤 일이든 파헤쳐 오거든. 게다가 바늘처럼 날카롭지. 저런 애들을 꾸려 놓기만 하면 저절로 굴러가니까 편하지."

"브릭스턴 가의 사건 때문에 아이들을 쓰는 건가?"

"그렇다네. 하나 확인하고 싶은 일이 있는데 그냥 시간문제일 뿐이네. 이런! 이제 복수의 한 방이 담긴 깜짝 뉴스를 듣게 생겼군. 그렉슨이 싱글벙글하면서 아주 기쁜 표정으로 오고 있네. 분명히 우리한테 오는 걸 거야. 보게, 멈춰 섰다네. 왔다!"

현관의 벨 소리가 요란하게 울렸다. 그리고 눈 깜짝할 사이에, 한 번에 세 계단씩이나 뛰어올라 우리 거실로 달려든 금발 형사 그렉슨은 "홈즈 선생님!" 하고 외치면서 별 반응 없는 홈즈의 손을 잡았다.

"축하해 주십시오! 제가 사건을 모두 풀었습니다."

언제나 표정이 풍부한 홈즈의 얼굴에 이번에는 불안한 그늘이 감돌았다. 그가 물었다.

"그렇다면 확실한 단서라도 잡았습니까?"

"단서라고요? 허, 홈즈 선생님, 우린 범인을 체포했단 말입니다!"

"범인의 이름은?"

"아서 차펜티어라는 해군 중위입니다."

그렉슨 형사가 잘날 척 두툼한 손을 비비며 가슴을 활짝 펴자, 홈즈는 안도의 한숨을 쉬고 긴장이 풀리는지 미소를 띠웠다.

"앉으시죠. 잎담배도 하나 피우세요. 어떻게 범인을 잡았는지 꼭 좀 알고 싶군요. 위스키와 물도 드시겠습니까?"

형사가 대답했다.

"주신다면 감사히 먹겠습니다. 지난 이틀 동안 사건에 엄청나게 힘을 썼더니 이젠 완전히 지쳐 버렸습니다. 홈즈 선생님도 알다시피 몸을 움직여서 피곤하다기보다는 머리를 너무 써서 신경이 날카로워졌어요. 우리는 다 같은 두뇌 노동자이니 셜록 홈즈 선생님도 잘 아시겠죠."

"과찬입니다."

홈즈가 자못 진지한 표정으로 말했다.

"어떻게 이렇게 멋진 결과를 얻었는지 들려주세요."

형사는 안락의자에 앉더니 아주 흐뭇하게 담배 연기를 내뱉었다. 그러더니 갑자기 우스움이 터져 나왔는지 허벅지를 철썩 때리며 말했다.

"퍽 재미있게 됐습니다. 자기가 똑똑하다고 생각하는 바보 같은 레스트레이드가 지금 얼토당토않은 단서를 추적하고 있습니다. 헛다리 짚은 거지요. 행방불명된 비서 스탠거슨을 쫓고 있다니까요. 그 비서가 사건과 관련이 있다면 아직 태어나지도 않은 아기까지 사건과 관련 있을 겁니다. 지금쯤이면 분명 잡았겠죠."

그렉슨은 생각만 해도 우스워 죽겠는지 숨이 넘어갈 때까지 웃어 댔다.

"그럼 형사님은 어떻게 단서를 잡으신 거죠?"

내가 물었다.

"아, 전부 말씀드리죠. 왓슨 박사님, 물론 이 얘기는 오로지 우리 사이의 비밀이니까 어디 가서도 발설하시면 안 됩니다. 우리가 부딪힌 첫 번째 난관은 그 미국인의 신변을 밝히는 것이었습니다. 형사 중에는 신문에 광고를 내서 반응을 기다리거나, 사건 관계자가 제 발로 걸어 나오기를 기다리는 사람도 있지요. 하지만 저 토비어스 그렉슨은 그렇게 일하지 않습니다. 박사님은 시체 옆에 떨어져 있던 모자를 기억하십니까?"

그렉슨의 물음에 홈즈가 답했다.

"네. 캠버웰 가 129번지에 있는 존 언더우드 앤 선즈 회사 제품이죠."

그렉슨 형사는 어쩐지 풀이 좀 죽은 눈치였다.

"설마 홈즈 선생님도 알아차렸을 줄은 몰랐군요. 선생님도 거기에 가 보셨나요?"

"가지 않았습니다."

그렉슨은 안심한 듯한 목소리로 말했다.

"그래요? 제아무리 사소한 기회라도 소홀히 여겨서는 안 됩니다, 홈즈 선생님."

"무릇 뛰어난 사람에게는 하찮은 것이 없지요."

홈즈가 격언을 인용하는 투로 딱딱하게 말했다.

"그래서 전 언더우드 상회로 가서 모자의 크기와 특징을 말하고 그런 모자를 판 적이 있냐고 물어봤어요. 주인이 장부를 살펴보더니 바로 찾아내더군요. 토퀘이 테라스에서 사는 차펜티어 씨 집, 정확히 말하면 거기에 머물고 있는 드레버 씨에게 그 모자를 보냈다는 겁니다. 이렇게 해서 드레버의 주소를 알아냈죠."

"훌륭해, 아주 훌륭해요!"

셜록 홈즈가 작은 목소리로 중얼거렸다.

"그런 다음, 차펜티어 부인을 찾아갔습니다. 부인은 뭔가 걱정거리라도 있는지 낯빛이 좋지 않았습니다. 딸도 그 방에 있었는데 보기 드물게 아름다운 아가씨였습니다. 그런데 딸의 눈가가 벌겋게 물들어 있었고, 제가 말을 걸 때마다 입술을 떨었습니다. 그런 걸 놓칠 제가 아니죠. 좀 수상한 낌새가 풍겼습니다. 셜록 홈즈 선생님도 그 느낌을 잘 아실 겁니다. 제대로 냄새를 맡은 순간, 온 신경이 찌릿 하는 거 말입니다. 저는 '여기에 하숙했던 클리블랜드 시의 이녹 J. 드레버 씨가 의문의 사고로 사망했다는 건 알고 계시죠?'라고 물었습니다.

부인은 고개를 끄덕이더군요. 말을 하기도 힘든 모양이었습니다. 그런데 갑자기 딸이 큰 소리로 울음을 터뜨려서, 전 이 모녀가 단순히 드레버 씨의 죽음이 안타까워서가 아니라 이 사건에 대해 무엇인가를 알고 있는 게 틀림없다고 믿었습니다. 제가 또 물었습니다.

'드레버 씨는 기차를 타러 여기서 몇 시에 나갔습니까?'

'저녁 8시에요.'

부인은 치밀어 오르는 감정을 억누르기 위해서 마른 침을 삼키더니 말을 이었습니다.

'비서인 스탠거슨 씨는 저녁 9시 15분 기차와 11시 기차가 있다고 했어요. 드레버 씨는 9시 15분에 출발하는 기차를 타겠다고 하더군요.'

'드레버 씨를 본 건 그게 마지막이었나요?'

그렇게 묻자 부인의 낯빛이 완전히 흙빛으로 변했습니다. 잠시 뜸을 들이던 부인은 탁하고 묘한 느낌이 드는 목소리로 간신히 '네.'라고 대답했을 뿐입니다. 한동안 침묵이 흐르다가 딸이 안정을 되찾은 듯 침착한 목소리로 또박또박 말했습니다.

'어머니, 거짓말을 해 봤자 좋을 게 없어요. 사실대로 말하자고요. 우린 그 다음에도 드레버 씨를 봤잖아요.'

'세상에, 무슨 소리를 하는 거니?'

차펜티어 부인은 이렇게 외치면서 망연자실한 듯이 두 손을 내던지고 의자에 풀썩 쓰러졌습니다.

'너 때문에 네 오빠가 죽을 거야.'

딸이 단호하게 대답했습니다.

'아서 오빠도 우리가 진실을 말하기를 바랄 거예요.'

내가 말했지요.

'이제 모든 걸 전부 말씀하시는 편이 나을 겁니다. 일부분만 이야기하는 건 완전히 숨기는 것보다 더 나쁜 겁니다. 게다가 부인은 저희가 이 사건을 얼마나 파악하고 있는지도 모르시잖습니까.'

'앨리스, 무슨 일이 생기면 다 네 탓이다!'

어머니는 딸에게 이렇게 말하더니 제 쪽을 보고 계속 말했습니다.

'전부 말씀드릴게요. 그 끔찍한 사건에 아들이 관계된 건 아닐까 해서 제가 이렇게 흥분하는 건 아니니까 절대로 오해하지 마세요. 그 애한테는 아무 죄도 없어요. 하지만 다른 사람들이나 경찰들이 아들을 의심하고 있을까 하는 점이 무서운 겁니다. 그건 있을 수 없는 일이에요. 아들의 고결한 성품, 군인이라는 직업, 지금까지의 행실을 보면 그럴 수가 없어요.'

'무슨 일이 있었는지 숨김없이 말씀하시는 게 제일 좋습니다. 절 믿으세요. 아드님이 결백하다면 절대 나쁜 일은 생기지 않으니까요.'

'앨리스, 너는 나가 있는 게 좋겠다.'

딸은 부인의 말에 따라 방에서 나갔습니다.

'형사님, 이 말은 하지 않으려 했지만 딸이 먼저 말을 꺼냈으니 하는

수 없죠. 이제 마음을 먹었으니 무슨 일이든 사소한 것이라도 전부 말씀 드리겠습니다.'

'그게 가장 현명한 방법입니다.'

'드레버 씨는 우리 집에서 3주일 가까이 머물렀어요. 비서인 스탠거슨 씨와 함께 유럽 대륙을 여행하고 있었죠. 트렁크 맨 위에는 죄다 코펜하겐의 라벨이 붙어 있었으니 마지막으로 여행한 곳이 거기였겠죠. 스탠거슨 씨는 조용하고 얌전한 사람이었어요. 하지만 주인인 드레버 씨는, 이렇게 말하긴 좀 그렇지만, 비서와는 아주 달랐답니다. 행동이 천박하고 야만적이었어요. 우리 집에 처음 온 날 저녁에도 완전히 취해 있었고, 낮 12시가 넘어도 정신이 말짱한 적이 거의 없었으니까요. 게다가 하녀들에게도 막 다가가서는 치근거리지 뭐예요. 최악이었던 건, 얼마 지나지 않아서 우리 딸 앨리스에게도 그런 태도를 보인 거였어요. 딸한테도 몇 번인가 듣기에도 거북한 말들을 지껄였는데 딸이 너무 순진해서 그 뜻을 못 알아들었어요. 다행이었죠. 한 번은 딸을 끌어안기까지 했어요. 너무 무례한 행동이라 비서인 스탠거슨 씨가 신사답지 못한 행동이라고 주인을 나무랄 정도였지요.'

'그런데 왜 그걸 다 참고 계셨죠? 부인이 원하신다면 하숙인들을 내쫓을 수도 있었을 텐데요.'

제가 정곡을 찌르자 차펜티어 부인의 얼굴이 새빨개졌습니다.

'그 사람들이 처음 왔을 때 내보냈으면 좋았을 걸 그랬어요. 하지만 엄청난 유혹이었어요. 하숙비를 한 명당 하루에 1파운드씩 준다고 했으니까요. 두 명이니까 일주일에 14파운드가 되는 셈이죠. 돈이 뭔지, 어쨌든 지금은 다들 살기도 힘들고, 저는 남편도 없는 데다 해군에 있는 아들에게도 돈이 들어가는 상황이니 그 돈을 놓칠 수가 없었어요. 전 그게 제일 좋은 방법이라고 생각한 거예요. 하지만 딸에게 저지른 무례가 너무 심해서 저는 드레버 씨에게 나가 달라고 말했어요. 그래서 그 사람이 우리 집을 나간 거죠.'

'그 다음은요?'

'그 사람이 마차를 타고 떠나자 마음이 놓였습니다. 마침 그때는 아들이 휴가를 얻어 집에 와 있었는데, 그 아이는 성격이 급하고 동생을 끔찍하게 귀여워해서 아들에게 그 이야기는 전혀 안 했어요. 그 사람들을 배웅하고 문을 닫자 10년 묵은 체증이 내려가는 것 같았어요. 아아, 그런데 채 한 시간도 지나지 않아서 현관 벨이 울리고 드레버 씨가 돌아왔더군요. 그는 아주 흥분한 데다 술에 완전히 취해 있었어요. 딸과 제가 있는 방으로 억지로 들어와서는 기차를 놓쳤느니 어쩌니 하며 영문 모를 말들을 늘어놓았지요. 그러더니 앨리스 쪽으로 몸을 틀어서는, 제가 보는 앞에서 둘이 도망가서 살자고 꾀지 않겠어요? 제가 보는 앞에서 말이에요. 그 사람이 '너도 이제 어른이니 법으로도 막을 수 없는 일이야. 난 돈이라면 썩을 만큼 가지고 있어. 저기 있는 할망구는 신경 쓰지 말고 지금 바로 나랑 같이 가자. 여왕처럼 살게 해 줄 테니.'라고 말했어요. 겁을 잔뜩 먹은 앨리스는 얼어붙어서 뒷걸음질했습니다. 그런데도 드레버 씨는 딸아이의 손목을 잡고 억지로 현관 쪽으로 끌고 가려고 했습니다. 제가 비명을 질렀더니 아들 아서가 방으로 들어왔어요. 그 다음부터는 무슨 일이 있었는지 기억이 안 납니다. 비명소리와 격렬하게 싸우는 소리가 들려왔어요. 무서워서 얼굴도 들 수가 없었지요. 간신히 얼굴을 들어 보니 손에 지팡이를 든 아서가 문 앞에 웃으며 서 있었죠. '이제 다신 저 녀석이 우릴 괴롭히지 않을 거예요. 녀석이 뭘 하는지 잠깐 보고 올게요.' 그렇게 말하고 아서는 모자를 쓰고 밖으로 뛰어나갔어요. 그

다음 날 아침, 우리는 드레버 씨가 의문의 죽음을 당했다는 사실을 알게 되었습니다.'

이 이야기를 하는 동안 차펜티어 부인은 몇 번이고 말을 멈추었고 숨을 헐떡이기도 했습니다. 너무 낮은 목소리로 말했기 때문에 하마터면 놓칠 뻔한 곳도 많았습니다. 하지만 부인의 이야기는 속기해 두었으니 내용이 틀리진 않을 겁니다."

"아주 재미있는 이야기로군요."

홈즈는 하품을 하며 말했다.

"그래서 어떻게 하셨죠?"

"차펜티어 부인이 말을 끝냈을 때 전 한 가지 사실만 확인한다면 된다는 걸 알았습니다. 그래서 부인의 얼굴을 가만히 들여다봤습니다. 여자들한테 잘 먹히는 방법이죠. 눈을 바로 뜨고 부인의 얼굴을 빤히 쳐다보면서 아들이 몇 시에 돌아왔는지 물었습니다.

'모르겠어요.'

부인은 이렇게 대답하더군요.

'모르신다고요?'

'네, 아서는 열쇠를 가지고 있어서 자기가 문을 열고 들어오거든요.'

'부인이 잠든 뒤였나요?'

'네.'

'부인은 몇 시쯤 잠이 드셨죠?'

'아마 11시쯤이었을 거예요.'

'그렇다면 아드님은 적어도 두 시간 동안은 밖에 있었던 것이군요.'

'네.'

'네 시간이나 다섯 시간일 수도 있고요.'

'그렇죠.'

'그동안 아드님은 뭘 했습니까?'

'저는 모릅니다.'

부인은 이렇게 대답했지만 입술이 하얗게 질려 있었습니다.

이제 더 이상 조사해 볼 필요도 없는 일이었죠. 전 차펜티어 아서 중위의 소재를 파악했습니다. 그리고 경찰 두 사람을 데리고 가서 그를 체포했습니다. 제가 중위의 어깨에 손을 얹고 조용히 따라오라고 말했더니 우리를 보고 얼굴에 철판이라도 깔았는지 뻔뻔하게 대꾸하더군요. '그 악당 같은 드레버의 죽음이 나와 관련되어 있다고 생각하고 나를 체포하는 건가요?' 우린 그 사건에 대해서는 아무 말도 하지 않았는데 자기가 먼저 그런 말을 꺼내는 것을 보니 아주 의심스러웠습니다."

"정말 그렇군요."

홈즈가 말했다.

"그 어머니가 진술하기를, 중위가 지팡이를 들고 드레버를 쫓아 나갔다고 했었어요. 그런데 녀석은 체포될 때도 그걸 들고 있었습니다. 아주 실한 참나무 막대기였습니다."

"그럼 당신의 생각은 어떻습니까?"

"제 추리는 이렇습니다. 차펜티어 중위는 브릭스턴 가까지 드레버를 따라갔습니다. 거기서 격렬한 싸움이 벌어졌고 중위가 막대기로 드레버의 복부를 때려서 죽인 겁니다. 그러면 외상은 남지 않으니까요. 그날은 비도 무지막지하게 퍼부어서 길거리를 지나다니는 사람도 없었습니다. 차펜티어 중위는 그 빈집으로 피해자를 끌고 갔습니다. 초, 핏자국, 벽에 피로 쓴 글씨, 반지는 죄다 경찰의 판단을 흐리게 하려는 속임수에 지나지 않습니다."

홈즈가 격려하듯이 말했다.

"정말 대단합니다, 그렉슨. 점점 발전하고 있군요. 앞으로의 활약이 더욱 기대되는데요."

형사는 자랑스럽게 말했다.

"제 생각에도 정말 잘한 것 같습니다. 그 젊은이가 이실직고하기를, 한동안 드레버의 뒤를 밟았는데 얼마 지나지 않아서 그가 미행을 눈치 챘는지 마차를 타고 도망갔다고 하더군요. 그래서 그냥 집으로 돌아오다가 같은 배에 탔던 전우를 만나 둘이서 오랫동안 같이 산책을 했다고 했습니다. 한데 그 친구의 주소를 물었더니 제대로 대답도 못하더군요. 신기할 정도로 모든 게 착착 맞아 떨어지고 있습니다. 레스트레이드를 생각하면 우습기만 합니다. 처음부터 엉뚱한 방향으로 수사를 진행시키고 있으니. 뭐 하나 건지지도 못하고 돌아올까 봐 걱정이네요. 이런, 이런, 저 사람도 양반 되기는 글렀네요!"

우리가 이야기에 빠져 있는 동안 정말로 레스트레이드가 계단을 올라서 방으로 들어왔다. 평소에는 행동에서 자신감이 넘쳐나고 옷도 단정했지만 오늘은 어딘지 초췌해 보였다. 표정에는 기운이 하나도 없어 보였고 옷도 더러웠다. 셜록 홈즈의 의견을 들으러 온 것이 분명해 보였는데, 동료를 보더니 당황해서 어쩔 줄 몰라 했다. 레스트레이드 형사는 방 한가운데 선 채로 손에 들고 있던 모자를 만지작거리며 어찌해야 좋을지 모르겠다는 표정으로 생각에 잠겨 있었다. 드디어 레스트레이드가 입을 열었다.

"이번 사건은 정말 불가사의합니다. 도저히 하나도 모르겠어요."

그렉슨이 기쁘다는 듯이 외쳤다.

"아, 그 사실을 이제야 알았나, 레스트레이드 형사! 언젠가는 그렇게 생각할 줄 알았네만. 그래, 비서인 조셉 스탠거슨 씨라도 찾아냈나?"

"비서 조셉 스탠거슨 씨 말인데……."

레스트레이드가 침통한 목소리로 말했다.

"그는 오늘 아침 6시쯤에 할리데이스 프라이빗 호텔에서 살해됐다네."

7. 어둠 속의 빛

레스트레이드가 전한 소식은 너무나도 중대하고 전혀 생각지도 못했던 일이라, 우리 셋은 말을 꺼내지도 못했다. 그렉슨은 의자에서 벌떡 일어나다가 위스키 잔을 엎지르고 말았다. 나는 입술을 굳게 다물고 미간을 잔뜩 일그러뜨린 셜록 홈즈를 말없이 바라보았다.

"스탠거슨까지 살해당했다는 건가? 일이 복잡해졌군."

홈즈가 중얼거렸다.

"안 그래도 복잡한 사건이었습니다. 아무래도 제가 긴급 대책 회의에 들어온 것 같군요."

레스트레이드가 중얼대며 의자를 끌어당겼다.

"그런데 그거 정말 확실한 정보인가?"

그렉슨은 말을 더듬거리기까지 했다.

"스탠거슨이 묵던 방에서 곧장 여기로 오는 길이라네. 사건 현장을 처음으로 발견한 게 바로 날세."

레스트레이드가 말했다.

"우린 그렉슨의 견해를 듣던 중이었습니다. 괜찮다면 당신이 보고 들은 걸 이야기해 주시죠."

레스트레이드가 의자에 앉으며 대답했다.

"그렇게 하겠습니다. 솔직히 말하면, 전 지금까지 드레버 살인 사건과 스탠거슨 사이에 어떤 관계가 있을 거라고 생각했습니다. 그런데 생각지도 못했던 쪽으로 일이 전개되고 있으니 전 완전히 헛다리를 짚은 셈이죠. 머릿속이 그 생각으로만 꽉 차서 드레버가 죽은 뒤 그 비서가 어디로 갔는지 찾아내자고 결심했었어요. 목격자의 증언에 따르면, 그 두 사람은 3일 밤 8시 30분경에 유스턴 역에 있었습니다. 그리고 드레버는 4일 새벽 2시에 브릭스턴 가에서 시체로 발견됐습니다. 내 머릿속에는, 그렇다면 8시 30분부터 범행이 일어난 시간까지 스탠거슨은 무엇을 했으며 그리고 범행이 일어난 다음에는 어디로 간 것일까 하는 의문이 떠올랐습니다. 저는 리버풀에 전보를 쳐서 스탠거슨의 특징을 가르쳐 주고 미국으로 향하는 선박을 잘 감시하라고 일렀습니다. 그런 다음 유스턴 역 부근의 호텔과 하숙을 상대로 탐문 수색에 들어갔습니다. 드레버와 비서가 헤어졌다면, 그 비서는 당연히 그날 밤에 역 근처에서 묵고 다음 날 아침에 다시 역 근처에 나타날 거라고 생각했으니까요."

"그런 경우라면 미리 만날 장소를 정해 두었을 겁니다."

홈즈가 말했다.

"말씀하신 그대로입니다. 어제 저녁 내내 유스턴 일대를 돌아다니며 조사했지만 결국 헛수고였습니다. 오늘도 새벽 일찍부터 조사를 시작해서, 8시에 리틀 조지 가에 있는 할리데이스 프라이빗 호텔로 들어갔습니다. 호텔 종업원들에게 스탠거슨이라는 사람이 머물고 있냐고 물었더니 그렇다고 하지 않겠습니까. 그러면서 이렇게 말했습니다.

'스탠거슨 씨가 만나기로 한 분이 맞으시지요? 그 손님은 벌써 이틀이나 한 신사 분을 기다리고 계십니다.'

'그는 지금 어디 있소?'

'위쪽 방에서 주무시고 계십니다. 9시에 깨워 달라고 부탁하셨습니다.'

'지금 당장 올라가서 만나고 오겠소.'

갑자기 들이닥치면 당황한 스탠거슨이 저도 모르게 진실을 말할지도 모른다고 생각했습니다. 호텔 구두닦이가 앞장서서 안내를 해 주더군요. 방은 3층에 있었고 좁은 복도로 이어져 있었습니다. 구두닦이는 스탠거슨의 방문을 손가락으로 알려주고 되돌아가려 했습니다. 바로 그때, 형사 생활을 20년이나 한 제가 말이죠, 어떤 광경을 보고 속이 뒤집히는 줄 알았습니다. 방문 밑으로 흘러나온 한 줄기 피가 구불구불 복도를 가로질러서 벽 아래에 조그만 웅덩이를 만들어 놓았더군요. 저도 모르게 비명을 지르고 말았습니다. 그 소리를 듣고 구두닦이가 되돌아왔는데 그도 피를 보고 거의 기절할 뻔했습니다. 문이 안쪽에서 잠겨 있어서, 우리 둘이 어깨로 문을 부수고 들어갔습니다. 창문이 열려 있었고 창가에는 온갖 물건이 흩어져 있었어요. 그 옆에 잠옷을 입은 남자가 몸을 웅크린 채 쓰러져 있었습니다. 숨은 이미 끊어진 상태였습니다. 손발이 차갑고 경직된 걸로 봐서 꽤 오래 전에 죽은 것 같았습니다. 시체를 돌려 바로 눕히자, 구두닦이는 한눈에 조셉 스탠거슨이라는 이름으로 숙박하던 신사라는 걸 알아봤습니다. 사인死因은 왼쪽 가슴에 있는, 심장까지 이르는 깊은 자상이었습니다. 칼이 심장을 뚫은 게 틀림없어 보였어요. 자, 이제 이 사건에서 가장 이상한 부분입니다. 시체 위에 뭐가 있었는지 짐작하시겠습니까?"

나는 등줄기가 오싹해졌다. 셜록 홈즈가 대답하기 전부터 두려운 예감 때문에 몸이 떨려 왔다. 홈즈가 대답했다.

"피로 쓴 'RACHE'라는 글자겠죠."

"그렇습니다."

레스트레이드가 존경과 두려움이 섞인 목소리로 말했다. 우리 넷은 한동안 입을 열지 못했다. 이 알 수 없는 살인자의 범행은 지극히 계획적이면서도 도무지 종잡을 수가 없어서 사건이 더욱 기분 나쁘게 느껴졌다. 내 신경은 전쟁터에서마저 아무렇지도 않았지만 이 사건을 생각하면 움찔움찔했다. 그때 레스트레이드가 말했다.

"그런데 범인의 목격자가 있습니다. 우유를 받으러 가던 우유 배달 소년입니다. 그 소년은 호텔 뒤쪽에 난, 마구간을 개조한 작은 집들로 이어지는 좁은 길을 걸어가고 있었습니다. 그런데 평소에는 옆으로 뉘여 있던 사다리가 활짝 열린 호텔 창문에 걸려 세워져 있었다는 겁니다. 거기를 지나쳐서 뒤돌아보니 한 사내가 사다리를 타고 내려오고 있었다더군요. 그 사내가 무척 차분하고 자연스럽게 내려와서 그 소년은 호텔에서 일하고 있는 목수나 인부라고 생각했다고 합니다. 소년은 일하기에는 너무 이른 시간이라고 생각하기는 했지만 그것만 빼면 별 신경을 안 썼습니다. 소년의 말에 따르면 그 사내는 키가 크고, 얼굴이 붉었으며, 갈색 긴 외투를 입고 있었다더군요. 그리고 범인은 살인을 저지른 뒤에도 한동안 방 안에 있었던 듯합니다. 손을 씻었는지 세면기의 물은 피로 물들어 있었고, 침대 시트에는 의도적으로 칼을 닦은 자국이 남아 있었거든요."

범인의 특징이 홈즈의 추리와 완전히 일치하자 나는 그의 얼굴을 훔쳐보았다. 하지만 그 얼굴에는 의기양양해하거나 만족하는 빛이 보이지 않았다.

"현장에 무언가 단서가 될 만한 것은 없었습니까?"

내 친구가 물었다.

"아무것도 없었습니다. 스탠거슨의 주머니에서 드레버의 지갑이 나왔지만 언제나 돈은 그 사람이 냈으니 특별히 이상할 것도 없지요. 지갑에는 80파운드 정도 들어 있었는데 도둑맞은 흔적은 없었습니다. 끔찍한 두 범죄의 동기는 모르겠지만 적어도 금전을 노린 범행이 아니라는 점만은 명확합니다. 피해자의 주머니에서 서류나 메모 같은 것도 전혀 발견되지 않았습니다. 단, 한 달쯤 전에 클리블랜드 시에서 발신된 전보가 한 통 나왔습니다. 'J. H는 유럽에 있음.'이라는 전보인데 발신자의 이름은 없었습니다."

"다른 건 없었습니까?"

홈즈가 물었다.

"중요한 건 없었어요. 피해자가 잠들기 전에 읽은 소설 한 권이 침대 위에 있었고, 담배 파이프는 시체 옆에 있던 의자 위에 있었습니다. 테이블 위에는 물이 담긴 컵이 있었고, 창틀 위에는 알약이 두 알 든 조그맣고 얇은 나무 약상자가 있었습니다."

셜록 홈즈가 갑자기 기쁨의 환호성을 지르며 의자에서 벌떡 일어섰다.

"마지막 고리가 나타났어! 이제 사건은 풀렸소."

두 형사는 영문을 모르겠다는 표정으로 그를 바라봤다.

"꽤 엉켜 있던 실들이 이제 모두 내 손 안에 있습니다."

내 친구가 자신 있게 말했다.

"물론 아직 확실하지 않은 세세한 부분이 몇 군데 있기는 하지만 사건의 커다란 줄기는 잡았습니다. 드레버가 유스턴 역에서 비서와 헤어지고 나서 시체로 발견되었을 때까지 무슨 일이 있었는지 내 두 눈으로 본 것처럼 훤하게 떠오르는군요. 증거를 보여 드리죠. 그 알약을 손 위에 두고 좀 볼 수 있을까요?"

"제가 갖고 있습니다."

레스트레이드가 하얗고 조그만 약상자를 꺼내며 말했다.

"경찰서의 금고에 보관하려고 지갑, 전보와 함께 가지고 왔습니다. 솔직히 약을 가져온 건 기막힌 우연입니다. 이건 아무런 단서도 못 될 거라 생각했거든요."

"그 알약을 주세요. 의사 선생, 보게나. 이게 평범한 약인가?"

정말로 평범한 알약이 아니었다. 두 개 모두 진주처럼 빛나는 조그만 회색 알약이었는데 빛에 비춰 보니 속이 거의 다 들여다보였다.

"가볍고 투명한 걸 보니 물에 녹을 가능성이 높군."

"바로 그렇지. 미안하지만 밑으로 가서 불쌍한 테리어를 데려와 주게. 너무 오랫동안 병을 앓아서 어제도 하숙집 주인이 이제 그만 편히 쉴 수 있게 해 달라고 부탁하지 않았나?"

나는 밑으로 내려가 개를 안고 돌아왔다. 괴롭게 숨을 내뱉었고 눈동자도 흐릿한 것을 보니 이제 목숨이 얼마 남지 않은 듯했다. 게다가 콧등도 눈처럼 하얗게 된 것을 보면 벌써 개의 평균 수명을 넘어섰다는 것을 알 수 있었다. 나는 카펫 위에 있는 쿠션에 개를 눕혔다.

"이 알약을 반으로 나누겠습니다."

홈즈는 깃펜의 끝을 깎는 조그만 칼을 꺼내 약을 쪼개 보였다.

"나머지 반쪽은 나중에 필요할 테니까 상자에 넣어 두죠. 이 와인 잔에는 찻숟가락 하나 정도의 물이 들어 있습니다. 여기에 알약 반쪽을 넣으면, 자, 우리 의사 선생님이 말한 대로 바로 녹아 버리죠."

"재미있는 실험이기는 하지만 그게 조셉 스탠거슨의 죽음과 무슨 관계가 있다는 겁니까?"

레스트레이드는 자기가 놀림거리가 되고 있다고 생각했는지 볼멘소리로 말했다.

"아, 좀 더 기다려 보세요! 인내하라고요. 사건과 이 알약이 아주 긴밀한 관계가 있다는 사실을 곧 알게 될 테니까요. 자, 먹기 좋게 우유를 조금 섞어 보죠. 개한테 주면 바로 핥아먹을 겁니다."

이렇게 말하며 홈즈는 와인 잔에 담긴 우유를 작은 접시에 따라 테리어 앞에 놓았다. 개는 눈 깜짝할 사이에 깨끗이 먹어 치웠다. 셜록 홈즈의 태도가 너무나도 신중해서 우리는 분명히 아주 놀라운 일이 일어날 것이라고 기대하면서 숨죽이고 앉아서 개를 지켜보았다. 하지만 개에게는 아무런 변화도 일어나지 않았다. 테리어는 그저 쿠션 위에 축 늘어져서 변함없이 괴로운 듯 숨을 헐떡였다. 알약을 녹인 우유를 먹어도 상태가 좋아지지도 나빠지지도 않았다. 홈즈는 회중시계를 꺼내 시간을 쟀다. 1분이 지나고 2분이 지나도 아무런 반응이 없었다. 그는 매우 실망하고 억울해하는 표정을 지었다. 그는 입술을 깨물고 손가락으로 테이블을 통통 두드리는 등 온몸에 초조함이 감돌았다. 그의 실망이 너무 커서 나는 진심으로 안됐다고 생각했지만, 두 형사는 홈즈가 곤경에 빠진 것 같은 이 상황이 그저 즐겁기만 한지 실실 웃음을 흘렸다.

"우연일 리가 없어."

홈즈는 의자에서 벌떡 일어나 씩씩대며 방 안을 돌아다녔다.

"그게 단순한 우연이라니 말도 안 돼. 드레버가 살해당했을 때 그의 가방에 있을 거라 생각했던 알약은 정말로 스탠거슨이 죽은 다음에 발견됐어. 그런데 독의 효과가 나타나지 않다니. 대체 어떻게 된 일이지? 내 추리가 전부 틀렸다는 말인가? 그럴 리가 없어! 하지만 이 불쌍한 개 한테는 아무런 일도 일어나지 않잖아. 그래, 알았다! 알았어!"

홈즈는 기쁨의 환호성을 지르며 약상자 옆으로 달려가서 남아 있던 다른 알약을 두 개로 쪼개더니 그 중 하나를 우유에 녹여서 테리어 앞에 놓았다. 가엾은 개는 우유를 핥아먹더니 곧 사지를 심하게 떨며 마치 벼락이라도 맞은 것처럼 뻣뻣이 굳은 채 숨을 거뒀다. 셜록 홈즈는 숨을 크게 내쉬고 이마의 땀을 닦았다.

"내 추리에 좀 더 자신감을 가졌어야 했습니다. 지금까지 추리해 온 것과 어떤 사실이 일치하지 않으면, 그 사실을 다른 각도에서 해석해야 한다는 것쯤은 벌써 알고 있었어야 했는데 말이죠. 약상자 속에는 알약이 두 알 들어 있었고 어떤 것에는 맹독이 들어 있었고 다른 것에는 독이 없었어요. 그런 건 상자를 보지 않고서도 알아챘어야 했는데."

홈즈의 마지막 말은 너무나도 놀라워서, 나는 그가 평소대로 냉철한 정신 상태인지 믿기 어려웠다. 하지만 홈즈의 추리가 정확했다는 사실은 테리어의 사체가 증명해 주고 있었다. 내 머릿속의 안개가 걷히고 희미하게나마 사건의 진상이 보이기 시작한 느낌이 들었다. 홈즈가 말을 이었다.

"모든 게 이상해 보이겠지요. 여러분은 처음 조사를 시작했을 때 눈앞에 있던 중요하고 유일한 단서를 지나쳐 버렸으니까요. 나는 운 좋게 그 단서를 잡았고, 그 뒤에 일어난 사건들은 처음의 추측을 뒷받침해 주었습니다. 그 모든 건 정말이지 논리적인 순서대로였죠. 그래서 여러분들을 혼란스럽게 하고 사건을 더욱 복잡하게 만들었던 일들도, 날 깨우쳐 주고 내 결론을 더 견고하게 해 주었습니다. 이상함과 신비함을 혼동해서는 안 됩니다. 추리할 수 있을 만한, 눈에 띄는 특별한 점이 없는 일반적인 범죄가 가장 신비롭게 느껴질 때가 있습니다. 이번 살인 사건에서도 시체가 그렇게 이상하고 충격적인 모습을 하지 않고 그저 길거리에 있었다면 아주 해결하기 어려웠을 겁니다. 그처럼 기괴한 일들 덕분에 사건은 더욱 복잡해진 것이 아니라 오히려 간단해진 거죠."

그렉슨 형사는 답답하다는 듯이 홈즈의 말을 듣고 있다가 결국에는 참지 못하고 말을 꺼냈다.

"저기, 셜록 홈즈 선생님. 우리도 당신 머리가 비상하고 늘 독특한 수사 방법을 쓰고 있다는 사실은 인정합니다. 하지만 지금 우리는 수사법이나 연설을 들으려는 게 아닙니다. 문제는 범인을 잡는 거죠. 저도 나름대로 방향을 세우고 수사를 했지만 아무래도 잘못 짚은 것 같습니다. 차펜티어 중위는 두 번째 살인 사건과는 관계가 없습니다. 레스트레이드는 자기가 용의자로 생각한 스탠거슨의 뒤를 쫓았지만 그도 범인은 아닌 듯합니다. 홈즈 선생님은 실마리를 여기 저기 던지고 있고, 아무래도 우리보다는 더 많은 것들을 알고 있는 듯한데 이제 진상을 어디까지 파악하고 있는지 확실하게 가르쳐 주셨으면 합니다. 범인이 누군지 말씀해 주시죠?"

레스트레이드도 말했다.

"그렉슨의 말이 옳습니다. 우리도 노력은 했지만 실패했습니다. 제가 이 방에 들어오고 나서 지금까지 당신은 필요한 증거를 전부 갖췄다고 몇 번이고 말했습니다. 이제 답을 알려주실 때입니다."

나도 내 의견을 말했다.

"살인범 체포가 더 늦어지면 녀석에게 다음 살인을 일으킬 시간을 주는 꼴이 되지 않겠나?"

우리 모두에게 압박을 당하니 홈즈는 마음이 흔들리는 것 같았다. 무엇인가를 생각할 때면 그렇듯이, 그는 미간을 잔뜩 찌푸리고 고개를 숙인 채 방 안을 서성였다. 갑자기 홈즈가 발걸음을 멈추고 우리를 쳐다보며 말했다.

"더 이상의 살인은 없을 테니 그건 걱정할 필요 없네. 그리고 범인을 알고 있느냐고 물었죠? 그렇습니다. 범인을 밝혀내는 거야 식은 죽 먹기지만 체포는 그리 쉽지 않죠. 곧 녀석을 잡을 거라 생각하기는 하지만요. 내가 전부 손을 써 놨으니 잘되리라 믿습니다. 단, 범인은 빈틈없고 대담한 녀석인 데다가 그만큼 명석한 두뇌의 소유자가 그를 거들고 있다는 사실도 확인했으니 신중하게 처리해야만 합니다. 범인이 누구도 자기를 눈치 채지 못했다고 안심하는 한, 체포할 수 있는 기회가 있습니다. 하지만 녀석이 조금이라도 이상한 낌새를 눈치채기만 한다면 이름을 바꾸고 곧장 이 대도시에 사는 400만 명 속으로 순식간에 자취를 감춰 버리고 말겁니다. 두 사람의 마음을 상하게 할 생각은 없지만, 경찰의 힘으로는 이 사건의 범인들을 잡을 수 없기 때문에 난 경찰에 협력을 구하지 않았던 겁니다. 만약 내가 범인을 잡지 못한다면 그에 따르는 비난을 받을 각오는 하고 있습니다. 여기서 약속하지요. 내가 준비한 것이 실패하지 않을 것 같으면 바로 알리겠다고요. 반드시 그렇게 하겠습니다."

그렉슨과 레스트레이드는 홈즈의 자신감에, 아니면 경찰을 얕잡아보는 듯한 말에 큰 불만을 품은 듯했다. 그렉슨은 머리카락 바로 밑까지 얼굴 전체가 벌겋게 달아올랐으며, 레스트레이드의 유리구슬 같은 작은 눈은 호기심과 분노로 반짝반짝 빛나고 있었다. 그러나 두 사람이 채 말을 꺼내기도 전에 문을 두드리는 소리가 들렸다. 곧 불량하고 지저분한 차림대로 거리 부랑자를 대표하는 위긴스가 방으로 들어서더니 홈즈를 보고 굽실거리며 말했다.

"마차를 불러왔습니다."

"잘했다."

홈즈는 다정한 목소리로 말했다. 그러더니 서랍에서 강철로 된 수갑을 꺼냈다.

"런던경찰국에서는 왜 이런 걸 쓰지 않습니까? 스프링이 얼마나 멋진지 보시죠. 순식간에 걸리게 돼 있습니다."

"잡을 범인만 발견한다면 구형 모델로도 충분합니다."

레스트레이드의 말에 홈즈가 미소를 지으며 대답했다.

"그렇지요, 옳은 말씀입니다. 마부가 짐 옮기는 걸 도와줬으면 좋겠는데. 위긴스, 마부에게 가서 좀 올라와 달라고 해라."

지금 당장 여행이라도 떠날 듯한 말투였는데, 나는 그것에 관해서 아무 말도 들은 적이 없었기 때문에 깜짝 놀랐다. 방에는 작은 여행 가방이 있었는데 홈즈는 그것을 끄집어내더니 가죽 끈으로 묶기 시작했다. 홈즈가 열심히 끈을 묶는데 마침 마부가 들어왔다.

"마부, 이 자물쇠 잠그는 것 좀 도와주게."

홈즈는 뒤도 돌아보지 않고 말했다.

마부는 불만이 가득한 얼굴로 마지못해 홈즈 곁으로 다가가 두 손으로 자물쇠를 눌렀다. 그 순간 철컥하는 소리가 나더니 뒤이어 쨍그랑 하는 쇳소리가 들렸다. 셜록 홈즈는 자리에서 벌떡 일어서서 큰 소리로 외쳤다.

"신사분들, 이녹 J. 드레버 및 조셉 스탠거슨을 살해한 제퍼슨 호프 씨를 소개합니다."

홈즈의 눈이 빛나고 있었다.

이 모든 일이 눈 깜짝할 사이에 일어났다. 순식간에 벌어졌기 때문에 나는 무슨 일이 일어난 건지 도대체 영문을 알 수 없었다. 하지만 지금은 바로 그 순간, 의기양양한 홈즈의 얼굴, 방 안 가득히 울려 퍼지던 목소리, 마법처럼 손에 채워져 번뜩이고 있는 수갑을 노려보던 마부의 험악하면서도 멍한 표정 등이 생생하게 기억난다. 우리는 잠시 조각상처럼 서 있었다. 그 순간 마부는 무시무시한 신음소리를 내지르더니 홈즈의 손을 뿌리치고 격렬하게 창문으로 달려들었다. 유리가 사방으로 튀고 창틀이 부서졌고 마부가 창문으로 도망치려는 순간에 그렉슨, 레스트레이드, 홈즈 세 명이 사냥개처럼 달려들었다. 마부를 창문에서 끌어내렸지만 무시무시한 사투가 벌어졌다. 우리 넷이 마부를 제압하려 했지만 그가 초인적인 힘으로 저항하는 바람에 몇 번이고 나가떨어지고 말았다. 간질 환자가 격렬한 발작을 일으키는 느낌이었다. 마부는 아까

몸으로 창을 깨는 바람에 얼굴과 손을 다쳐 피투성이가 되었으면서도 저항하는 힘은 조금도 줄어들지 않았다.

레스트레이드가 간신히 마부의 목 안쪽으로 한쪽 팔을 넣어 목을 조르고 나자 몸부림쳐도 소용없다는 사실을 깨달은 듯했다. 우리는 손은 물론이고 발까지 묶은 후에야 마음을 놓을 수 있었다. 그러고 나서 우리 넷은 숨을 헐떡이며 일어섰다.

홈즈가 미소를 지으며 즐겁다는 듯한 투로 말했다.

"이 사내의 마차가 있으니 그걸 타고 런던경찰국까지 가면 되겠습니다. 자, 이걸로 작은 괴사건의 끝에 도달했군요. 이제 궁금한 점은 무엇이든 물어보세요. 내가 대답을 거부할지도 모른다는 걱정은 필요 없습니다."

제2부   성자의 나라

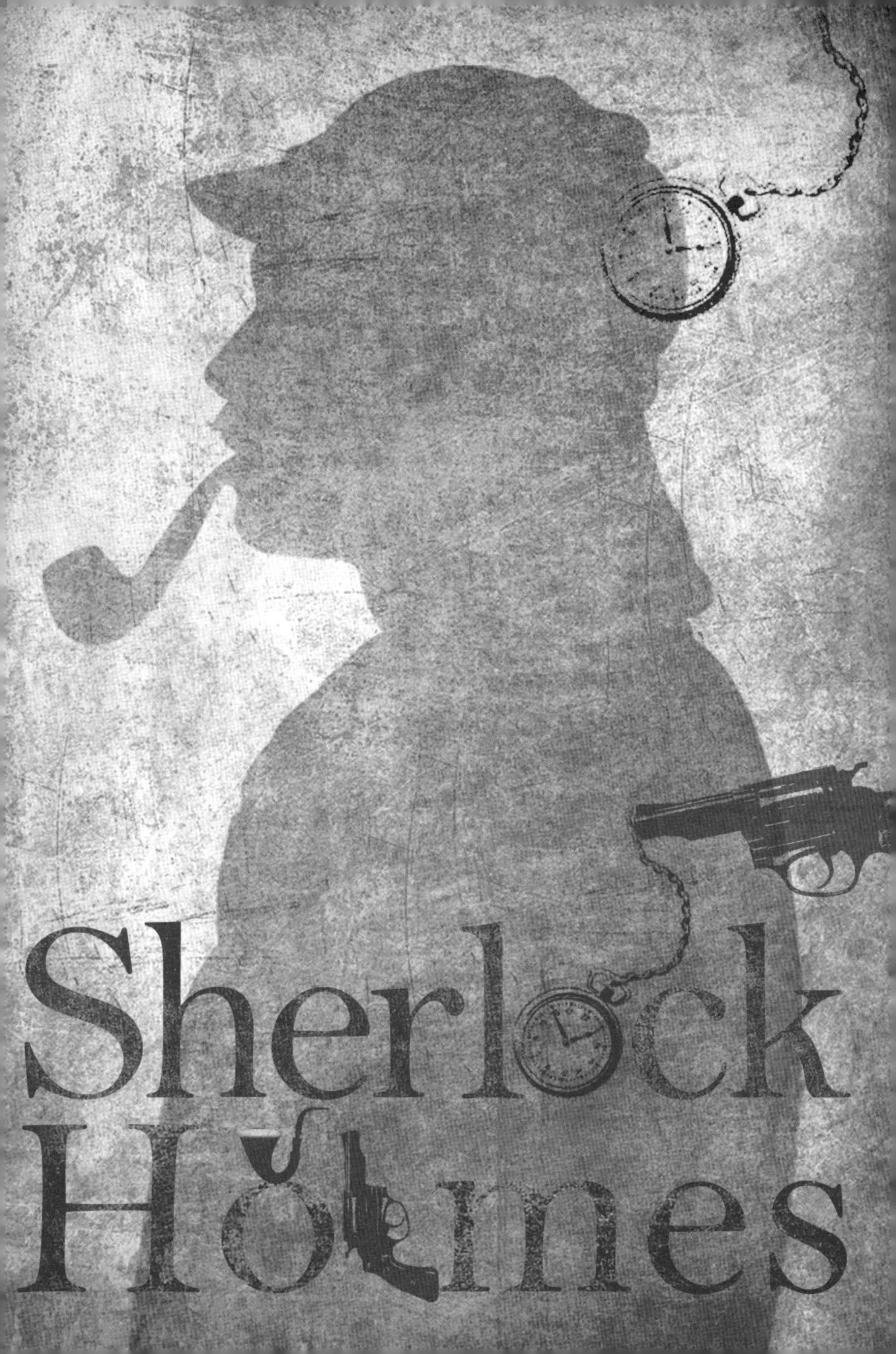
Sherlock
Holmes

1. 알칼리 대평원

광활한 북아메리카 중앙부에는 사람이 접근할 수 없는 메마른 사막이 있다. 그것은 오랜 세월 동안 문명의 전파를 막는 방해물이 되었다. 서쪽의 시에라네바다 산맥에서 동쪽의 네브래스카까지, 북으로는 옐로스톤 강에서 남쪽의 콜로라도 강까지 이르는 곳으로 황량한 침묵이 지배하는 세계였다. 그러나 이 혹독한 지역의 자연환경이 죄다 똑같지는 않았다. 정상에 눈이 쌓인 산들이 있는가 하면 햇빛도 스며들지 않는 어두컴컴한 협곡도 있었으며 깎아지른 협곡 사이로는 사나운 강물이 내달렸다. 끝없이 펼쳐진 대평원은 겨울이면 눈으로 하얗게 질리고, 여름에는 소금기를 머금은 알칼리성 모래 먼지 때문에 온통 잿빛으로 뒤덮였다. 그러나 어느 곳에서건 이 지역에는 불모와 적의와 불행만이 존재한다는 공통점이 있었다.

이 절망의 땅에는 아무도 살지 않았다. 때때로 인디언인 포니 족이나 블랙풋 족이 다른 사냥지로 가기 위해서 지나갈 뿐이었다. 그들 중 가장 용맹스러운 용사들조차도 이 무시무시한 대평원이 더 이상 보이지 않게 되고 자신들이 머무는 초원으로 되돌아가면 기뻐했다. 수풀 속에는 코요테가 숨어 있었고, 대머리독수리는 하늘을 유유히 날아다녔으며, 흉측한 회색 곰이 어두운 협곡을 어슬렁거리다가 바위 사이에서 먹이를 뒤졌다. 이 황야에는 이런 동물들만 살았다.

시에라블랑카 산맥 북쪽으로 펼쳐진 평원만큼 황량한 곳은 이 세상에 또 없을 것이다. 알칼리성 흙으로 뒤덮인 대평원이 눈길 닿는 데까지 펼쳐져 있었다. 키 작은 떡갈나무 그림자가 여기저기에 보였고, 지평선 끝에는 꼭대기가 하얀 험준한 산들이 늘어서 있었다. 이 드넓은 땅에는 동물은커녕 생명체의 기척조차 느껴지지 않았다. 푸른 하늘에는 새 한 마리 날지 않았고, 그을린 회색빛 땅 위에도 움직이는 것 하나 없었다. 그저 고요한 침묵만이 존재했다. 아무리 귀를 기울여도 이 거대한 황야에서는 아무 소리도 들리지 않았다.

넓은 황야에 생명체의 기척조차 느껴지지 않는다고 했으나 꼭 그렇지만도 않은 듯하다. 시에라블랑카 산에서 내려다보면 한 줄기 길이 사막으로 이어져 구불구불 저 멀리로 사라져 가는 것이 보였다. 그 길에는 수레바퀴 자국이 찍혀 있었고, 수많은 모험가들의 발길에 굳은 자국이 있었다. 그을린 알칼리성 흙을 배경으로 해서 길 곳곳에 빛을 받아 허옇게 반짝이는 것들이 흩어져 있었다. 가까이 다가가서 살펴보라. 그 하얀 것들의 정체는 뼈다! 커다랗고 억센 뼈가 있는가 하면, 가느다랗고 자그마한 뼈도 있다. 큰 것은 소뼈고, 작은 것은 인간의 뼈다. 도중에 숨을 거둔 사람들의 유골이 사방에 흩어져 있는 이 섬뜩한 대상隊商의 길을 따라가면 아마 2,500킬로미터는 갈 수 있으리라.

1847년 5월 4일, 한 나그네가 시에라블랑카 산에 서서 이 광경을 내려다보고 있었다. 그의 얼굴은 이 지역에 사는 수호신이나 악마와 똑같았다. 나이도 마흔에 가까운지 예순에 가까운지 잘 알 수 없었다. 얼굴은 수척했고 광대뼈는 튀어나왔으며 피부는 갈색 양피지 같았다. 긴 갈색 머리카락과 수염 사이는 희끗희끗 서리가 앉아 있었는데 움푹 들어간 눈은 이상한 빛을 발하고 있었다. 라이플총을 쥐고 있는 손은 마치 해골처럼 앙상했다. 그는 총에 의지해서 서 있었는데 키가 크고 골격이 다부져 보여서 원래 체력이 강하고 체격이 늠름한 사내인 듯했다. 하지만 수척한 얼굴과 깡마른 몸을 감싼 헐렁한 옷 때문에 늙고 지쳐 보였다. 굶주림과 목마름으로 죽어 가고 있던 그는 물을 찾아 온갖 어려움을 헤치고 협곡을 따라 내려왔다가 조금 높은 장소로 올라왔다. 그러나 지금 눈앞에는 끝없는 소금 평원이 펼쳐져 있었다. 그리고 물이 있다는 사실을 알리는 풀 한 포기, 나무 한 그루도 없는 황량한 산들이 있을 뿐이었다. 어디에도 희망의 빛은 없었다. 그는 미친 듯이 북쪽에서 동쪽, 서쪽으로 시선을 돌리다가 곧 방랑하는 여행도 여기서 끝이 나고, 이제 이 불모의 바위산에서 죽음을 기다리는 일만 남았다는 사실을 깨달았다.

"여기서 죽으나 20년 후에 깃털을 가득 넣은 따뜻한 요 위에서 죽으나 뭐가 다르단 말인가?"

그는 평평한 바위 그늘에 앉으며 중얼거렸다. 앉기 전에 그는 쓸모없어진 라이플총을 땅 위에 놓고, 회색 숄로 싸서 오른쪽 어깨에 걸치고 있던 커다란 짐을 내려놓았다. 꽤 무거운지 털썩 소리를 내며 바닥으로 떨어지는 그 순간, 회색 짐 속에서 날카롭고 귀여운 목소리가 들려왔다. 갈색 눈동자가 초롱초롱 빛나는 작고 겁먹은 얼굴에, 통통한 손이 얼룩덜룩한 여자아이였다.

"아얏, 아프잖아요!"

여자아이가 따지듯이 말했다. 남자가 미안하다는 듯이 말했다.

"아팠니? 하지만 일부러 그런 건 아니란다."

이렇게 말하면서 사내는 커다란 회색 숄을 풀더니 다섯 살 정도로 보이는 예쁜 여자아이를 꺼냈다. 깨끗한 구두, 레이스가 달린 세련된 분홍 실내복, 귀엽고 앙증맞은 앞치마 등을 보면 정성스럽게 딸을 키운 어머니의 마음이 잘 나타나 있었다. 아이의 얼굴은 여위었고 안색이 좋지 않았지만 팔다리는 건강해 보여서 남자보다 덜 고생한 듯했다.

"지금은 어떠니?"

밝은 금발 여자아이가 뒤통수를 문지르는 것을 보고 사내는 걱정스럽게 물었다.

"호 해 주면 나을 거예요. 엄마는 언제나 그렇게 해 줬거든요. 근데 엄마는 어디 있어요?"

여자 아이는 부딪힌 곳을 내밀며 진지하게 말했다.

"엄마는 가셨단다. 하지만 곧 만날 수 있을 게야."

"가 버렸다고요? 하지만 '안녕, 다녀올게.'라고 하지도 않았는걸요. 아주머니 댁에 차 마시러 갈 때도 언제나 안녕, 하는데. 벌써 세 밤이나 지났잖아요. 목말라요. 물하고 먹을 거 없어요?"

"그래, 아무것도 없단다. 조금만 더 참으면 괜찮아질 거야. 자, 아저씨한테 머리를 기대렴. 그럼 편안할 거다. 입술이 가죽같이 바싹 말라 있으면 말하기 힘들겠지만, 그래도 왜 이렇게 됐는지 너도 알고 있는 편이 나을 것 같구나. 그런데 애야, 손에 들고 있는 게 뭐니?"

"예쁜 거예요! 좋은 거! 집에 가면 밥한테 줄 거예요."

여자아이는 반짝반짝 빛나는 운모석 조각 두 개를 바라보며 몹시 기쁜 듯이 소리쳤다. 남자는 자신 있게 말했다.

"조금만 더 있으면 훨씬 더 좋을 걸 볼 게다. 조금만 더 참으면 돼. 참, 이야기를 하다 말았지. 우리가 강을 건넌 일, 기억나니?"

"네, 기억해요."

"그땐 곧바로 다른 강을 찾을 수 있을 거라고 생각했단다. 하지만 뭔가가, 그러니까, 나침반 아니면 지도가 잘못된 것 같구나. 어쨌든 뭔가가 잘못됐단다. 강은 나타나지 않았어. 그래서 물이 다 떨어졌고, 너처럼 작은 아이가 먹을 정도의 물밖에 남지 않았어. 그래서……."

"그래서 아저씨가 씻지도 못한 거예요?."

작은 여자아이는 사내의 더러운 얼굴을 올려다보며 진지하게 말했다.

"그래. 그리고 마침내 마실 물이 완전히 떨어졌단다. 제일 처음에 벤더가 죽었고, 그 다음은 인디언 피트였지. 그 다음에는 맥그리거 부인, 조니 혼즈, 그리고 네 어머니였다."

"그럼 엄마도 죽었네요."

여자아이는 얼굴을 앞치마에 묻고 슬프게 울기 시작했다.

"그래, 살아남은 건 너와 나 둘뿐이란다. 난 물이 있을지도 모른다고 생각해서 너를 어깨에 짊어지고 간신히 여기까지 걸어온 거야. 하지만 아무래도 물은 없는 것 같아. 이제 더 이상 방법이 없구나."

"그럼 우리도 곧 죽는 거예요?"

여자아이가 울음을 그치더니 눈물에 젖은 얼굴을 들며 물었다.

"그렇게 될 것 같다."

"왜 진작 말해 주지 않았어요? 내가 얼마나 무서웠는데! 죽으면 엄마랑 다시 만날 수 있겠죠?"

여자아이가 기쁜 듯이 웃으며 말했다.

"그래, 그렇고 말고."

"그럼 아저씨도 같이 있는 거죠? 엄마한테 아저씨가 아주 잘해 줬다고 말할게요. 엄마는 커다란 물통이랑 앞뒤로 노릇노릇하게 구운 따뜻한 메밀 빵을 잔뜩 들고 천국 문 앞에서 기다리고 있을 거예요. 밥하고 나는 메밀 빵을 엄청 좋아하거든요. 앞으로 얼마나 더 있어야 거기에 갈 수 있을까요?"

"글쎄, 그리 오래 걸리지는 않을 거란다."

사내는 가만히 북쪽 지평선을 바라봤다. 푸른 하늘 너머로 조그만 점 세 개가 나타나더니 점점 더 커졌다. 곧 그 점들은 커다란 갈색 새가 되더니, 두 사람의 머리 위에서 원을 그리고 그들이 내려다보이는 바위 위에 앉았다. 죽음의 전조라고 알려진 서부의 맹금류, 대머리독수리였다.

"이야, 닭이다!"

여자 아이는 불길한 짐승을 손가락으로 가리키며 신나게 외쳤다. 그리고 손뼉을 쳐서 새들을 날아오르게 하려고 했다.

"아저씨, 신이 여기도 만드신 거예요?"

"물론 그렇지."

뜻밖의 질문에 사내는 놀랐다.

"신은 일리노이를 만드셨고, 미주리 강도 만드셨어요. 하지만 여기는 다른 사람이 만들었나 봐요. 잘 못 만들었잖아요. 물이랑 나무를 만드는 것도 잊어버렸네요."

"기도를 올려 보면 어떨까?"

사내가 어렵게 말했다.

"아직 밤이 아닌데요."

여자아이가 대답했다.

"밤이 아니라도 괜찮단다. 평소에는 밤에 하지만 지금은 특별한 상황

이니까 분명히 신도 용서해 주실 거다. 초원을
지날 때 매일 밤 마차 안에서 하던 그 기도를
해 보렴."

"왜 아저씨는 안 해요?"

여자아이가 이상하게 바라보며
물었다.

"난 잊어버렸단다. 키가 이 총의
반만 했을 때부터 기도한 적이
없거든. 하지만 지금부터 기도
해도 그리 늦지는 않을 거야.
네가 먼저 소리 내서 기도하면
내가 옆에서 듣고 있다가 따라 하마."

"그럼 아저씨도 같이 무릎 꿇어요."

여자아이가 숄을 바닥에 펼치며 말했다.

"나처럼 이렇게 두 손을 모아 들어요. 마음이 편해지죠?"

대머리 독수리만이 지켜보는 그 풍경은 참으로 기묘했다. 천진난만한
어린 여자아이와 두려움을 모르는 거친 모험가, 이 둘이 숄 위에 나란히
무릎을 꿇었다. 통통한 여자아이의 얼굴과 거칠고 여윈 사내의 얼굴은
구름 한 점 없는 하늘을 향했고, 둘은 하늘에 계신 신에게 간절한 마음
을 담은 기도를 올렸다. 신의 자비와 은총을 바라는 맑고 높은 목소리와
굵고 갈라진 목소리가 하나가 되었다.

기도를 마친 두 사람은 둥근 바위 아래의 그림자로 들어가 앉았다. 곧
여자아이는 사내의 넓은 가슴에 기대어 잠이 들었다. 사내는 한동안 여
자아이의 잠든 얼굴을 바라보았지만 자연의 법칙을 견디지는 못했다.

그는 사흘 밤낮이나 쉬지도 않았고 수면을 취하지도 않았다. 점점 사내의 눈도 감기고 고개가 아래로 가라앉더니, 곧 사내의 희끗희끗한 턱수염이 여자아이의 금발과 겹치면서 둘은 완전히 잠에 빠져들었다.

이 사내가 30분만 더 늦게 잠들었다면 신비한 광경을 목격할 수 있었을 것이다. 알칼리 대평원의 저 끝에서 희미한 흙먼지가 일었다. 처음에는 너무 흐릿해서 멀리 떨어진 안개처럼 보였지만, 흙먼지가 점점 커지더니 확실한 구름의 모습이 되었다. 그 먼지구름은 더욱 크게 퍼져서 마침내 이동하는 동물의 커다란 무리라는 것을 확실하게 알 수 있게 되었다. 여기가 풍요로운 땅이었다면 그것을 본 사람은 대초원의 풀을 뜯는 들소 떼가 다가온다고 생각했을 것이다. 하지만 여기는 말라비틀어진 황야였으므로 그런 일은 일어나지 않았다.

흙먼지 소용돌이가 외로운 바위 그림자 밑에 잠든 두 조난자 쪽으로 가까워져 왔다. 그러자 흙먼지 속에서 포장마차와 무장한 사람들이 말을 타고 다가오는 모습이 나타나기 시작했다. 이 신기한 환영은 서부로 향하는 포장마차 부대였다.

정말 어마어마한 규모였다! 선두가 산기슭에 접어들려 하는데도 부대의 뒤쪽은 아직 지평선 너머에 있어 보이지도 않았다. 사륜마차, 이륜마차, 말에 탄 사람, 걷는 사람의 행렬이 널따란 평원 너머까지 줄줄이 이어졌다. 무거운 짐을 지고 비틀거리며 걷는 수많은 여자들, 마차 곁을 아장아장 걷는 아이들, 하얀 포장마차 밑으로 밖을 내다보는 아이들…….. 평범한 이주자들의 마차 부대가 아닌 것이 분명했다. 어떤 사정 때문에 하는 수 없이 새 보금자리를 찾아 방랑하는 사람들임이 틀림없었다. 이 수많은 사람들의 무리가 만들어 내는 소음은 마차 바퀴 소리, 말의 숨소리에 섞여 맑은 하늘로 울려 퍼졌다. 그렇게 시끄러운데도 피로에 지쳐 높은 곳에서 잠든 두 사람은 깨어나지 않았다.

그 부대의 선두에는 손으로 짠 거친 천으로 만든 옷을 입고, 라이플총으로 무장한 억센 사내 스무 명 정도가 말을 타고 가고 있었다. 평평한 바위 밑까지 온 그들은 말을 멈춰 세우고 이야기를 시작했다. 먼저, 수염을 단정하게 깎고, 머리가 희끗희끗한 사내가 말했다.

"형제들이여, 샘물은 오른쪽에 있습니다."

"시에라블랑카 산의 오른쪽 말이오? 그럼 우리는 리오그란데 강으로 가겠군."

다른 사내가 외쳤다.

"물은 걱정할 필요 없소. 신은 바위틈에서 물을 솟아나오게 하시니, 선택받은 우리를 버리실 리가 없소."

세 번째 사내가 큰 소리로 말했다.

"아멘! 아멘!"

그 자리에 있던 사람들이 입을 모아 외쳤다.

선두가 다시 앞으로 나가려는 순간, 그들 중에서 눈이 날카롭고 가장 젊은 사내가 소리치며 손가락으로 머리 위의 깎아지른 듯한 바위를 가리켰다. 바위산 정상에는 회색 바위를 배경으로 해서 선명하게 펄럭이는 작은 분홍색 물체가 있었다. 그것을 본 사내들은 일제히 말고삐를 당기며 어깨에 멘 총을 풀었고, 말에 타고 있던 후속 부대가 선두를 지원하러 달려왔다.

"인디언, 인디언이다."

사람들이 입 모아 인디언을 언급하자 지도자인 듯한 노인이 말했다.

"이 부근에 인디언이 있을 리가 없다. 포니 족의 영토도 지났으니, 이 높은 산을 넘을 때까지 다른 종족은 없을 거야."

"스탠거슨 형제, 제가 살펴보고 오겠습니다."

"나도."

"나도 가겠소."

한 사람이 말하자 열 명 남짓한 사내들이 외쳤다.

"말은 여기 두고 가게. 우리는 여기서 기다리겠네."

노인이 말했다. 곧바로 젊은이들은 말에서 내려 말을 묶어 두고, 호기심이 가득 한 눈빛으로 험준한 기슭을 오르기 시작했다. 민첩하고 조용한 그들의 움직임에는 잘 훈련된 정찰대와 같은 자신감과 기술이 넘쳤다.

밑에서 지켜보니, 그들은 바위에서 바위로 옮겨 가다가 곧 하늘을 배경으로 정상에 서 있었다. 앞서 가던 젊은이가 두 손을 들어 올리며 놀란 듯 소리를 질렀다. 뒤따르던 사람들도 눈앞의 광경에 놀라 비명을 지르고 말았다.

벌거숭이산의 평평한 꼭대기에는 크고 둥근 바위가 있었다. 그 바위 그늘에 키가 크고 턱수염을 길게 기른, 단단하게 생겼지만 바싹 마르고 얼굴이 거친 사내가 누워 있었다. 평온한 표정으로 고른 숨을 내쉬고 있는 것을 보니 완전히 잠에 빠진 듯했다. 사내의 옆에는 어린 여자아이가 통통한 팔로 사내의 여윈 목을 끌어안고 사내의 웃옷에 금빛 머리카락을 묻은 채 잠들어 있었다. 조금 열린 장밋빛 입술 사이로 하얀 눈처럼 깨끗한 이가 보였으며, 천진난만한 얼굴에는 미소가 번져 있었다. 통통하게 살이 오른 귀여운 발에는 하얀 양말과 빛나는 금속이 달린 깨끗한 구두를 신고 있었는데, 깡마른 사내와 나란히 누워 있는 모습은 대조를 이뤄 신비한 분위기를 풍기는 정도였다.

이 기묘한 두 사람의 머리맡 바위 위에는 대머리 독수리 세 마리가 한가롭게 앉아 있었다. 그러다가 다가온 사람들을 보고 실망했는지 귀에 거

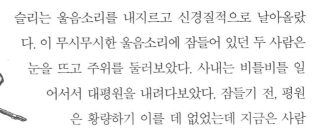

슬리는 울음소리를 내지르고 신경질적으로 날아올랐다. 이 무시무시한 울음소리에 잠들어 있던 두 사람은 눈을 뜨고 주위를 둘러보았다. 사내는 비틀비틀 일어서서 대평원을 내려다보았다. 잠들기 전, 평원은 황량하기 이를 데 없었는데 지금은 사람들과 말이 긴 행렬을 이루고 있었다. 가만히 바라보던 사내는 믿을 수 없다는 표정을 짓더니 앙상하게 마른 손으로 두 눈을 비비며 중얼거렸다.

"이게 망상이라는 건가?"

여자아이는 사내의 옷자락을 잡고 일어서서 어린애다운 놀라움과 호기심에 넘치는 눈으로 주위를 둘러보았다. 그러나 도움을 주러 온 젊은이들은 두 방랑자에게 자신들이 망상이 아니라는 사실을 알려주었다. 한 사내가 아이를 어깨 위에 앉혔고, 두 명이 여윈 사내를 부축해서 바위산을 내려왔다.

"내 이름은 존 페리어요. 일행은 스물 한 명이었는데 이제 우리 둘만 남았소. 다른 사람들은 남쪽에서 굶주림과 갈증 때문에 죽고 말았소."

사내가 말했다.

"저 아이는 당신 딸입니까?"

"이제 내 딸이나 마찬가지요."

사내가 반항적으로 대답했다.

"내가 살려 냈으니 이제 내 딸이오. 아이는 아무도 데려갈 수 없소. 오늘부터 이 아이의 이름은 루시 페리어요. 그런데 당신들은 대체 누굽니까? 수도 꽤 많아 보이는데."

사내는 검게 그을린 건장한 청년들을 이상한 시선으로 바라보며 물었다.

"거의 만 명 정도 됩니다. 우리는 박해받는 주님의 아이들, 모로니 천사에게 선택받은 백성들입니다."

젊은이 한 명이 대답했다.

"모로니 천사는 처음 들어봤는데. 백성들을 참 많이도 골랐나 보군요."

사내의 말에 한 젊은이가 나무라듯 말했다.

"성스러운 문제에 농을 던져서는 안 됩니다. 우리는 황금판에 이집트 문자로 새겨진 성스러운 말씀을 믿는 사람들입니다. 그 황금판은 팔미라에서 성 조셉 스미스가 손에 넣었지요. 우리는 일리노이 주의 노브에서 왔습니다. 거기에 교회가 있었지만, 우린 신을 믿지 않는 야만인들에게서 벗어나 안식의 땅을 찾고 있습니다. 설령 그 땅이 사막 한가운데에 있더라도 상관 없습니다."

노브라는 지명을 들으니 존 페리어의 머릿속에 무언가가 떠올랐다.

"그렇군, 당신들은 모르몬교[10] 신자들이로군."

"맞습니다. 우리는 모르몬교 신자들입니다."

젊은이들이 일제히 대답했다.

"어디로 가는 거요?"

"우리도 모릅니다. 하지만 신의 손길이 예언자를 인도하십니다. 당신

---

10) 조셉 스미스와 동료 6명이 1830년에 미국 뉴욕 주의 맨체스터에서 세운 종교. 오늘날 정식 명칭은 '예수 그리스도 후기성도교회'이며, 본부는 미국 유타 주 솔트레이크시티에 있다. 1844년에 스미스가 암살당하자 모르몬교는 큰 탄압을 받았다. 2년 뒤, 모르몬교의 지도자가 된 브리검 영은 1만여 명의 신자를 이끌고 로키산맥을 넘어가 유타의 솔트레이크시티에 자리잡았다. 그때까지 모르몬교는 일부다처제를 유지했으나, 그 제도 때문에 미국 여론이 악화되고 유타가 미국의 정식 주로 인정받지 못하자 1895년에 폐지했다.

들은 곧 예언자 앞에 서야 합니다. 그분이 어떻게 해야 할지 가르쳐 주실 겁니다."

그들은 이미 바위산 기슭까지 내려와 있었다. 평온한 얼굴의 여자들, 건강해 보이는 아이들, 걱정스럽게 바라보는 남자들 등 수많은 신자들이 에워쌌다. 조그만 여자아이와 수척한 사내가 그들의 곁을 지나가자, 신자들은 놀라움과 동정심에서 우러나온 탄성을 내질렀다. 하지만 함께 내려온 젊은이들은 거기서 멈추지 않고 계속 앞으로 나아갔다. 수많은 모르몬교 신자들이 그 뒤를 따라왔다. 드디어 다른 마차보다 유난히 크고 화려한 마차 앞에 이르렀다. 다른 마차들은 말 두 마리, 기껏해야 네 마리가 끌고 있었는데 그 마차는 말 여섯 마리가 끌고 있었다.

마부 옆에 한 남자가 있었다. 서른 살도 안 돼 보였지만 커다란 머리, 결연한 표정이 지도자임을 나타냈다. 그는 표지가 갈색인 책을 읽고 있다가 신자들이 다가오는 걸 보고 책을 옆으로 치웠다. 그리고 무슨 일이 벌어졌는지를 듣더니, 두 방랑자에게 말을 걸었다.

"우리와 함께 가려면 당신들도 우리와 같은 신앙을 가져야 합니다. 양떼 사이에 늑대를 들일 수는 없습니다. 과일에 썩은 부분이 조금이라도 있으면 결국에는 알맹이가 죄다 썩는 법이니, 만약 그럴 거라면 당신들을 이 황야에서 시체가 되도록 내버려 두는 편이 나을 겁니다. 이런 조건이라도 우리와 함께 가겠습니까?"

"어떤 조건이든 상관없으니 같이 가겠습니다."

페리어가 너무나도 힘차게 대답하자 엄숙하던 장로들도 빙그레 미소를 지었다. 그러나 지도자는 여전히 엄격한 표정을 흐트러뜨리지 않았다.

"스탠거슨 형제, 이들을 데리고 가서 먹을 것과 음료수를 주시오. 그리고 우리의 신성한 교리를 가르치는 일도 당신에게 맡기겠습니다. 너무

시간을 끌었소. 자, 시온을 향해서 출발합시다."

"시온으로!"

모르몬교도들이 외쳤다. 그 목소리는 입에서 입을 타고 긴 행렬의 뒤쪽으로 잔물결처럼 퍼졌고, 곧 아련한 속삭임인 양 멀리 사라졌다. 여섯 마리의 말이 끄는 지도자의 거대한 마차가 채찍 소리와 함께 덜컹거리며 움직이기 시작하자 곧 행렬 전부가 천천히 요동치며 앞으로 나가기 시작했다. 두 방랑자를 돌보게 된 스탠거슨 장로는 그들을 자기 마차로 데리고 갔다. 거기에는 벌써 식사가 준비되어 있었다.

"여기에서 머무십시오. 며칠 지나면 몸이 회복될 겁니다. 그 사이에, 이제부터 당신들은 영원히 우리들과 같이 모르몬교의 신자라는 사실을 머릿속에 단단히 박아 두시오. 지도자이신 브리검 영 님이 그렇게 말씀하셨습니다. 그건 성 조셉 스미스의 목소리이자 주님의 음성입니다."

2. 유타의 꽃

　마지막 천국에 도착하기까지 모르몬교도들은 수많은 시련과 어려움을 겪었지만, 그런 이야기를 여기에서 하려는 것은 아니다. 그들은 인류 역사에서 보기 드문 불굴의 정신을 가지고 미시시피 강에서 로키산맥의 서쪽 비탈에 이르는 고난의 길을 나아갔다. 야만인, 맹수, 굶주림, 갈증, 피로, 전염병 등 대자연은 모든 방법을 동원하여 앞길을 가로막았지만, 그들은 앵글로색슨 족의 끈기로 극복해 나갔다. 하지만 오랜 여행과 거듭되는 공포는 모르몬교도 중 용감한 사람들마저도 불안하게 만들었다. 마침내 그들은 햇볕이 내리쬐는 유타의 계곡이 내려다보이는 곳에 이르렀다. 지도자가 그곳이 바로 약속의 땅이며 그 처녀지는 영원히 그들의 땅이 될 것이라고 말하자, 모두 땅에 무릎을 꿇고 진심에서 우러나는 기도를 드렸다.

　브리검 영은 뜨거운 신념을 가진 지도자이며 행정관으로서도 뛰어나다는 점을 곧 증명했다. 그는 지도를 그리고 여러 가지 도표를 만들었다.

그들이 살 미래 도시의 모습이었다. 마을 주변의 농지는 각자 지위에 따라서 분배되었다. 상인들은 자신의 장사를 했고, 장인들은 자신의 기술에 맞는 일을 했다. 마을에는 마치 마법처럼 길과 광장이 생겨났다. 농지에는 배수로가 만들어졌으며 담과 울타리가 생겼고 작물도 심게 되었다. 숲도 개간해서, 이듬해 여름에는 들판마다 금빛 밀 이삭이 풍성하게 영글었다. 이 신비한 개척지에서는 모든 것이 번성했다. 특히 마을 중심에 세워진 큰 예배당은 더더욱 높아지고 커졌다. 수많은 고난을 뚫고 신자들을 안전한 곳으로 인도하신 주님을 위해 그들은 예배당을 지었고 동이 틀 무렵부터 해가 질 때까지 망치 소리와 톱질 소리가 끊이지 않고 들려왔다.

두 방랑자, 즉 존 페리어와 그의 양녀가 되어 운명을 함께하게 된 여자아이는 긴 여행이 끝날 때까지 모르몬교도들과 함께 행동했다. 나이 어린 루시 페리어는 스탠거슨 장로의 마차에서 그의 세 아내와 열두 살짜리 아들과 함께 생활했다. 그 아들은 나이에 비해 고집이 세고 말을 잘 듣지 않는 소년이었다. 루시는 어린이 특유의 적응력으로 어머니를 잃은 슬픔에서 벗어나 곧 여자들의 귀여움을 독차지했으며, 천으로 덮인 움직이는 집에서 사는 일에도 적응했다. 한편, 존 페리어는 몸이 회복되자 훌륭한 길잡이 겸 뛰어난 사냥꾼으로 이름이 알려졌다. 그리하여 그는 모르몬교도들 사이에서 좋은 평판을 얻었다. 길고 긴 여정이 끝나자, 존 페리어는 그 누구보다도 기름지고 넓은 땅을 받게 되었지만 누구 하나 이의를 제기하는 사람이 없었다. 그의 땅보다 더 넓고 기름진 땅을 소유한 사람은 지도자인 브리검 영과 장로인 스탠거슨, 켐볼, 존스턴, 드레버밖에 없었다.

존 페리어는 자기가 얻은 농장에 직접 튼튼한 통나무집을 지었다. 그 집은 몇 년에 걸쳐 계속 증축했기 때문에 곧 넓고 훌륭한 저택이 되었다. 존은 원래 실용적으로 생각했고, 재주도 좋았으며 거래에도 능했다. 몸도 강철같이 튼튼해서 아침부터 밤까지 밭을 갈거나 작물을 돌보는 것이 가능했다. 그렇기에 그의 농장과 집은 한없이 번창했다. 3년 후에는 이웃들보다 풍요롭게 살 수 있었고, 6년이 지나자 꽤 유복해졌다. 9년 후에는 부자가 되었고, 12년 후에는 솔트레이크시티에서 그만큼 부유한 사람은 기껏해야 여섯 명 남짓이었다. 그레이트솔트 호에서 워새치산맥에 이르기까지 존 페리어의 이름은 그 누구보다도 잘 알려져 있었다.

하지만 그에게도 딱 한 가지 동료 신자들을 언짢게 하는 일이 있었다. 제아무리 강력하게 권고하고 따지고 들어도 그는 다른 모르몬교도들처럼 결혼을, 특히 여러 아내를 두려 하지 않았던 것이다. 몇 번이고 혼담을 거절하면서도 그는 그 이유를 결코 말하려 들지 않았다. 어쩔 수 없이 모르몬교의 신자가 돼서 신앙심이 부족한 탓이라고 비난하는 사람도 있었다. 부자가 됐지만 구두쇠라서 비용을 아끼려고 결혼하지 않는 것이라고 하는 자도 있었다. 어떤 사람은 옛날 연애 관계와 대서양 해안 어딘가에서 슬픔으로 일생을 보내는 금발 여인에 대한 이야기를 들먹였다. 이유야 어찌 됐든 존 페리어는 끝까지 결혼하지 않았다. 다른 생활에 있어서는 새로운 개척지 종교가 가르치는 대로 충실히 따랐기 때문에 그는 훌륭하고 성실한 보수적 신자라는 평을 들었다.

루시 페리어는 통나무집에서 자라면서 양아버지의 한쪽 팔이 되어 열심히 일했다. 맑고 깨끗한 산속 공기와 소나무의 향기로운 냄새가 그녀의 유모가 되기도 하고 어머니가 되기도 했다. 해를 거듭할수록 루시는 점점 건강해지고 키가 커졌다. 뺨이 불그스레해지고 걸음걸이도 더욱 경쾌해졌다. 그녀는 밀밭 사이를 재빨리 걸어 다니기도 하고, 진짜 서부에서 태어난 아가씨처럼 아버지의 작은 야생마를 능숙하게 타고 다녔다. 페리어 농장 옆길을 지나가는 나그네들은 그런 루시의 모습을 바라보며 오랫동안 잊고 있었던 마음을 다시 떠올렸다. 이렇게 꽃망울은 마침내 한 송이 꽃으로 피어났다. 루시의 아버지가 부근에서 가장 커다란 농장의 주인이 되었을 무렵, 그녀는 로키산맥 서쪽에서 가장 아름다운 처녀가 되었다.

하지만 어린 루시가 성숙한 여성으로 자라났다는 사실을 깨달은 것은 아버지가 아니었다. 그런 경우는 좀처럼 없다. 그 신비한 변화는 미묘하고 매우 느릿하게 일어나서 날짜를 짚어서 말할 수는 없다. 소녀 자신도 누군가의 목소리나 손길에 닿아 마음이 설레는 순간에야 비로소 그 사실을 알게 되고, 자부심과 불안을 느낀다. 그리고 자기 안에서 새로운 감정이 눈 떴다는 사실을 깨닫는 것이다. 새롭게 태어난 날의 사소한 일을 기억하지 못하는 여성은 거의 없을 것이다. 루시 페리어의 경우는 그 사건이 그녀와 주위 사람들의 운명에 끼칠 영향과는 별개로 매우 중요했다.

6월의 어느 따뜻한 아침에 벌어진 일이다. 모르몬교도들은 자신들의 상징으로 삼은 꿀벌처럼 부지런히 일했다. 들판과 거리는 일하는 사람들의 활기로 넘쳐났다. 먼지가 뿌옇게 낀 대로에는 무거운 짐을 나르는 노새들의 행렬이 줄을 이어 모두 서쪽으로 이동하고 있었다. 캘리포니아에서 막 금이 발견되었을 때의 일로, '선택받은 민족'의 마을인 솔트레이크시티는 대륙을 횡단하는 길과 맞물려 있었다. 멀리 방목지에서 이동하는 양과 거세된 소 무리가 있는가 하면, 긴 여행에 지친 이민자들의 포장마차 부대도 있었다. 말에 올라 탄 루시 페리어는 그 복잡한 길을 능숙한 손놀림으로 고삐를 움직여 지나고 있었다. 그녀의 얼굴은 붉게 물들었고, 긴 밤색 머리는 뒤로 나부꼈다. 루시는 아버지 심부름으로 마을에 가고 있었다. 몇 번이고 오가던 익숙한 길이었기에 그녀의 머릿속에는 온통 일에 대한 생각뿐이었고, 혈기가 넘쳐 항상 해오던 대로 말을 힘껏 내달렸다. 피곤에 찌든 여행객들은 그녀를 감탄의 시선으로 바라보았다. 털 달린 가죽옷을 입고 여행하던 무표정한 인디언들마저도 아름다운 백인 아가씨에게 시선을 빼앗길 정도였다.

마을 외곽으로 접어들었을 때, 루시는 엄청난 소 떼와 마주쳤다. 대여섯 명의 거친 카우보이들이 초원에서부터 몰아온 것이었다. 그녀는 소가 지나갈 때까지 기다리기 싫어서 소들 사이 빈틈으로 말을 몰았지만, 그 순간 긴 뿔을 가진 광포한 소 떼들에 에워싸여 꼼짝도 할 수 없게 되었다. 소를 익숙하게 다루는 그녀는 그다지 위험하다고는 생각지 않고 어떻게든 소 떼 사이를 비집고 뚫고 나가려 했다. 그때 일부러 그랬는지 우연이었는지는 모르겠지만 소 한 마리가 뿔로 말의 배를 세게 받자 말은 맹렬하게 코를 불며 미친 듯이 날뛰었다. 화가 난 말은 앞발을 들고서서 거친 숨을 내쉬며 이리저리 날뛰었다. 말 타기에 아주 능숙한 사람이 아니었다면 벌써 떨어졌을 것이다. 루시는 죽음을 눈앞에 두고 있었다. 말이 미친 듯 날뛸 때마다 쇠뿔에 부딪혔고 그럴수록 말은 더욱 날뛰며 돌아다녔다. 루시는 죽을힘을 다해서 안장에 매달려 있었다. 지금 말에서 떨어진다면 겁에 질려 손을 쓸 수 없는 소 떼의 발굽에 짓밟힐 것이었다. 갑작스럽게 닥친 사고에 루시는 눈앞이 깜깜해져 고삐를 쥔 손에서 힘이 빠져나갔다. 피어오르는 흙먼지와 미친 듯이 날뛰는 소들의 거친 숨결에 루시는 숨이 막혔다.

"지금 도와드리죠."

그때 바로 옆에서 힘찬 목소리가 들렸다. 만약 그 목소리가 들려오지 않았다면 그녀는 절망한 나머지 고삐를 놓아 버렸을지도 모를 일이었

다. 목소리가 들리는가 싶더니, 햇볕에 그을린 듬직한 손이 날뛰는 말의 고삐를 잡고 소 떼 바깥으로 끌고 갔다.

"어디 다친 데는 없습니까?"

그녀를 구해 준 청년이 정중하게 물었다. 루시는 검게 그을린 남자의 얼굴을 올려다보더니 쾌활하게 웃음을 터뜨렸다.

"깜짝 놀랐어요. 목동이 소 떼 때문에 그렇게 겁을 먹게 될 줄이야."

"말에서 떨어지지 않은 건 신의 은총입니다."

남자가 진심으로 말했다. 그는 키가 크고 야성미가 넘치는 젊은 남자였다. 다리털이 멋진 말을 탄 그는 수수한 사냥복을 입고 있었고, 어깨에는 총신이 긴 라이플총을 둘러메고 있었다.

"존 페리어 씨의 따님이죠? 아가씨가 말을 타고 집에서 나오는 걸 봤습니다. 아버님을 뵙거든 세인트루이스에 사는 제퍼슨 호프를 기억하고 계신지 여쭤봐 주십시오. 만약 제가 아는 페리어 씨라면 저희 아버지도 잘 알고 계실 겁니다."

"직접 저희 집에 오셔서 물어보지 그러세요?"

루시가 새침한 말투로 말했다. 그 말을 듣자 젊은이의 얼굴에는 기쁜 기색이 감돌았다. 그는 검은 눈을 반짝이며 말했다.

"그럴까요? 하지만 우리는 두 달이나 산에 있어서 몰골이 이렇게 초라해졌으니 그 점은 이해해 주시길 바랍니다."

"아버지도 고마워하실 거예요. 그분은 저를 아주 사랑하시거든요. 제가 소의 발에 짓밟혔으면 평생 슬퍼하셨을 거예요."

"저도 그랬을 겁니다."

젊은이가 말했다.

"어머, 당신이요? 하지만 당신하고는 상관없는 일이잖아요. 우리는 아직 친구도 아니고요."

그 말을 듣고 젊은 사냥꾼의 그을린 얼굴에 매우 서운한 빛이 감돌자 루시 페리어가 웃으며 말했다.

"이봐요, 그건 농담이에요. 우린 벌써 친구가 된걸요. 우리 집에 꼭 오세요. 오늘은 일이 있어서 먼저 가 봐야겠어요. 아버지한테 신뢰를 잃으면 안 되니까요. 그럼 다음에 봐요."

"다음에 봐요."

젊은이는 중앙이 높고 챙이 썩 넓은 모자를 벗어 루시의 조그만 손에 입을 맞췄다. 그녀가 말머리를 돌리고 채찍을 휘둘러 넓은 신작로를 쏜살같이 달려가자 넓은 길에 먼지가 피어올랐다. 젊은 제퍼슨 호프는 굳게 입을 다문 채 동료들과 함께 말을 몰았다. 제퍼슨 일행은 은맥을 찾아서 네바다 산맥을 돌아다녔고, 발견한 광맥을 채굴하는 데 필요한 자금을 조달하기 위해 솔트레이크시티에 온 것이었다. 제퍼슨은 그 누구에게도 뒤지지 않을 만큼 일에 몰두했지만 생각지도 못했던 사건에 부딪히자 일에 대한 것은 머리에서 사라져 버렸다. 시에라 산맥에 부는 산들바람처럼 밝고 풋풋한 아름다움을 가진 처녀와의 만남은 야성적이고 격렬한 감정을 가진 제퍼슨을 뒤흔들었다. 루시의 모습이 사라지는 순간에 그는 자신이 인생의 갈림길에 서 있다는 사실을 깨달았다. 지금 마음을 뒤흔드는 일과 비교하면, 은맥으로 돈을 버는 일을 비롯한 다른 모든 일들은 사소할 뿐이었다. 제퍼슨의 마음을 사로잡은 것은 소년에게서 흔히 볼 수 있는 변덕스러운 연애 감정이 아니라, 의지와 자존심이 강한 남자를 불타오르게 하는 격렬한 사랑이었다. 그는 지금까지 해 온 일마다 전부 성공을 거두었다. 노력과 인내가 이번 일을 성공으로 이끌 수 있다면 그는 얼마든지 최선을 다하겠다고 맹세했다.

그는 그날 밤에 존 페리어의 집을 방문했고, 그 뒤에도 몇 번이나 찾아갔다. 그러는 동안 그는 페리어 집안과 가까워졌다. 존은 지난 12년 동안 계곡에서 일만 했기 때문에 세상 돌아가는 일을 들을 기회가 없었다. 제퍼슨 호프는 세상을 알 기회를 주었고, 존은 물론이고 루시도 그의 이야기에 귀를 기울였다. 제퍼슨 호프는 캘리포니아 개척자 출신으로, 개척 초기의 한가로웠던 시대에 있었던 성공과 실패 이야기를 재미있게 들려주었다. 그는 정탐, 사냥, 은광 찾기, 목동 등 여러 가지 일들을 경험했고 모험을 좋아하는 제퍼슨 호프는 마음을 설레게 하는 일이라면 어디든지 달려갔다. 그는 나이 든 농장주, 존의 마음을 곧바로 사로잡았다. 나이 든 존은 끊임없이 젊은이의 장점을 칭찬했다. 그럴 때면 루시는 아무 말도 하지 않았지만, 붉어지는 뺨과 밝고 즐거워하는 눈빛을 보면 루시가 누구에게 마음을 주었는지는 분명히 알 수 있었다. 고지식한 아버지는 딸의 마음을 알아차리지 못했지만, 그녀의 마음을 사로잡은 남자의 눈이 그것을 놓칠 리가 없었다.

어느 여름날 저녁, 그는 말을 타고 달려와 문 앞에서 내렸다. 문가에 있던 루시가 제퍼슨을 보고 마중하러 나왔다. 그는 울타리에 말을 묶어 두고 정원의 좁은 길을 따라 걸어 들어왔다.

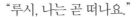

"루시, 나는 곧 떠나요."

제퍼슨이 그녀의 손을 잡고 부드러운 눈길로 바라보며 말했다.

"지금은 같이 가자고 할 수 없지만, 다음에 내가 돌아오면 그땐 함께 가 줄 수 있겠소?"

"그게 언제쯤인데요?"

루시는 얼굴을 붉혔지만 웃으며 물었다.

"늦어도 두 달이면 돌아올 겁니다. 그때 당신을 데리러 오겠소. 이제 우리 사이를 방해하는 건 아무것도 없어요."

"아버지는 뭐라고 하시던가요?"

"은광 일만 잘 풀린다면 결혼에 찬성한다고 하셨소. 일이 잘 풀릴 테니 걱정은 안 해요."

"잘 됐네요. 아버지와 당신이 그렇게 결정했다니 나는 더 할 말이 없어요."

"주님, 감사합니다!"

루시는 그의 뜨거운 가슴에 머리를 기대며 조그맣게 말했다. 제퍼슨이 목메는 소리로 대답하더니 몸을 숙여 그녀에게 키스했다.

"이걸로 모든 게 결정됐소. 여기에 오래 있을수록 떠나기만 힘들어져요. 친구들이 계곡에서 나를 기다리고 있소. 안녕, 내 사랑 루시, 안녕. 두 달 뒤에는 반드시 돌아오겠소."

이렇게 말하며 제퍼슨은 그녀 곁에서 떨어졌다. 그는 말에 뛰어올라

단번에 달려 나갔다. 마치 한 번이라도 뒤돌아보면 떠나려던 자신의 결심이 무너질까 봐 두려워하는 듯이, 그는 뒤도 돌아보지 않았다. 루시는 문 옆에 서서 그의 모습이 보이지 않을 때까지 지켜보았다. 이윽고 유타에서 가장 행복한 아가씨는 집 안으로 들어갔다.

3. 존 페리어와 예언자의 대화

　제퍼슨 호프와 그 동료들이 솔트레이크시티를 출발한 지 3주가 지났다. 존 페리어는 젊은이가 돌아올 날과 수양딸을 잃을 날이 가까워진다는 사실을 생각하니 쓸쓸해서 견딜 수가 없었다. 하지만 딸의 밝고 행복해 보이는 얼굴을 보고 있으면 결혼을 반대할 구실이 떠오르지 않았다. 페리어는 딸을 모르몬교도와는 결코 결혼시키지 않겠다고 굳게 결심했다. 그 종교인들의 결혼 생활은 결혼이라고 할 수도 없는 더러운 것이라고 생각하기 때문이었다. 모르몬교의 다른 교리에 대해서는 어떻게 생각하는지 몰라도 결혼 관습만은 결코 인정할 수 없었다. 하지만 당시 성도들의 땅에서 그 말을 꺼냈다가는 이단자로 몰려 신변에 위험이 생길 것이 뻔했다. 그래서 페리어는 입을 다물어야만 했다.

　이단은 너무나도 위험한 것이었다. 아무리 신앙심이 두터운 사람이라 할지라도, 한 번 오해를 받게 되면 바로 보복을 당할지도 모른다는 두려움에 종교에 대한 의견이라도 말할 때면 숨을 죽이고 속삭여야 했다. 자신의 입에서 무심코 내뱉은 말이 모든 식구들의 목숨을 위협하는 것이 될 수도 있었기 때문이었다. 지난날 박해받던 자가 이제 입장이 바뀌어서 박해하는 자, 그것도 혹독한 박해자로 변신한 것이다. 스페인의 세비아에서 벌어진 종교재판, 독일의 비밀재판, 그리고 이탈리아의 비밀결사라 할지라도 당시 유타 지방을 둘러싸고 있던 검은 구름과도 같은 무시무시한 조직은 없었다.

모습이 보이지 않고 신비함에 둘러싸여 있다는 점이 그 조직을 더욱 두려운 존재로 만들었다. 이 조직은 마치 전지전능한 신과 같았으며 목소리도 들리지 않았고 모습도 보이지 않았다. 교회에 반대하는 의견을 낸 사내는 어느 날 갑자기 사라졌다. 어디로 갔는지 그에게 무슨 일이 일어났는지 아무도 알지 못했다. 집에서 아내와 자식들이 기다렸지만 비밀재판에서 어떤 판결을 받았는지 이야기해 줄 남편이자 아버지는 끝내 돌아오지 않았다. 경솔한 말이나 섣부른 행동을 하면 제거당했지만 그들을 덮치는 무시무시한 힘의 주인이 누구인지는 아무도 몰랐다. 사람들이 두려움에 떨며 황무지에 나가서도 가슴속에 쌓인 의문을 말할 용기가 나지 않았던 것이 당연했다.

이 정체를 알 수 없는 공포의 힘을 처음 느낀 사람들은 일단 모르몬교도가 되었다가 나중에 염증을 느끼고 종교를 버리려는 자들이었다. 그런데 곧 그 범위가 확대되었다. 성인 여자의 수가 점점 줄어들었고, 여자가 없어지면 일부다처제도 결국 말뿐인 교리가 되어 버리기 때문이었다. 아직 인디언이 나타난 적이 없었던 지역에서도 마을이 습격을 받아 주민들이 살해되었다는 기묘한 소문이 돌기 시작했다. 장로들이 사는 집에는 새로운 여자들이 나타났다. 슬픔에 젖은 그녀들의 얼굴에는 지울 수 없는 공포의 빛이 떠올랐다. 산속에서 야영을 하던 여행객들의 말에 따르면, 복면을 쓰고 무장을 한 무리가 소리도 없이 바로 옆을 지나쳐 갔다고 했다.

이런 소문들은 점점 확실해졌고, 곧 구체적인 모습이 확인되어 나중에는 정확한 이름까지 만들어졌다. 아직도 서부 산간의 목장에서는 다나이트 단이니 복수의 천사이니 하는 무시무시한 이름을 가진 무리들이 있다. 잔학한 짓을 일삼는 조직의 정체가 밝혀졌지만 사람들의 공포심은 더욱 커졌다. 누가 이 잔인한 조직에 들어 있는지 아무도 몰랐다. 종교의 이름으로 피의 폭력을 휘두른 사람들의 이름은 끝내 밝혀지지 않았다. 친구에게 예언자와 그의 사명에 의문을 제기하는 말을 하면, 바로 그 친구가 밤에 횃불과 칼을 들고 끔찍한 형벌을 가하러 나타날지도 모르는 일이었다. 그리하여 모든 사람들이 이웃을 두려워하게 되었으며 마음속 생각을 입 밖으로 내지 않게 되었다.

어느 화창한 아침에 벌어진 일이었다. 막 밀밭으로 나가려던 존 페리어는 문 걸쇠가 벗겨지는 소리를 들었다. 창문으로 내다보니 갈색 머리에 체격이 다부진 중년 남자가 정원의 좁은 길을 따라 걸어 들어오는 모습이 보였다. 존은 심장이 쿵쾅거리는 소리가 들리는 것 같은 기분을 느끼며 모르몬교 교주 브리검 영을 맞이하러 현관까지 달려 나갔다. 그는 이런 방문이 반가운 소식을 전해 줄 리 없다는 사실을 잘 알고 있었다. 굳은 표정의 지도자는 존의 인사를 차갑게 받아넘기고 그를 따라 거실로 들어갔다. 예언자는 자리에 앉더니 연갈색 속눈썹이 드리운 날카로운 눈으로 농장 주인을 빤히 쳐다보며 말했다.

"페리어 형제. 지금까지 진실한 신자들은 당신의 좋은 친구가 되어 주었소. 굶주린 채 사막에 쓰러져 있던 당신을 구하고, 먹을 것을 나눠 줬으며, 여기 선택받은 계곡까지 무사히 데려왔소. 게다가 넓은 땅을 주었고 우리들의 보호를 받으며 부를 쌓는 일도 허락했소. 그렇지 않소?"

"그렇습니다. 그 말씀이 맞습니다."

"그 보답으로 우리는 단 한 가지, 진심으로 우리 신앙을 믿고 우리 관습을 따르라는 조건을 요구했을 뿐이오. 당신은 그렇게 하겠다고 했지만 그 약속을 무시하고 있다는 소문이 내 귀에까지 들어왔소."

그러자 페리어는 두 손을 앞으로 내밀며 항변했다.

"저는 약속을 무시한 적이 없습니다. 공동 기부금을 내지 않았나요? 예배에 빠진 적이 있었나요? 그리고……."

"당신 부인들은 어디 있소?"

예언자가 방 안을 둘러보며 물었다.

"내가 인사를 하고 싶으니 이리로 불러오시오."

"저는 결혼을 하지 않았습니다. 하지만 여자들이 부족한 데다가 저보다도 훌륭한 자격을 가진 남자들이 얼마든지 있었습니다. 저는 외롭지도 않습니다. 딸아이가 여러 가지로 돌봐 주고 있으니 말입니다."

모르몬 교주가 말했다.

"내가 온 건 그 딸 문제 때문이오. 당신 딸은 유타의 꽃이라고 불릴 만큼 아름답게 자랐고, 이곳의 지체 높은 사람들도 좋게 평하고 있소."

존 페리어는 마음속으로 신음소리를 냈다.

"한데, 나도 믿고 싶지 않지만 그 딸이 이교도와 약혼했다는 소문이 돌고 있소. 물론 근거 없는 뜬소문이라 믿소. 성 조셉 스미스가 말씀하신 열세 번째 규율이 무엇이오? '참된 신앙인의 딸은 선택받은 백성과 결혼해야 한다. 이교도와 결혼하는 것은 커다란 죄이니라.' 그러니 성스러운 신앙을 가진 당신이 자기 딸이 규율을 어겨 고통받도록 하지는 않을 거라 생각하오."

존 페리어는 입을 굳게 다문 채 불안한 듯 승마용 채찍을 만지작거렸다.

"이제 당신의 신앙이 시험 받을 시기가 됐소. 신성한 장로회에서 이렇게 결정했소. 당신 딸은 아직 어리니 노인과 결혼하라고는 하지 않겠소. 또한 상대를 고를 권리도 빼앗지 않겠소. 우리 장로들에게는 수많은 귀여운 아내들이 있으니 그 기회를 우리 아들들에게도 줘야겠소. 스탠거슨 장로와 드레버 장로도 아들이 하나씩 있지. 어느 집안이든 당신 딸이라면 기꺼이 맞아 줄 거요. 그러니 당신 딸에게 그 둘 중 하나를 택하도록 하시오. 둘 다 젊고 재산도 있으며 참된 신앙을 가지고 있소. 당신 생각은 어떻소?"

페리어는 얼굴을 찌푸린 채 잠시 아무 말 않다가 드디어 입을 열었다.

"조금만 더 기다려 주십시오. 딸은 아직 어려서 결혼할 만한 나이가 아닙니다."

"남편을 고를 수 있는 시간으로 한 달 주겠소. 한 달 뒤에는 딸이 답을 해야 하오."

브리검 영이 자리에서 일어나며 말했다.

그는 현관으로 나가다가, 분노로 벌겋게 물들인 얼굴과 이글이글 타오르는 눈빛으로 뒤돌아보며 포효하듯 외쳤다.

"존 페리어, 당신 부녀가 성스러운 장로 회의의 결정을 뿌리칠 생각이라면 차라리 그때 시에라 블랑카 산에서 백골이 되는 편이 훨씬 더 나았을 거라는 사실을 명심하시오!"

그러더니 꽉 쥔 주먹을 위협적으로 내밀어

보이고 밖으로 나갔다. 페리어의 귀에 정원의 자갈길을 밟으며 돌아가는 그의 발소리가 들려왔다. 페리어는 팔꿈치를 무릎에 얹고 가만히 앉아 딸에게 어떻게 이야기를 해야 좋을지 생각했다. 그때, 페리어는 부드러운 손이 자기 손을 감싸는 것을 느끼고 눈을 들었다. 옆에 루시가 서 있었다. 겁을 먹어 파랗게 질린 얼굴을 보고 그는 루시가 방금 전의 이야기를 다 들었다는 사실을 알 수 있었다. 그녀가 아버지의 표정을 살피며 말했다.

"안 들을 수가 없었어요. 그 사람 목소리가 온 집안에 울려 퍼졌거든요. 아버지, 이제 우리는 어떻게 해야 하죠?"

"걱정할 필요 없다."

페리어는 루시를 끌어안고 크고 투박한 손으로 딸의 밤색 머리카락을 쓰다듬으며 말했다.

"내가 어떻게든 해 보마. 이 정도로 제퍼슨에 대한 마음이 변하지는 않았겠지?"

루시는 대답 대신 훌쩍이며 아버지의 손을 꽉 잡았다.

"당연히 그럴 리가 없겠지. 그런 대답은 나도 듣고 싶지 않다. 제퍼슨은 좋은 청년이고 기독교인이야. 여기 사람들이 아무리 기도하고 설교해도 그 아이의 신앙심을 꺾을 수는 없지. 내일 네바다로 출발하는 무리가 있으니, 우리 상황을 알리는 편지를 제퍼슨에게 전해 달라고 부탁해 보마. 내가 제퍼슨을 제대로 봤다면 그 사람은 전보에 채찍질한 것보다 더 빨리 돌아올 거야."

루시는 아버지의 표현이 우스워서 눈물 흐른 얼굴 위로 웃음을 지었다.

"그 사람이 돌아오면 분명히 가장 좋은 방법을 생각해 낼 거예요. 하지만 저는 아버지가 걱정돼요. 소문을 들으면 예언자의 말에 거역한 사람은 반드시 끔찍한 일을 당한대요."

"하지만 아직 그의 말을 거스른 건 아니다. 게다가 그때를 대비할 만한 충분한 시간도 있고. 아직 한 달이나 남았잖니. 그때가 되면 유타에서 탈출하는 게 제일 좋겠구나."

"유타에서 탈출한다고요?"

"그래."

"농장은 어떻게 해요?"

"팔 수 있는 건 다 팔고 나머지는 버려야겠지. 사실, 내가 이런 마음을 먹은 게 이번이 처음은 아니란다. 이곳 사람들은 예언자의 말에 따르지만 나는 달라. 난 그 누구에게도 머리를 숙이고 싶지 않단다. 나는 자유롭게 태어난 미국인이니 이런 생활에는 적응할 수가 없구나. 새로운 걸 배우기엔 너무 나이가 들은 걸까. 만약 그 예언자가 다시 우리 농장 주변을 얼쩡거리면 그땐 사슴을 쫓던 총알이 빗나가 그자를 맞힐지도 모르겠구나."

"하지만 여기 사람들은 우리가 떠나도록 내버려 두지 않을 거예요."

루시가 말했다.

"제퍼슨이 돌아올 때까지 기다려 보자. 그럼 무슨 수가 생기겠지. 그때까지는 걱정 말고 눈이 붓도록 울지도 말거라. 교주가 그런 모습을 보면 또 한마디 하러 올 테니 말이다. 걱정할 것도 없고, 위험한 일도 일어나지 않을 거야."

존 페리어는 자신감에 찬 목소리로 딸을 위로했다. 하지만 루시는 그날 밤에 아버지가 평소보다 더 엄중하게 문을 걸어 잠그고, 침실 벽에 걸어 두었던 낡고 녹슨 산탄총을 꺼내 깨끗하게 손질하고 탄환을 장전해 두는 것을 볼 수 있었다.

4. 목숨을 건 도주

존 페리어는 모르몬교의 예언자가 찾아온 다음 날 아침에 솔트레이크 시티로 갔다. 그는 네바다 산맥으로 출발하는 지인을 만나 제퍼슨 호프에게 보내는 편지를 건네주었다. 편지에는 페리어 부녀의 신변에 위험이 닥쳤으니 가능한 한 빨리 돌아오기 바란다는 내용이 쓰여 있었다. 지인에게 편지를 건네준 그는 한결 가벼워진 마음으로 집에 돌아왔다.

그런데 그가 농장 가까이 가 보니, 양쪽 문기둥에 말이 한 필씩 묶여 있는 게 보였다. 그는 두 젊은이가 자기 집 거실을 제 안방인 양 차지하고 있는 모습을 보고 더욱 놀랐다. 얼굴이 길고 가늘며 하얀 남자는 흔들의자에 몸을 깊숙이 묻고 두 다리를 난로에 걸쳐 놓고 있었다. 목이 굵고 천박해 보이는 인상을 한 또 다른 남자는 창 옆에서 주머니에 두 손을 찔러 넣은 채 귀에 익숙한 찬송가 가락을 휘파람으로 불고 있었다. 존의 모습을 본 그들은 고개를 까닥였고, 흔들의자에 앉아 있던 사내가 먼저 말을 꺼냈다.

"우리를 처음 보시겠지요. 저 사람은 드레버 장로의 아들이고 나는 조셉 스탠거슨입니다. 옛날 그 사막에서 신이 손을 뻗어 당신을 우리 참된 신자들에게로 이끄셨을 때 선생께서 우리와 같은 마차를 타고 함께 여행했지요."

"때가 되면 주님은 모든 나라를 구원하실 겁니다. 주님이 돌리시는 맷돌은 아주 천천히 돌아가지만 곡식을 매우 곱게 빻아 주죠."

드레버 장로의 아들이 콧소리를 내며 말했다. 존 페리어는 차갑게 머리를 숙였다. 그들이 누구인지는 이미 알고 있었다.

"우리는 아버지들의 말씀을 듣고 여기에 왔습니다. 둘 중 누가 당신들 마음에 들지는 모르겠지만, 당신과 따님의 마음에 들라고 조언하시더군요. 나는 아내가 네 명뿐이지만 드레버 형제에게는 벌써 일곱 명이나 있으니 청혼하기에는 내가 더 유리합니다."

스탠거슨이 말하자 드레버가 발끈했다.

"그건 아니지, 스탠거슨 형제. 아내의 수가 중요한 게 아니라 아내를 몇 명이나 거느릴 수 있느냐가 중요한 걸세. 난 얼마 전에 아버지에게 제분소를 물려받았으니 경제적으로는 내가 자네보다 낫지."

이번에는 스탠거슨이 큰 소리로 받아쳤다.

"하지만 장래성을 보면 내 미래가 더 밝아. 아버지가 주님의 부름을 받으시면 가죽 공장과 가죽 가공 공장은 내 차지라고. 게다가 난 자네보다 나이가 더 많고 교회에서의 지위도 더 높지 않나?"

"이건 아가씨가 결정할 문제야. 우린 잠자코 아가씨의 결정을 기다리면 되는 걸세."

젊은 드레버는 유리창에 비친 자신의 얼굴을 들여다보며 거만하게 웃었다.

문가에서 두 남자의 말을 듣던 존 페리어는 분노에 온몸을 떨며, 승마용 채찍으로 그 둘의 등을 후려치고 싶은 기분을 겨우 억눌렀다.

"이보게들."

더 이상 참지 못한 페리어는 두 사람에게 다가가며 말했고 젊은 드레버도 외쳤다.

"딸아이가 자네들을 부르면 그땐 여기 와도 좋지만 그 전에는 얼굴도 내밀지 말게."

두 젊은 모르몬교도가 어이없다는 듯이 그의 얼굴을 바라보았다. 왜냐하면, 청혼하기 위해 두 남자가 서로 다투는 일은 곧 이 부녀에게 더없이 큰 명예라고 생각했기 때문이다.

"이 방에서 나가는 방법은 두 가지네. 하나는 현관이고 또 하나는 창문이지. 어디로 나가고 싶은가?"

존 페리어가 성난 목소리로 외쳤다. 당장이라도 달려들 것 같은 햇볕에 그을린 사나운 얼굴과 우락부락한 주먹을 보고 두 방문객은 자리에서 벌떡 일어나 서둘러 나갔다. 늙은 농장 주인은 두 사람을 문으로 내몰며 비웃듯이 말했다.

"어느 쪽으로 나가고 싶은지 알려주면 좋겠구먼."

"어디 두고 봅시다! 당신은 예언자와 장로회의 결정을 무시했어. 죽는 날까지 후회할 줄 아시오."

분노한 스탠거슨이 붉으락푸르락해진 얼굴로 말했고 젊은 드레버도 외쳤다.

"주님이 당신을 치실 거요. 그분께서 일어나 벌하시리라!"

"그 전에 내가 먼저 벌하겠다!"

존 페리어가 치밀어 오르는 분노를 참지 못하고 소리쳤다. 만약 그때 루시가 달려와 팔에 매달려 말리지 않았다면 페리어는 총을 가지러 위층으로 뛰어올라 갔을 것이다. 페리어가 간신히 딸의 팔을 뿌리쳤을 때 날카로운 말발굽 소리가 들려왔다. 그는 이미 두 사내가 멀리 도망갔음을 알 수 있었다.

"신실한 척하는 악당 같으니라고! 네가 저런 녀석들의 아내가 되느니 차라리 죽는 편이 낫겠다."

페리어가 이마의 땀을 닦으며 말했다.

"저도 그렇게 생각해요. 하지만 곧 제퍼슨이 올 거예요."

루시가 흔들림 없는 밝은 목소리로 말했다.

"그래, 이제 곧 올 거다. 녀석들이 어떻게 나올지 알 수 없으니 빨리 와 줬으면 좋겠구나."

늙고 고집 센 농장 주인과 그 양딸은 이때처럼 구원의 손길을 원한 적이 없었다. 유타가 개척된 이후로, 이렇게 대놓고 장로들의 권위에 저항한 사람은 없었다. 조그만 실수만 저질러도 엄한 벌을 받았으니 이런 반역을 시도한 사람에게는 어떤 운명이 기다리고 있을까. 페리어는 지위나 재산은 아무 도움이 되지 않는다는 사실을 잘 알고 있었다. 그와 동등한 지위 및 재산을 가진 사람들도 행방불명이 됐고 그 재산은 교회가 몰수했다. 페리어는 용감한 사람이었지만 곧 자신을 덮쳐 올, 정체 모를 무서운 그림자에 대해서는 공포를 느꼈다. 아무리 위험한 상대라도 정체를 안다면 용기 있게 맞설 수도 있겠지만, 이렇게 시시각각 다가오는 긴박한 공포감 앞에서는 대항할 방법도 알지 못한 채 신경만 날카로워졌다. 그래도 페리어는 겁먹은 모습을 딸에게 보이고 싶지 않아서 별일 아니라는 듯이 행동했지만, 예리하면서도 애정이 가득 담긴 루시의 눈은 아버지의 불안한 마음을 꿰뚫어 보고 있었다.

페리어는 브리검 영이 자신의 행동에 대해 어떤 지시나 경고를 내릴 것이라고 생각했다. 그 예상은 맞아떨어졌으나 생각지도 못한 형태로 찾아왔다. 이튿날 아침에 페리어가 눈을 떠 보니 오싹하게도 침대의 이불 위, 정확히 심장 위에 작은 쪽지가 핀으로 꽂혀 있었다. 쪽지에는 삐뚤빼뚤한 굵은 글씨로 이렇게 쓰여 있었다.

반성할 시간을 29일 주겠다. 그 다음은……

'그 다음은' 뒤에 아무 협박도 적혀 있지 않아서 더욱 두려웠다. 방문과 창문에는 자물쇠를 채웠고 하인들은 별채에 있는데, 이 경고장이 어떻게 방 안으로 들어왔는지 존 페리어는 아무리 생각해도 알 수 없었다. 그는 쪽지를 구겨서 버리고 루시에게 아무 말도 하지 않았지만, 불의의 일격을 당하고 나니 심장이 얼어붙는 느낌이었다. 29일이란 영이 준 한 달이라는 기간에서 앞으로 남은 날짜를 뜻하는 것이 분명했다. 이런 신비한 힘을 가진 적에게 대항할 수 있는 용기와 힘을 가진 사람이 있을까. 그 쪽지를 핀으로 꽂아 놓은 사람은 페리어의 심장도 찌를 수 있었고, 그랬더라면 그는 상대의 정체도 확인하지 못한 채 숨을 거뒀을 것이다.

그 다음 날 아침, 페리어를 더욱 놀라게 하는 일이 벌어졌다. 그가 아침을 먹으려고 식탁에 앉는 순간, 루시가 천장을 가리키며 비명을 질렀다. 천장에는 막대기 끝을 태운 숯으로 쓴 '28'이라는 숫자가 적혀 있었다. 루시는 무슨 뜻인지 몰랐고, 페리어도 그 뜻을 말해 주지 않았다. 그 날 밤에 페리어는 총을 들고 밤을 새워 감시했다. 의심스러운 일은 전혀 일어나지 않았지만, 다음 날 아침이 되자 현관에 누가 페인트로 커다랗게 '27'이라고 써 둔 것이 보였다. 그런 날이 계속됐다. 페리어는 매일 아침이면 보이지 않는 적이 앞으로 남은 날수를 눈에 띄는 장소에 적어 놓은 것을 보았다. 운명의 숫자가 벽이나 마룻바닥에 적혀 있는 경우도 있었다. 어떤 때는 종이에 적어 정원 문이나 울타리에 붙여 놓기도 했다. 존 페리어가 아무리 밤을 새워 감시해도 누가 어떤 식으로 그렇게 하는 것인지 알아낼 수가 없었다. 그 숫자를 볼 때마다 그는 정체를 알 수 없는 공포에 휩싸였다. 이제 마지막 남은 희망은 젊은 사냥꾼이 네바다에서 돌아와 주는 일이었다.

숫자가 20에서 15가 되고, 15가 10이 되었지만, 떠나간 사람에게서는 아무 소식이 없었다. 숫자가 하나씩 줄어들어도 여전히 그가 왔다는 신호는 없었다. 큰길에서 말발굽 소리나 말을 부리는 마부의 목소리가 들려올 때마다 늙은 농장 주인은 기다리던 젊은이가 오는 것이 아닐까 하고 문 밖으로 달려 나갔다. 숫자 5가 4가 되었다가 3이 되자, 페리어는 기운을 잃고 탈출을 포기해 버렸다. 그는 개척지를 에워싸고 있는 산악 지대 지리에 어두웠으므로, 자기 혼자서는 도저히 탈출할 수 없다는 사실을 잘 알고 있었다. 통행인이 많은 큰길은 경비가 삼엄했고 장로회의 허가가 없으면 아무도 빠져나가지 못했다. 어느 길을 택해도 끝내 잡히고 말 것이 뻔했다. 그래도 노인은 딸이 수치스러운 결혼식을 올리는 것에 합의하느니 차라리 죽음을 선택하겠다는 결심을 흐트러뜨리지 않았다.

어느 날 밤, 페리어는 홀로 앉아 눈앞에 닥친 이 사태를 벗어날 방법에 대해 곰곰이 생각하고 있었다. 그날 아침, 벽에 적힌 숫자가 2였으니 해가 뜨면 이제 저쪽에서 제시한 마지막 날이 되는 것이다. 그 다음에는 무슨 일이 벌어질까? 확실하지는 않았지만 끔찍한 상상들이 하나씩 머리를 스쳐 갔다. 자신이 죽으면 루시는 어떻게 되는 걸까? 주변을 둘러싼 보이지 않는 그물을 빠져나갈 방법은 없는 걸까? 그는 손 쓸 수 없는 자신의 무력함이 안타까워 테이블에 엎드려 눈물을 흘렸다.

뭐지? 고요한 밤을 뚫고 무엇을 긁어 대는 조그만 소리가 들렸다. 아주 작은 소리였지만 분명히 환청은 아니었다. 현관문 근처에서 나는 소리였다. 페리어는 살금살금 걸어가서 가만히 귀를 기울였다. 잠시 후, 다시 나직한 소리가 들려왔다. 누군가 상당히 조심스럽게 문을 두드리고 있는 것이 틀림없었다. 비밀재판의 지령을 받고 한밤중에 찾아온 암살자일까? 아니면 남은 마지막 날의 숫자를 적으러 온 사자使者일까? 존 페리어는 심장을 얼어붙게 하고 신경을 곤두세우는 긴박감을 견디느니 차라리 단번에 살해당하는 게 낫겠다고 생각했다. 그는 빗장을 벗기고 문을 열어젖혔다.

바깥은 쥐 죽은 듯이 고요했다. 날이 아주 맑아서 머리 위로 별들이 밝게 빛나고 있었다. 눈에 보이는 것은 집 앞의 조그만 정원과 울타리, 그리고 대문이었다. 정원이며 거리 어디에도 사람의 그림자는 눈 씻고 찾아봐도 보이지 않았다. 페리어는 주위를 둘러보고 마음을 놓았다가 문득 발밑을 보고 소스라치듯 놀랐다. 사내 하나가 엎드려 얼굴을 땅에 박고 있었다. 순간, 너무 놀라 기력마저 잃은 페리어는 몸을 벽에 기대고 손으로 입을 막아 터져 나오려는 비명을 겨우 막았다. 언뜻 보았을 때는 엎드려 있는 사내가 다쳤거나 죽었다고 생각했지만, 가만히 바라보는 사이에 그는 뱀처럼 재빠르게 몸을 꿈틀거리며 현관으로 들어왔다. 그는 집 안으로 들어서더니 잽싸게 일어나 문을 닫았다. 결의에 불타는 얼굴을 하고 어안이 벙벙해진 존의 앞에 선 사내는 바로 제퍼슨 호프였다. 그 사실을 안 늙은 농장 주인은 다시 한 번 깜짝 놀랐다.

"아니, 세상에! 난 정말 깜짝 놀랐네. 도대체 왜 그런 모습을 하고 들어오는 건가?"

존 페리어가 숨을 헐떡이며 물었다.

"먹을 걸 좀 주십시오. 꼬박 이틀 동안 물 한 모금, 빵 한 조각 먹을 시간이 없었습니다."

제퍼슨은 페리어가 저녁을 먹고 남긴 고기와 빵을 보자마자 식탁에 들러붙어 허겁지겁 먹어치웠다.

"루시는 잘 지내고 있습니까?"

어느 정도 배를 채우고 허기를 물린 제퍼슨이 물었다.

"그래. 루시에게는 상황이 위험하다는 사실을 말하지 않았다네."

"잘 하셨습니다. 이 집 주위에는 보초병들이 깔려 있어요. 그래서 기어들어 올 수밖에 없었습니다. 빈틈없는 녀석들인 것 같기는 하지만 네바다 사냥꾼인 절 잡을 만큼의 실력은 안 되죠."

존 페리어는 든든한 지원자를 얻자 지금까지와는 다른 새로운 용기를 얻었다. 그는 젊은이의 가죽처럼 말라 버린 손을 잡고 진심이 우러나는 악수를 했다.

"자네는 정말 자랑스러운 사람이야. 우리의 위험과 고통을 함께하려고 와 줄 사람은 그리 흔하지 않으니 말일세."

"그렇지요. 저도 아버님을 존경하지만, 만약 아버님 혼자 이런 위험에 처해 있었다면 벌집에 머리를 처박는 듯한 이런 위험을 감수하기 전에 두 번 생각했을 겁니다. 전 루시가 있어서 여기 온 겁니다. 그녀가 다치는 대신에 우리 호프 가문에서 한 명이 줄어든다 해도 상관없습니다."

젊은 사냥꾼이 말했다.

"그럼 이제 우리는 어찌하면 좋겠는가?"

"내일이 마지막 날이니 오늘 밤 안으로 뭔가 하지 않으면 다 끝장입니다. 독수리 계곡에 당나귀 한 마리와 말 두 마리를 묶어 놓았습니다. 돈은 얼마나 있습니까?"

"금화로 2,000달러, 지폐로 5,000달러가 있네."

"그거면 충분합니다. 저도 그 정도 가지고 있으니까요. 산을 넘어서 카슨시티까지 가야합니다. 지금 바로 루시를 깨워 주십시오. 하인들이 별채에서 자는 게 천만다행이로군요."

페리어가 딸에게 여행 준비를 시키는 동안, 제퍼슨 호프는 먹을 것을 모조리 긁어모아 작은 보따리를 하나 만들었다. 그리고 그는 산에 샘이 몇 개 없으며, 있어도 샘 사이의 거리가 멀다는 사실을 알고 있었으므로 호리병에 물을 가득 담았다. 호프는 농부가 옷을 다 차려입고 여행을 떠날 채비를 갖춘 딸을 데리고 돌아오기 전에 간신히 준비를 마쳤다. 지금은 단 1분이라도 아껴야 했고 해야 할 일도 많아서, 두 연인은 뜨겁지만 짧게 서로를 끌어안았다.

"지금 출발하지요. 앞문과 뒷문 모두 감시당하고 있지만, 창문으로 몰래 빠져나가서 밭을 가로질러 가면 됩니다. 큰길까지 나가기만 하면 말을 묶어 둔 독수리 계곡까지는 겨우 3킬로미터밖에 안 돼요. 해가 뜨기 전에 산을 반 정도는 넘어야 합니다."

제퍼슨 호프는 이 거대한 모험이 얼마나 위험한 것인지 알고 있었으나 두려움을 극복하기 위해 심장을 강철처럼 굳힌 사람처럼 낮지만 또렷한 목소리로 말했다.

"만약 잡히면 어떻게 하지?"

페리어가 물었다.

호프는 윗옷 앞으로 삐져나온 권총 손잡이를 가볍게 두드리더니 오싹한 미소를 지으며 말했다.

"상대가 너무 많다면 갈 때는 가더라도 두셋 정도는 숨통을 끊어 놓아야지요."

집 안의 불을 죄다 끄고, 페리어는 어두운 창을 통해서 자기가 일구었지만 곧 영원히 버려야 할 농장을 바라보았다. 진작부터 마음의 결정을 내리고 있었고 딸의 마음과 행복을 생각하면 재산을 잃는 아픔은 아무 것도 아니었다. 나무가 바람에 흔들렸고 보리밭은 조용히 펼쳐져 있었다. 너무나도 평화롭고 고요한 풍경이라 거기에 살기殺氣가 숨어 있다고 믿기 힘들었다. 하지만 젊은 사냥꾼의 얼굴이 창백하고 긴장감이 감도는 걸 보면, 이 집으로 다가올 때 무언가를 본 것이 분명했다.

페리어는 금화와 지폐가 든 자루를, 제퍼슨 호프는 얼마 되지 않는 물과 식료품을 들었다. 루시는 귀중품 몇 개를 넣은 작은 보따리를 들었다. 이들은 천천히, 그리고 소리를 내지 않고 창문을 연 뒤, 검은 구름이 주위를 좀 더 어둡게 해 주기를 기다렸다가 한 사람씩 작은 정원으로 나왔다. 세 사람은 몸을 웅크리고 소리가 나지 않도록 조심스럽게 정원을 가로질러 울타리 그늘에 몸을 숨겼다. 그리고 울타리를 따라 앞으로 나가 옥수수 밭이 있는 곳까지 갔다. 바로 그때, 젊은이는 페리어와 루시의 팔을 잡고는 어두운 곳으로 끌고 갔다. 세 사람은 어둠 속에 몸을 맡기고 가만히 숨을 죽였다. 제퍼슨은 대평원에서 자란 덕분에 귀가 살쾡이처럼 민감했다. 그들이 어두운 곳으로 몸을 숨기가 무섭게, 몇 미터 떨어진 곳에서 기분 나쁜 올빼미 울음소리가 나더니 곧바로 조금 떨어진 곳에서 그에 답하는 울음소리가 들려왔다. 그와 동시에 세 사람이 들어가려고 했던 옥수수 밭에서 불쑥 나타난 검은 그림자가 다시 한 번 구슬픈 올빼미 울음소리로 신호를 보냈다. 그러자 어둠 속에서 또 다른 사람이 모습을 나타냈다.

"내일 자정, 쏙독새가 세 번 울면."

상관인 듯한 첫 번째 사내가 말했다.

"알겠습니다. 드레버 형제에게도 말할까요?"

또 다른 사내가 말했다.

"그렇게 하게. 그리고 다른 사람에게도 말하라고 해. 9에서 7!"

"7에서 5!"

또 다른 사내가 응답하더니 두 그림자는 서로 다른 방향으로 사라졌다. 마지막 숫자는 암호가 분명했다. 그들의 발소리가 더 이상 들리지 않자 제퍼슨 호프는 잽싸게 일어나 다른 두 사람의 손을 잡고 울타리 틈으로 빠져나갔다. 루시가 더 이상 달릴 수 없게 되자 호프는 그녀를 반쯤 안아 올려서 전속력으로 내달렸다.

"빨리요, 서둘러요!"

때때로 호프가 헐떡이며 말했다.

"지금 감시선을 뚫고 나간 것 같아요. 서두르지 않으면 들켜 버려요. 빨리 움직여요!"

밭에서 빠져나와 큰길로 들어서자 좀 더 편하게 달릴 수 있었다. 한 번은 누군가와 마주칠 뻔했지만 밭으로 뛰어들어 겨우 위기를 넘겼다. 마을 코앞에서 사냥꾼은 산으로 향한 좁고 울퉁불퉁한 길로 접어들었다. 그들의 눈앞에는 검고 험한 산봉우리 두 개가 우뚝 솟아 있었고, 그 사이가 말을 묶어 둔 독수리 계곡이었다. 제퍼슨 호프는 직감적으로 큰 바위 사이를 지나기도 하고 물이 마른 개울을 걸어가기도 하면서 간신히 어떤 바위에 도착했다. 거기에는 말과 당나귀가 얌전하게 그들을 기다리고 있었다. 루시는 당나귀에 올랐고, 페리어 노인은 돈이 든 자루를 들고 말에 올랐다. 제퍼슨 호프는 다른 말에 타고 앞장서서 험하고 위험한 산길을 헤쳐 나갔다.

거친 자연에 익숙하지 않은 사람들에게 산길은 너무 험했다. 한쪽에는 무서울 정도로 높고, 깎아지른 듯한 검은 바위들이 위협하듯 솟아 있었는데, 그 바위 절벽은 이미 화석이 되어 버린 괴수들의 갈비뼈처럼 거칠거칠한 현무암이었다. 또 다른 한쪽에는 둥근 돌과 무너져 내린 바위 조각들이 높다랗게 쌓여서 한 걸음도 발을 디딜 수가 없었다. 그 사이로 길이라고 할 수 없는 좁은 길이 있었다. 그 길 곳곳은 무척 좁아서 한 줄로 길게 늘어서서 가야 했다. 게다가 길이 너무 험해서 말 타는 것에 익숙한 사람이 아니라면 도저히 지나갈 수가 없을 정도로 험했다. 그토록 험하고 위험이 가득한 산길이었지만, 한 걸음 내디딜 때마다 두려운 폭력의 세계에서 멀어질 수 있다고 생각하니 세 사람의 마음은 가벼웠다.

하지만 그들은 아직 모르몬교의 세력권에서 완전히 벗어나지 못했다는 사실을 곧 알 수 있었다. 세 사람이 지나 온 길보다 더 험하고 위험한 장소로 접어들었을 때, 루시가 깜짝 놀라 비명을 지르며 머리 위를 가리켰다. 산길이 내려다보이는 바위 위에 보초병 하나가 하늘을 배경으로 시꺼멓게 서 있었다. 동시에 보초병도 그들을 발견했다.

"누구냐?"

군대식으로 검문하는 목소리가 조용한 계곡에 울렸다.

"네바다로 가는 여행자입니다."

제퍼슨 호프가 말안장 쪽에 있는 라이플총으로 손을 가져가며 대답했다. 그 대답이 어딘가 부족했는지 홀로 서 있던 보초병은 자기 총을 만지작거리며 아래를 내려다보았다.

"누구의 허가를 받았나?"

"장로회의 허가를 받았습니다."

페리어가 대답했다. 그는 모르몬교도였기 때문에 가장 권위 있는 조직이 장로회라는 사실을 잘 알고 있었다.

"9에서 7."

보초병이 큰 소리로 말했다.

"7에서 5."

제퍼슨 호프는 정원 울타리에서 들은 암호를 생각해 내고 바로 대답했다.

"지나가시오. 주님이 함께하시기를."

머리 위에서 목소리가 들렸다. 그 지점을 지나자 산길이 넓어져 말들이 속도를 내며 달리기 수월해졌다. 뒤돌아보니 총에 기대어 서 있는 보초병이 보였다. 세 사람은 '선택받은 민족'의 마지막 감시선을 돌파했으니 앞으로 자유가 기다리고 있다는 사실을 깨달았다.

5. 복수의 천사

　세 사람은 밤새도록 바위투성이에 구불구불한 산길을 헤치고 나갔다. 몇 번 길을 잘못 들기도 했지만 산에 대한 지식이 풍부한 호프 덕분에 다시 길을 찾을 수 있었다. 하늘이 허옇게 밝아 올 무렵, 황량하지만 눈이 휘둥그레질 만큼 아름다운 풍경이 세 사람의 눈앞에 펼쳐졌다. 주위를 둘러싼, 정상에 눈을 뒤집어 쓴 봉우리들은 서로의 어깨너머로 저 멀리 있는 지평선을 바라보려고 모여 있는 듯했다. 산길의 양쪽으로는 깎아지른 듯한 절벽이 솟아 있었는데 그 바위 위에는 낙엽송과 소나무가 세 사람의 머리 위를 덮을 듯이 자라고 있었다. 바람이라도 한번 불면 금방이라도 무너져 내릴 것만 같았다. 이 황량한 계곡 여기저기에는 그렇게 떨어진 나무와 바위가 널려 있었으니 터무니없는 걱정은 아니었다. 그들이 지나가는 동안에도 커다란 바위가 꿍음을 내며 떨어져 내렸다. 그 소리는 고요하기 짝이 없는 계곡에 울려 퍼져 피곤에 지친 말들이 깜짝 놀라 내달리게 했다.

태양이 동쪽에서 천천히 떠오르자, 높은 산꼭대기가 축제 때 불을 밝히는 듯이 하나씩 붉은 빛을 띠더니 곧 모든 것이 붉게 타올랐다. 정신을 앗아 갈 듯한 그 광경은 세 도망자의 마음에 용기를 심고 새로운 힘을 더해 주었다. 그들은 바위틈으로 물이 솟아오르는 곳에서 잠시 쉬어가기로 하고, 말에게 물을 먹이면서 서둘러 아침 식사를 했다. 루시와 페리어 부녀가 조금 더 쉬고 싶다고 했지만 제퍼슨은 인정사정이 없었다.

"지금쯤이면 놈들도 추적을 시작했을 겁니다. 서두르지 않으면 우리는 끝장입니다. 카슨시티에 무사히 도착해서 안전하다는 판단이 들면 그때 마음껏 쉴 수 있습니다."

그날 세 사람은 온종일 고생하며 계곡을 걸었고 저녁 무렵에는 적들을 50킬로미터 넘게 따돌렸을 것이라고 생각했다. 밤이 되자 조금이라도 바람을 피하기 위해서 앞으로 튀어나온 바위를 골라 바람막이로 삼고 서로 몸을 바짝 붙여서 잠깐 눈을 붙였다. 하지만 이들은 동이 트기도 전에 일어나 다시 길을 떠났다. 누군가 추적하는 기척은 전혀 없었다. 제퍼슨 호프는 자신들이 악마같다고 생각한 두려운 조직의 손에서 드디어 벗어났다고 생각했다. 그는 그 마수가 얼마나 멀리 다다를 수 있는지, 그리고 그들을 얼마나 빨리 따라잡아 뭉개 버릴 수 있는지 거의 알지 못했다.

탈출한 지 이틀째 되던 날 점심에는 얼마 되지 않던 식량이 거의 다 떨어졌다. 하지만 사냥꾼인 호프는 흔들리지 않았다. 산에는 사냥감이 얼마든지 있다는 사실을 잘 알고 있었고, 라이플총 한 자루로 목숨을 연명한 경험도 많았기 때문이다. 그는 페리어 부녀를 위해 마른 나뭇가지를 모아 와서 바위 그늘에 불을 피웠다. 해발 1,500미터 부근까지 올라와서 춥고 숨 쉬기가 힘들었다. 호프는 말을 묶어 두고 루시에게 무슨 말을 한 뒤에 어깨에 라이플총을 둘러메고 사냥감을 찾아 떠났다. 뒤돌아 보니 노인과 루시가 타오르는 모닥불 옆에 웅크리고 있었고 그 뒤로 짐 승 세 마리가 가만히 서 있었다. 조금 더 가니 이젠 아예 바위에 가려서 모습이 보이지 않았다.

호프는 계곡에서 계곡으로 3킬로미터가량 걸어갔지만 아무것도 찾 지 못했다. 나무껍질에 난 상처나 다른 흔적들로 보아 가까이에 곰들이 잔뜩 살고 있는 듯했으나 모습은 보이지 않았다. 두어 시간을 돌아다니 다가 결국 포기하고 돌아가려던 참이었다. 그는 문득 위를 바라보았다 가 가슴까지 두근거리는 기쁨을 느꼈다. 머리 위에서 100미터 남짓 떨어 진 바위 끝에는 대가리에 커다란 뿔이 솟은, 빅혼big-horn이라 불리는 양 을 닮은 동물이 서 있었다. 호프가 있는 곳에서는 보이지 않았지만 무리 가 있는지 그 녀석은 망을 보고 있는 듯했다. 다행히도 망을 보는 빅혼 은 반대쪽을 보느라 호프의 존재를 눈치 채지 못했다. 호프는 바닥에 배 를 깔고 몸을 엎드려 바위 위에 총신을 얹어 지탱하고 신중히 조준해서 방아쇠를 당겼다. 빅혼이 한 번 풀쩍 뛰어 오르더니 절벽 끝에서 비틀거 리다가 계곡 아래로 떨어졌다.

사냥한 빅혼은 들 수 없을 정도로 무거워서 뒷다리 하나와 옆구리 살 조금이면 충분히 배를 채울 것 같았다. 호프는 사냥감을 어깨에 짊어지 고 서둘러 왔던 길로 되돌아갔다. 이미 저녁 해가 기울어져 어둠이 내 리고 있었다. 그런데 얼마쯤 가다가 곧 난관이 닥쳤음을 깨달았다. 사냥 감을 찾는 일에 열중하다가 그만 자기가 아는 계곡들을 한참이나 지나 쳐 헤맨 탓에, 호프는 왔던 길을 되짚어갈 수가 없었다. 그는 몇 개로 갈 라진 계곡 끝에 있었는데 계곡들이 다 비슷해서 어디가 어디인지 구분 할 수가 없었다. 하나의 계곡을 따라 1.5킬로미터 정도 나아가다가 한 번도 본 적이 없는 계류와 만났다. 길을 잘못 들었다는 사실을 깨닫고 다른 계곡을 따라 걸었지만 그쪽도 마찬가지였다. 밤은 점점 깊어졌다. 주변이 이미 캄캄해졌을 때야 그는 간신히 낯익은 길로 접어들었다. 달이 뜨지 않아서 양쪽의 깎아지른 듯한 절벽 밑이 더욱 어두워 보였으므로, 원래 왔던 길로 되돌아가는 것도 쉽지 않았다. 그는 사냥감의 무게에 지쳐 숨을 헐떡이며 비틀비틀 걸었다. 호프는 한 걸음을 뗄 때마다 루시와 가까워지고 있으며, 이 정도 식량이면 여행을 하는 동안 충분히 먹을 수 있을 것이라고 생각하며 지쳐가는 마음을 다잡았다.

호프는 드디어 자신이 떠난 계곡 입구에 다다랐다. 비록 주변이 어두웠지만 좁은 계곡 절벽의 모습은 확실히 알아볼 수 있었다. 거의 5시간이나 걸렸으니 부녀는 자신을 걱정하며 기다리고 있을 것이다. 기쁨에 넘치는 마음으로, 그는 손을 입에 대서 계곡에 울려 퍼질 만큼 우렁차게 '야호!'라고 외치며 자신이 돌아왔음을 알렸다. 그는 귀를 기울여 대답을 기다렸다. 그러나 조용한 어둠 속에서 계곡에 부딪치며 울려 퍼지는 메아리만이 되돌아올 뿐이었다. 다시 한 번 더욱 큰 소리로 외쳐 보았지만 아까 헤어진 페리어 부녀가 속삭이는 소리조차 들려오지 않았다. 정체 모를 희미한 공포의 그림자가 등줄기를 타고 기어올랐다. 불안에 휩싸인 호프는 간신히 구한 사냥감도 던져 버리고 미친 듯이 달렸다.

바위 모퉁이를 돌아서자 모닥불을 피웠던 곳이 눈에 똑똑히 들어왔다. 남아 있는 숯덩이가 아직도 벌건 빛을 내고 있었지만 그가 떠나고 나서 장작을 더 얹은 흔적이 없었다. 주위는 변함없이 고요했다. 공포가 확신으로 변하자 호프는 서둘러 모닥불 쪽으로 다가갔다. 타다 남은 모닥불 주변 어디에도 살아 있는 물체는 없었다. 말들도, 노인도, 루시도, 아무것도 없었다. 호프가 자리를 비운 사이에 갑자기 끔찍한 재앙이 닥쳤으며, 그 재앙이 모든 것을 흔적도 없이 삼켜 버린 것이 분명했다.

　제퍼슨 호프는 충격을 받고 어지러움을 느꼈다. 총으로 몸을 지탱해서 간신히 쓰러지지는 않았다. 그러나 그는 행동력이 있는 사람이었으므로 잠시 멍하니 서 있다가 곧 정신을 차렸다. 꺼져 가는 모닥불 속에서 타다 남은 나무토막을 끄집어낸 뒤, 입으로 불어 불을 살리고 그 빛으로 주위를 살펴보았다. 땅 위에는 헤아릴 수도 없이 많은 말 발자국들이 찍혀 있었다. 그 발자국들은 말을 탄 사람들이 페리어 부녀를 급습한 다음, 솔트레이크시티로 되돌아갔다는 사실을 증명해 주고 있었다. 두 사람 모두 데려간 것일까? 제퍼슨 호프는 분명히 그랬을 것이라고 자신을 다독였지만 눈길이 어떤 물체에 향하자 등줄기가 오싹해졌다. 모닥불에서 조금 떨어진 곳에, 몇 시간 전까지는 없었던 붉은 흙더미가 봉긋하게 솟아올라 있었다. 조금 전에 만든 무덤이 분명했다. 젊은 사냥꾼은 그 옆으로 다가갔다. 봉긋한 흙더미 위에 막대기가 하나 꽂혀 있었고, 막대기 끝 갈라진 틈에 종이 한 장이 꽂혀 있었다. 거기에는 간결하면서도 분명한 사실이 적혀 있었다.

존 페리어,
솔트레이크시티의 주민,
1860년 8월 4일에 숨을 거두다.

　불과 몇 시간 전에 헤어진 그 건강하던 노인은 살해당했고 고작 이 세 줄짜리 문장이 그의 비문이었다. 제퍼슨 호프는 다른 무덤이 없는지 미친 듯이 주위를 둘러보았으나 그런 것은 없었다. 무시무시한 추적자들은 루시를 정해진 운명, 즉 장로 아들의 아내들 중 하나로 삼으려고 데려간 것이다. 젊은 이는 루시의 운명이 눈앞에 선하다는 사실과 그것을 되돌릴 수 없는 자신의 무력함을 깨닫자, 고요한 마지막 쉼터에 잠든 늙은 농장 주인 옆에 자기도 같이 누워 버리고 싶은 마음이 들었다.

그러나 호프의 정신은 절망을 이겨 내고 다시 살아났다. 무기력하게 앉아만 있을 그가 아니었다. 이제 자신에게 남은 것이 하나도 없을지라도 남은 인생을 복수에 바치는 일은 가능했다. 제퍼슨 호프는 인디언들과 함께 생활하면서 꺾이지 않는 인내심과 강한 복수심을 배웠다. 그는 타다 남은 모닥불을 바라보면서 이 슬픔을 잠재우려면 자기 손으로 범인들에게 복수하는 수밖에 없다는 사실을 깨달았다. 꺾이지 않는 의지와 지칠 줄 모르는 체력으로 한 놈도 남김없이 복수하리라고 결심했다. 호프는 내버렸던 고깃덩이를 주워 와서는 새파랗게 질린 얼굴로 꺼져 가는 불씨를 살려 며칠 동안 먹을 양식을 준비했다. 그것을 챙겨서 복수의 천사들의 뒤를 쫓아 지친 몸을 이끌고 산으로 향했다.

호프는 피곤한 몸과 부어오른 다리를 질질 끌면서 닷새나 걸었다. 그 계곡 길은 예전에 말을 타고 지난 길이었다. 밤이 되면 바위틈에서 몇 시간 눈을 붙였고, 반드시 동이 트기 전에 일어나 계속 추격의 길을 걸었다. 엿새째 되는 날, 호프는 셋이서 비극의 탈출을 시작했던 독수리 계곡에 도착했다. 그는 '성자들의 마을'을 내려다보았다. 완전히 지쳤지만 라이플총으로 겨우 버티고 서서 그는 발아래에 펼쳐진 조용한 마을을 향해 분노로 가득한 주먹을 쥐어 보였다. 마을로 눈을 돌리니 거리 곳곳에 깃발이 휘날리는 것이 보였고 마치 축제 같은 분위기가 느껴졌다. 무슨 일이 벌어진 것인지 생각하고 있을 때 말발굽 소리가 들려왔다. 말을 탄 어떤 사내가 이쪽으로 다가오고 있었다. 그는 호프가 몇 번 도움의 손길을 내민 적이 있는 쿠퍼라는 모르몬교도였다. 호프는 그에게 루시가 어떻게 됐는지 물어보려고 그의 앞으로 나섰다.

"제퍼슨 호프일세. 날 기억하나?"

쿠퍼는 놀란 눈으로 호프를 바라봤다. 너덜너덜한 옷에 헝클어진 머리카락, 광기 어린 눈빛하며 얼굴은 섬뜩하리만큼 창백한 부랑자가 예전의 세련된 젊은 사냥꾼이라는 걸 알아채는 데에 얼마간의 시간이 걸렸다. 간신히 호프를 알아보자 쿠퍼의 놀라움은 경악으로 변했다.

"여기까지 오다니 자네 미쳤나? 자네와 이야기하고 있는 걸 누가 보면 나까지 목숨이 남아나지 않을걸! 자네가 페리어 부녀가 도망치는 걸 도왔다고 장로회에서 수배령을 내렸다네!"

"장로들이든 녀석들의 권위든 그딴 건 상관없네. 쿠퍼, 자네도 이번 일이 어떻게 된 건지 그 경위를 알고 있으리라 믿네. 제발 부탁이니 내 물음에 답해 주게나. 우린 친구가 아닌가?"

"알고 싶은 게 뭔가? 빨리 물어보게. 누가 지켜보고 있을지도 모르니까 말이야."

모르몬교도가 불안한 눈치로 말했다.

"루시 페리어는 어떻게 됐나?"

"어제 드레버 장로 아들과 결혼했다네. 이봐, 정신 차리게. 낯빛이 나쁘군."

"내버려 두게."

호프가 중얼거렸다. 입술이 새파랗게 질린 그는 기대고 있던 바위에 털썩 주저앉아 버렸다.

"결혼했다고?"

"어제 했다네. 그래서 예배당에 깃발을 걸어 놓은 거지. 드레버 장로의 아들과 스탠거슨 장로의 아들이 서로 그 아가씨를 얻으려고 난리를 쳤네. 둘 다 추적대에 참가했고, 스탠거슨의 아들이 노인을 쏘아 죽였지. 그래서 그는 자기에게 더 큰 권리가 있다고 생각한 모양일세. 하지만 회의에 참석한 사람들 중에는 드레버 지지자가 많아서 예언자님은 그녀를 젊은 드레버에게 줬다네. 하지만 누구도 그녀를 오랫동안 가질 수는 없을 거야. 어제 내가 그 아가씨 얼굴에서 죽음을 보았으니까. 여자는 사람이라기보다는 마치 유령 같은 얼굴이었지. 자네, 가려는 건가?"

"그래."

제퍼슨 호프는 자리에서 일어났다. 그의 얼굴은 대리석 조각처럼 딱딱하고 차갑게 굳어 있었으나 눈빛만은 번뜩였다.

"어디로 갈 생각인가?"

"신경 쓰지 말게."

호프는 총을 어깨에 메더니 계곡을 향해 맹수가 들끓는 산속으로 사라졌다. 하지만 그 산에서 그보다 더 사납고 위험한 맹수는 하나도 없었을 것이다.

그 모르몬교도의 예언은 적중했다. 아버지의 끔찍한 죽음 때문인지 아니면 강제 결혼 때문인지, 가여운 루시는 시름시름 앓다가 자리에서 일어나지 못하고 점점 몸이 약해지더니 한 달이 채 지나기도 전에 숨을 거뒀다. 존 페리어의 재산을 노리고 결혼한 주정뱅이 남편은 루시의 죽음을 별로 슬퍼하지 않았지만 다른 아내들은 그녀를 불쌍하게 여겼다. 매장되기 전날 밤에 그들은 모르몬교 관습에 따라 루시의 관 옆에 둥글게 모여 앉아 밤을 꼬박 지켰다. 그들이 새벽을 맞으려던 순간, 갑자기

문이 열리더니 너덜너덜한 옷을 입고 얼굴이 새까맣게 탄 사내가 무서운 표정을 한 채로 방 안으로 뛰어들었다. 여자들은 너무 무서운 나머지 비명도 지르지 못했다. 사내는 부들부들 떠는 여자들에게 눈길 한 번 주지 않고, 지난날 루시 페리어의 순수한 영혼이 깃들어 있던 말없는 시신 앞으로 다가갔다. 그는 몸을 숙여 이미 싸늘하게 식어 버린 그녀의 차가운 이마에 경건하게 키스하고 시신의 손을 잡더니 손가락에서 결혼반지를 빼냈다.

"이 반지를 낀 채로 묻힐 수는 없다!"

사내는 사납게 으르렁거리며 외치고는 여자들이 소리를 지르기도 전에 잽싸게 계단을 뛰어 내려가 사라져 버렸다. 너무나도 갑작스럽고 순식간에 일어난 일이었다. 만약 시신이 손에 끼고 있던 반지가 없어지지 않았다면, 직접 그 사건을 목격한 여자들마저도 자기 눈을 의심했을 것이며 다른 이들은 더더욱 이해하지 못했을 것이다.

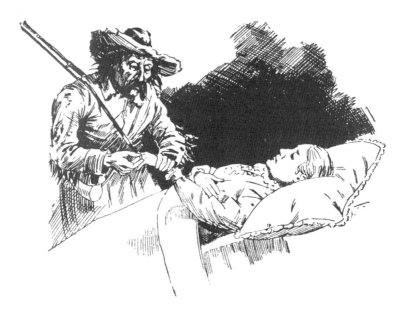

그때부터 몇 달 동안 제퍼슨 호프는 산속에서 짐승처럼 생활하며 불타오르는 복수의 칼날을 갈았다. 보기만 해도 섬뜩한 사람이 마을 외곽을 어슬렁대고 있으며 계곡에도 나타난다는 소문이 마을에 쫙 퍼졌다. 한번은 스탠거슨의 집 창문을 뚫고 들어온 총알이 스탠거슨으로부터 30센티미터도 떨어지지 않은 벽에 맞고 떨어지기도 했다. 또 한번은 드레버가 절벽 아래쪽으로 접어든 순간, 위에서 커다란 바위가 굴러 떨어졌는데 그가 재빨리 몸을 피하지 않았다면 틀림없이 깔려 죽었을 것이다. 두 젊은 모르몬교도는 자기들이 생명의 위협을 받는 이유를 깨닫고, 호프를 잡거나 죽이기 위해서 원정대를 산으로 보냈지만 번번이 실패했다. 그러자 그들은 더욱 신중해져서 혼자 돌아다니지 않았으며 밤 외출을 삼가고 집에는 경호원을 두었다. 얼마 뒤에 적의 모습이 사라지고 그에 관한 소문도 잦아들자, 그들은 시간이 흐른 만큼 호프의 복수심이 사라진 것일지도 모른다고 생각하고 경계를 약간 느슨히 했다.

그러나 호프는 복수심을 잊기는커녕 더욱 불태우고 있었다. 사냥꾼의 정신은 꺾이지 않았으며 그의 마음속에는 복수 이외의 감정이라고는 조금도 없었다. 하지만 그는 현실적인 사람이었다. 아무리 강철 같은 몸이라도 계속해서 혹사하면 결국 견디지 못한다는 사실을 깨달았다. 제대로 먹지도 않으면서 야외에서 힘겹게 살았기 때문에 그의 몸이 약해지기 시작했다. 만약 산속에서 쓰러져 죽는다면 어떻게 복수를 한단 말인가? 호프는 계속 이렇게 살다가는 틀림없이 죽고 말 것이며, 그렇게 되면 적들의 의도대로 된다는 사실을 깨달았다. 그는 일단 네바다의 광산으로 돌아가서, 체력을 회복하고 복수에 필요한 돈을 마련하기로 했다.

처음에는 길어야 1년이면 되리라고 생각했지만, 미처 예상하지 못한 여러 가지 일들이 일어나는 바람에 5년 가까이 네바다를 뜨지 못했다.

하지만 호프의 원한과 복수심은 존 페리어의 무덤 앞에 선 그날 밤만큼 여전히 격렬했다. 정의를 실현할 수만 있다면 목숨도 아깝지 않다는 각오를 한 그는 이름을 바꾸고 변장한 뒤 솔트레이크시티로 돌아갔다. 그런데 별로 좋지 못한 사태가 그를 기다리고 있었다. 불과 몇 달 전에 선택받은 백성들 사이에 분열이 일어났다고 했다. 젊은 교도 몇 명이 장로의 권위에 반기를 들었고 그 결과 불만을 품고 있던 몇몇 교인들이 모르몬교를 버리고 유타를 떠났다는 것이다. 거기에는 드레버와 스탠거슨도 포함되어 있었고, 그들의 행방은 알 수 없었다. 소문에 따르면 드레버는 재산 대부분을 현금으로 바꾸고 떠났지만 스탠거슨은 금전적으로 쪼들리는 상태였다고 했다. 어쨌건 그들의 행방은 도무지 알아낼 수가 없었다.

사태가 이렇게 되면 아무리 집념이 강한 사람이라도 복수를 포기하겠지만 제퍼슨 호프는 조금도 흔들리지 않았다. 얼마 되지 않는 재산과 닥치는 대로 일하며 번 돈으로 겨우 연명하면서도 그는 적을 찾아 온 미국을 헤매고 다녔다. 한 해 한 해 흐르면서 호프의 검은 머리가 희끗희끗해졌지만 그는 일생을 바친 하나의 목적을 달성하기 위해 사냥개처럼 끊임없이 적을 찾아다녔다. 드디어 그의 인내에 대한 보상이 다가왔다. 창 너머로 힐끗 보았을 뿐이지만, 적이 오하이오 주 클리블랜드에 있다는 사실을 알았다. 그는 치밀하게 복수 계획을 세우며 허름한 여관으로 돌아왔다. 그런데 마침 드레버도 창을 통해서 밖을 내다보다가 길에 있던 부랑자를 발견했고, 그에게서 살기가 감도는 것을 느꼈다. 드레버는 자신의 비서가 된 스탠거슨과 함께 치안판사에게 달려가 옛날의 연적이 질투심과 원한을 품고 자신들의 목숨을 노리고 있다고 신고했다. 그래서 호프는 그날 밤에 체포되었고 보증인이 없었기 때문에 몇 주일이나 유치장에 갇혀 있어야 했다. 그가 풀려났을 때, 이미 드레버의 집은 텅 비어 있었고 거기 살던 둘은 유럽으로 떠나고 없었다.

　복수를 꿈꾸던 자는 다시 실패하고 말았으나, 불타오르는 증오심은 다시금 추격을 재촉했다. 하지만 자금이 부족했으므로 한동안 일을 해서 추적에 필요한 돈을 모아야 했다. 드디어 돈이 얼마쯤 모이자 호프는 유럽으로 떠났다. 그는 남들이 기피하는 일을 하며 도시에서 도시로 적을 쫓아 다녔지만 도망자들을 따라잡지 못했다. 호프가 러시아의 상트페테르부르크에 도착했을 때 적들은 이미 프랑스 파리로 떠난 상태였다. 그가 파리에 도착했더니 적들은 다시 코펜하겐으로 도망치고 없었다. 호프가 덴마크의 수도인 코펜하겐에 다다르니, 이번에도 적들은 며칠 전에 영국 런던으로 도망간 뒤였다. 그러나 결국 호프는 런던에서 원수들을 찾아낼 수 있었다. 런던에서 무슨 일이 일어났는지 자세히 알아보려면, 이미 우리가 신세를 지고 있는 왓슨 박사의 일기에 기록된 늙은 사냥꾼의 진술을 인용하는 게 최고일 것이다.

6. 이어지는 존 왓슨 박사의 회상록

　붙잡힌 사내는 무섭게 저항했지만 우리를 해칠 마음은 없었던 듯하다. 왜냐하면 더 이상 도망칠 수 없다는 사실을 알게 된 순간, 그가 사람 좋게 미소 짓더니 몸싸움 할 때 우리를 다치게 하지는 않았느냐며 걱정의 인사를 건넸기 때문이다.

　"나를 경찰서로 데려가겠군요. 문 앞에 내 마차가 있습니다. 다리를 풀어 주면 내 발로 걸어가지요. 이렇게 살이 쪘으니 메고 가기가 쉽지 않을 테니까요."

　사내는 셜록 홈즈에게 이렇게 말했다. 그렉슨과 레스트레이드는 뻔뻔스러운 부탁이라고 생각한 듯 서로의 얼굴을 바라보았지만, 홈즈는 그의 말을 믿고 바로 발목을 묶은 수건을 풀어 주었다. 사내는 자리에서 일어나 자유로워진 것을 확인하듯이 이쪽저쪽으로 다리를 뻗었다. 그때 나는 이렇게 힘이 세고 단단한 체구를 가진 사내는 흔하지 않을 것이며, 검게 그을린 얼굴에서는 그 힘에 필적할 만한 무시무시한 결의와 에너지가 넘쳐 난다고 생각했던 것을 확실히 기억한다.

"경찰서장 자리가 비어 있다면 난 당신이 그 자리에 딱 들어맞는다고 생각합니다. 무척 신중하고 조심스럽게 나를 뒤쫓았더군요."

그는 감탄을 숨기지 못하고 내 친구를 가만히 바라보았다. 홈즈가 두 형사에게 말했다.

"당신들도 나와 함께 가는 편이 좋겠습니다."

"제가 마차를 몰지요."

레스트레이드가 말했다.

"좋아요! 그렉슨은 나와 함께 마차에 탑시다. 의사 선생, 자네도 이 사건에 흥미가 있으니 같이 가는 게 어떻겠나?"

나는 기꺼이 찬성했고, 우리 모두 계단을 내려갔다. 붙잡힌 사내는 도망가려는 기색 없이 침착하게 자기 마차에 올라탔고 우리도 그 뒤를 따라 마차에 올랐다. 레스트레이드가 마부석에 앉아 채찍으로 말을 내리치더니 우리를 금세 목적지로 데려다 주었다. 우리는 경찰 본부의 작은 방으로 안내되었고, 거기서 경위 하나가 용의자의 이름과 살해된 피해자들의 이름을 적었다. 피부가 하얗고 표정을 드러내지 않은 그 경찰은 사무적으로 일을 처리했다.

"피의자는 이번 주 안으로 치안판사 앞에 서게 될 겁니다. 제퍼슨 호프 씨, 그 전에 하고 싶은 말은 없습니까? 미리 말해 두자면, 당신의 진술은 전부 기록될 것이고, 불리한 증거로 사용될 수도 있습니다."

"하고 싶은 말이야 많지요. 여기 계신 모든 신사분들에게 말하고 싶습니다."

호프가 느릿하게 말하자 경위가 물었다.

"재판 때 말하는 게 좋지 않겠소?"

"아마 난 재판을 받지 않을 겁니다. 놀라실 필요는 없습니다. 자살할 생각은 없으니까요. 선생님은 의사이지요?"

호프가 날카로운 검은 눈으로 나를 바라보았다.

"그렇소."

"그럼 여기에 손을 대 보시겠습니까?"

호프는 미소를 지으며 수갑을 찬 손으로 자기 가슴을 가리켰다. 손을 대 보았더니, 그의 심장이 비정상적으로 불규칙하고 강하게 뛰고 있다는 사실을 바로 알 수 있었다. 무너져 가는 건물 안에서 강력한 엔진이 회전하고 있는 것처럼 그의 가슴이 떨렸다. 모두가 침묵했고 방 안이 조용해서 나는 그의 가슴속에서 울리는 둔탁하고 윙윙거리는 소리를 들을 수 있었다.

"세상에, 대동맥류를 앓고 있잖소!"

호프가 침착하게 말했다.

"그렇게 말하더군요. 지난주에 의사에게 갔는데 파열 직전이라고 합니다. 몇 년 전부터 계속 좋지 않았죠. 솔트레이크의 산속에서 야영 생활을 하면서 제대로 먹지도 못했으니까. 할 일은 다 했으니 이제 죽어도 여한이 없소. 하지만 이 사건의 뒷이야기에 대한 증언은 남겨 두고 싶습니다. 평범한 살인범으로 기억되고 싶지는 않으니까요."

경위와 두 형사는 그가 진술하도록 기회를 주는 것이 좋을지에 대해 급히 회의했다. 경위가 내게 물었다.

"박사님, 피의자의 상태가 위험합니까?"

"아주 위험합니다."

"그렇다면 정의를 위해서 용의자의 진술을 듣는 것이 우리의 의무입니다. 제퍼슨 호프 씨, 하고 싶은 말이 있다면 모조리 다 증언하십시오. 한 번 더 말하자면 당신의 증언은 전부 기록됩니다."

"자리에 좀 앉겠습니다."

호프는 자기가 말한 대로 했다.

"동맥류 때문에 쉽게 지치거든요. 30분 전에 몸싸움한 것도 몸에 좋지가 않습니다. 이제 곧 무덤에 들어갈 테니 거짓말은 하지 않겠소. 내 말은 전부 사실이고, 당신들이 그걸 어떻게 받아들이는가 하는 문제는 내게 상관없습니다."

이렇게 말을 꺼낸 제퍼슨 호프는 의자에 몸을 깊숙이 묻더니 다음과 같은 놀라운 사실을 털어놓았다. 그는 별일 아니라는 듯이 시종 침착하고 담담하게 이야기를 풀어 나갔다. 레스트레이드는 호프의 말을 토씨 하나도 빼놓지 않고 수첩에 기록했다. 다음 이야기는 레스트레이드의 수첩을 바탕으로 한 것이니 그 진실성을 보증할 수 있다.

"내가 그 녀석들을 증오하는 이유가 당신들에겐 그리 중요하지 않겠죠. 어쨌든 녀석들은 두 사람, 아버지와 그 딸을 죽음으로 몰고 간 죄인들이니 자기들의 목숨으로 죗값을 치른 겁니다. 그들이 저지른 범죄는 너무 옛날 일이라 법정으로 끌고 가더라도 유죄판결을 받게 할 수는 없습니다. 하지만 나는 그들에게 죄가 있다는 사실을 알고 있었기 때문에 내가 재판관, 배심원, 사형집행인의 역할을 하겠다고 결심했습니다. 나와 같은 입장에 있는 남자라면 누구나 다 그렇게 했을 겁니다.

아까 말한 아가씨와 나는 20년 전에 결혼하기로 약속했습니다. 그런데 그녀는 드레버와 강제로 결혼하는 바람에 슬픔을 참지 못하고 숨을 거두고 말았습니다. 나는 그녀의 시신에서 결혼반지를 빼냈습니다. 그리고 맹세했죠. 죽어 가는 드레버의 눈이 이 반지를 보게 하겠다고, 그리고 마지막으로 자기가 지은 죄 때문에 벌 받아 죽는구나 하고 생각하게 하겠다고요. 나는 그 반지를 몸에서 한시도 떼지 않고 지니고 다니면서 미국과 유럽 대륙을 이 잡듯 뒤져 간신히 녀석들을 찾아냈습니다. 녀석들은 요리조리 피해 다니면 내가 포기할 거라고 생각한 모양이지만 어림도 없지요. 난 당장 내일 죽을지 몰라도 이 세상에서 내가 할 일은 다 했습니다. 더 이상 아무 희망도 미련도 없습니다. 녀석들을 내 손으로 해치웠으니 그것으로 됐습니다.

녀석들은 부유했지만 나는 그렇지 못해서 그들을 쫓는 건 쉬운 일이 아니었고 고생도 꽤 했습니다. 런던에 왔을 때는 지갑이 거의 비어 버린 상태였기 때문에 일자리부터 구해야 했습니다. 말을 타고 그들을 부리는 일은 내겐 걷기만큼이나 쉬운 일이라 마차 회사에 일자리를 부탁했더니 바로 일을 시작할 수 있었습니다. 매주 일정한 금액을 회사에 주기만 하면 나머지는 전부 내 몫이 됩니다. 많이 벌지는 못했지만 그럭저럭 살아갈 수 있었습니다. 길 외우는 게 가장 힘들었습니다. 런던만큼 길이 미로처럼 얽혀 있는 곳도 드물 겁니다. 하지만 지도를 보면서 중요한 호텔이나 역의 위치를 알아두었더니 일이 아주 편해졌습니다.

그 두 사람이 머무는 곳을 찾아내는 데는 시간이 좀 걸렸지만, 묻고 또 물어서 마침내 발견할 수 있었지요. 그들은 강 건너 캠버웰에 있는 하숙집에서 머물고 있었습니다. 어디에 있는지 확인했으니 일은 다 끝난 거나 다름없었습니다. 나는 수염을 기른 까닭에 그들이 나를 알아볼 리는 없었습니다. 기회를 잡을 때까지 녀석들을 바싹 뒤쫓아 다니기로 했습니다. 다시는 놓치지 않겠다고 결심했습니다.

그렇지만 나는 자주 기회를 놓쳤습니다. 녀석들이 어디를 가든 쫓아 갔습니다. 마차로 따라간 적도 있었고 걸어서 따라간 적도 있었습니다. 마차로 쫓으면 놓칠 염려가 없으니 그게 더 편했습니다. 그래서 일을 이른 아침이나 늦은 밤에만 할 수 있어서 입금할 돈도 제대로 벌지 못했습니다. 하지만 적들만 놓치지 않는다면 상관없다고 생각하고 크게 신경 쓰지 않았습니다.

녀석들은 몹시 교활했습니다. 누군가 뒤쫓고 있을지도 모른다고 생각했는지 꽤 조심하는 눈치였습니다. 혼자서는 돌아다니지 않았고 밤에는 외출도 잘 하지 않았습니다. 나는 2주일 동안 매일 녀석들의 뒤를 쫓으며 기회를 살폈지만 그 둘은 절대 따로 행동하지 않았습니다. 드레버는 대개 술에 취해 있었지만 스탠거슨에게는 찰나의 빈틈도 없었습니다. 아침부터 늦은 밤까지 미행했지만 제대로 된 기회를 잡지 못했습니다. 하지만 내가 바라는 시간이 거의 다 됐다는 예감이 들어서 실망하지는 않았습니다. 딱 하나, 내 가슴이 조금 일찍 터져서 할 일을 못하고 떠나 버리면 어쩌나 하는 점은 걱정이 되었습니다.

어느 날 밤, 나는 녀석들이 묵고 있는 토퀘이 테라스 거리를 마차로 왔다 갔다 하고 있었습니다. 그런데 마차 한 대가 녀석들의 하숙집 앞에 섰습니다. 곧 그 마차에 짐을 싣더니, 잠시 후에 드레버와 스탠거슨이 거기에 올라타고 떠났습니다. 녀석들이 숙소를 바꿀까 봐 걱정이 된 나머지 나는 거의 제정신이 아닌 상태로 말을 채찍질해서 그 뒤를 쫓았습니다. 그들은 유스턴 역에서 내렸습니다. 나는 어떤 꼬마한테 말을 봐 달라고 하고 그놈들을 뒤따라 플랫폼으로 들어갔습니다. 그들이 리버풀 행 열차에 대해 물어보자, 역무원은 지금 막 한 대가 출발했고 다음 열차를 타려면 앞으로 몇 시간 더 기다려야 한다고 대답했습니다. 스탠거슨은 실망한 듯했지만 드레버는 오히려 기뻐하는 듯했습니다. 나는 사람들 틈에 섞여서 녀석들 바로 옆까지 다가가 서 있었기 때문에 그 이야기를 똑똑히 들을 수 있었습니다. 드레버는 잠깐 볼일을 보고 바로 돌아올 테니 여기서 기다리고 있으라고 했습니다. 그러자 스탠거슨은 언제나 같이 붙어다니기로 하지 않았느냐고 따져 물었지만, 드레버는 다른 사람이 있으면 곤란한 일이니 혼자 다녀오겠다고 말했습니다. 스탠거슨의 대답은 듣지 못했지만 드레버는 갑자기 화를 내면서 너는 고용된 비서에 지나지 않는 주제에 주인에게 명령을 하려 드는 거냐며 소리를 질렀어요. 이 말을 들은 스탠거슨은 반쯤 포기했는지 마지막 열차를 놓치면 할리데이스 프라이빗 호텔에서 만나자고 약속을 했습니다. 드레버는 11시 전까지 반드시 플랫폼으로 돌아오겠다고 말하더니 서둘러 역을 나갔습니다.

오랫동안 고대하던 기회가 찾아왔습니다. 적들은 내 손 안에 있었습니다. 둘이 함께 있다면 서로를 지켜 줄 수 있겠지만, 하나뿐이라면 내 마음대로 할 수 있으니까요. 그래도 나는 서두를 생각은 없었습니다. 계획은 이미 세워 뒀으니까요. 그놈들을 공격하는 것이 누구이며, 자신들이 왜 죽임을 당하는 것인지 확실하게 알려 주지 않으면 복수해도 무슨 만족이 있겠습니까. 나는 날 괴롭힌 녀석이 옛날의 죗값을 치른다는 사실을 깨달을 수 있도록 계획을 짰습니다. 게다가 며칠 전에 한 신사가 내 마차를 타고 브릭스턴 가에 있는 빈집을 보러 갔다가 마차 안에 열쇠 하나를 떨어뜨린 적이 있습니다. 그날 밤에 그 신사가 열쇠를 찾으러 왔더군요. 물론 돌려주었지만 나는 그 사이에 열쇠를 복사해 두었습니다. 그래서 난 이 대도시 속에 누구에게도 방해받지 않을 장소를 하나 마련한 셈이었지요. 그 다음에는 드레버를 그곳으로 유인해 낼 방법을 찾아야 했는데 상당히 머리가 아팠을 정도로 쉽지 않은 일이었습니다.

드레버는 길을 걸으면서 술집을 한두 군데 들렀습니다. 마지막으로 간 술집에서는 30분이나 있었는데 나올 때 이미 다리가 풀려 있었으니 꽤 많이 마신 모양이었습니다. 녀석은 내 마차 앞에 있던 이륜마차에 올라탔습니다. 난 말 콧잔등이 앞서 가는 마차와 1미터도 떨어지지 않을 정도로 마차를 바싹 붙여 몰았습니다. 워털루 다리를 건너서 몇 킬로미터을 더 지나니 놀랍게도 녀석은 하숙하던 토퀘이 테라스로 가더군요. 나는 그가 왜 거기로 되돌아온 건지 짐작할 수 없었지만 일단 그 집에서 100미터 정도 떨어진 곳에 마차를 세웠습니다. 녀석은 안으로 들어가고 그 녀석을 싣고 온 마차는 떠나 버렸습니다. 괜찮다면 물 한 잔만 주십시오. 이야기를 하니 목이 타는군요."

내가 컵을 건네주자 그가 마셨다.

"이제 좀 낫군요. 거기서 15분 정도 기다렸는데 갑자기 그 하숙집에서 다투는 소리가 들렸습니다. 다음 순간 현관이 활짝 열리더니 두 남자가 뛰쳐나왔습니다. 하나는 드레버였고, 또 다른 사람은 처음 보는 젊은이였습니다. 젊은이는 드레버의 멱살을 잡고 있었는데 바깥 돌계단으로 나오더니 녀석을 내팽개치고 발로 걸어찼습니다. 그 바람에 드레버는 길거리까지 나뒹굴었습니다. 젊은이가 몽둥이를 휘두르며 '이 개 같은 자식! 순진한 젊은 여자를 희롱하다니, 어디 맛 좀 봐라!' 하고 소리쳤습니다. 기세가 정말 대단해서 그 악당이 다리를 질질 끌며 줄행랑치지 않았다면 틀림없이 몽둥이로 두들겨 맞았을 겁니다. 골목까지 도망쳐 나온 드레버는 내 마차를 발견하고는 냉큼 올라타더니 '할리데이스 프라이빗 호텔로 가 주게.'라고 말했습니다.

녀석이 내 마차에 올라탔을 때 너무나도 기쁜 나머지 심장이 쿵쾅거렸습니다. 녀석을 해치우기도 전에 내 심장이 먼저 찢어질까 봐 걱정될 정도였습니다. 나는 천천히 마차를 몰면서 가장 좋은 방법이 무엇일지 고민했습니다. 이대로 교외로 데리고 나가 인적 없는 길에서 마지막 대화를 나누어 볼까 하는 생각도 했습니다. 그런데 그렇게 해야겠다고 마음먹은 참에 드레버가 먼저 문제를 해결해 주었습니다. 녀석은 또 술 생각이 났는지 퇴폐적인 싸구려 술집 앞에서 마차를 멈추라고 했습니다. 나한테는 술집 앞에서 기다리라고 하고는 안으로 들어가더군요. 술집 문을 닫을 때까지 마셨으니 나왔을 때는 완전히 고주망태가 되어 있었습니다. 난 저 녀석은 이제 내 손 안에 있다는 사실을 똑똑히 알 수 있었습니다.

내가 녀석을 무자비하게 해치울 마음을 먹었다고는 상상하지 마십시오. 만약 내가 그렇게 했다면 엄정한 정의를 이루었을 테지만 그렇게는 못했습니다. 나는 오래 전부터 그자의 선택에 따라서 자기 생명을 건질 수도 있는 도박쯤은 하게 해 주겠다고 결심했었으니까요. 미국 이곳저곳을 떠돌 때, 나는 온갖 일을 했습니다. 그중에는 요크 대학의 실험실 심부름과 청소를 도맡아 한 적도 있었습니다. 어느 날 교수가 독극물 강의를 하면서 학생들에게 알칼로이드라는 걸 보여준 적이 있었습니다. 남아메리카 원주민의 화살촉에서 추출한 것인데 맹독성을 가지고 있어서 아주 적은 양으로도 사람을 죽일 수 있다고 했습니다. 나는 그 독약을 잘 봐 두었다가 사람들이 없는 틈을 타서 소량을 훔치는 것에 성공했습니다. 나는 약 조제 하는 기술이 퍽 뛰어나서 그 알칼로이드로 물에 녹는 알약을 만들었습니다. 겉보기에는 그것과 똑같지만 독이 없는 알약도 몇 개 만들어서, 상자 하나에 두 가지 알약을 하나씩 넣었습니다. 기회가 되면, 그놈들에게 상자 속에서 알약 하나를 고르게 하고 나는 나머지 알약을 먹기로 결심한 것이지요. 그 방법은 아주 치명적이면서도 손수건 너머로 권총을 쏘는 것보다 훨씬 덜 시끄러우니까요. 그때부터 나는 늘 그 알약이 든 상자를 항상 몸에 지니고 다녔는데 드디어 그걸 사용할 기회가 온 것입니다.

새벽 12시가 지나고 1시에 가까워질 때부터 비바람이 지독하게 불기 시작했습니다. 주위는 어둡고 쓸쓸했지만 내 마음은 한없이, 정말 너무 들뜬 나머지 큰 소리로 외치고 싶을 정도로 기뻤습니다. 여기 신사분들도 자기가 오랫동안 갈망하고, 20년 동안이나 간절히 기다리던 일이 어느 순간 성큼 다가왔다고 생각해 보십시오. 그럼 내 마음을 아실 겁니다. 나는 흥분을 달래려고 담배에 불을 붙여 빨아 보았지만 두 손이 떨렸고 관자놀이도 실룩거렸습니다. 내가 모는 마차 앞에 깔린 어둠 속에서 존 페리어 어른과 사랑스러운 루시가 미소 지으며 나를 바라보고 있었습니다. 지금 이 방에서 여러분이 보이는 것처럼 아주 선명하게 보였습니다. 내가 브릭스턴 가의 빈집에 마차를 세울 때까지 그들은 말 오른쪽과 왼쪽에 한 명씩 자리 잡아 내 앞을 이끌어 주었습니다.

빈집에 도착했을 때, 주위에는 쥐새끼 하나 없었고 빗소리만 들렸습니다. 창문으로 마차 안쪽을 보니 드레버는 취해서 곯아떨어져 있었습니다. 내가 녀석의 팔을 붙들고 흔들며 '손님, 다 왔습니다.' 하자 그는 '어, 알았네.'라고 대답했습니다. 녀석은 자신이 말한 호텔에 도착했다고 생각했는지 아무 말 없이 나를 따라서 정원을 걸었습니다. 그때도 하도 심하게 비틀거려서 넘어지지 않도록 내가 옆에서 부축을 해 주어야 했습니다. 현관까지 가서 내가 문을 열고 녀석을 거실로 데리고 갔습니다. 내가 맹세하건대 그동안에도 페리어 부녀는 우리 앞을 걸어가고 있었습니다.

'왜 이렇게 어두워?'

드레버가 쿵쾅대면서 말했습니다.

'지금 불을 켜지요.'

난 그렇게 말하고 성냥을 그어 내가 가져온 초에 불을 붙였습니다.

'이봐, 이녹 드레버.'

나는 녀석을 향해 돌아서서 내 얼굴 쪽으로 촛불을 가져다 댔습니다.

'날 알아보겠나?'

녀석은 술에 취한 흐릿한 눈으로 잠시 나를 바라봤습니다. 그 눈에 두려운 빛이 감돌더니 얼굴이 굳어지기 시작했습니다. 나를 알아본 겁니다. 얼굴이 흙빛으로 변해서는 비틀비틀 뒷걸음질 쳤고 이마에는 땀이 흘렀으며 이는 덜덜 떨렸습니다. 나는 문에 기대서서 오랫동안 마음껏 웃어 젖혔습니다. 복수가 얼마나 달콤할지 예상하고 있었지만 그렇게까지 만족스러울 줄은 몰랐습니다.

'이 개 같은 자식! 난 솔트레이크시티에서 상트페테르부르크까지 네 뒤꽁무니를 노리고 쫓아갔지만 그때마다 네놈은 잘도 피해 다녔지. 마침내 그 도망도 끝이다. 우리 둘 중 하나는 내일 아침에 떠오르는 태양을 보지 못할 테니 말이야.'

녀석은 그 말을 듣더니 더 움츠러들었는데, 난 그 얼굴에서 녀석이 날 미쳤다고 생각한다는 사실을 읽어 냈습니다. 사실 그때 나는 정말 그랬습니다. 관자놀이가 망치로 두드리는 것처럼 고동치고 있었는데 그때 코피를 터뜨리지 않았다면 그대로 기절하고 말았을 겁니다.

'지금은 루시 페리어를 어떻게 생각하고 있지? 좀 늦기는 했지만 이제야 마침내 너에게 천벌이 닥쳤다!'

나는 방문을 잠그고 나서 그자의 눈앞에서 열쇠를 흔들어 보였습니다. 내가 말을 할 때마다 녀석은 살려 달라고 빌어도 소용없다는 사실을 깨달았는지 목만 부들부들 떨고 있을 뿐이었습니다.

'사, 살인을 저지를 생각인가?'

녀석은 더듬거리며 말했습니다.

'살인이라고? 미친개를 죽이는 걸 살인이라고 하나? 네 녀석이 처참하게 살해당한 아버지에게서 루시를 끌고 갔을 때, 그리고 그녀를 저주받고 수치스러운 너의 첩으로 삼았을 때 넌 내가 사랑한 그 불쌍한 여자에게 어떤 자비를 베풀었느냐?'

'난 그 노인을 죽이지 않았어!'

드레버가 외쳤습니다.

'하지만 넌 루시의 순수한 마음을 갈가리 찢어 놓았어!'

나는 잡아먹을 듯이 소리치고 나서 약상자를 그의 눈앞에 내밀었습니다.

'자, 높으신 주님의 심판에 맡기자. 마음에 드는 쪽을 골라 먹어라. 하나는 죽음, 하나는 삶이다. 나는 남은 쪽을 먹겠다. 이 세상에 정의가 있는지 아니면 운이 지배하는지 증명해 보자.'

녀석은 벌벌 떨면서 소리치기도 하고 살려 달라고 애걸복걸하기도 했지만 나는 녀석의 목에 칼을 들이대고 결국 약을 먹였습니다. 다른 하나는 내가 먹었습니다. 우리는 아무 말 없이 누가 살아남고 누가 죽을지 보기 위해서 1분 정도 서 있었습니다. 드디어 격렬한 첫 통증을 느끼고, 자기가 독을 먹었다는 사실을 깨달은 녀석의 표정, 아마 나는 그 얼굴을 죽을 때까지 잊지 못할 겁니다. 그것을 본 순간 나는 커다랗게 웃으면서 루시의 결혼반지를 눈앞에 들이댔습니다. 하지만 그것도 순식간이었습니다. 알칼로이드의 효과는 정말 대단했습니다. 격렬한 통증 때문에 녀석의 얼굴에 경련이 일어났습니다. 두 손으로 허공을 휘저으며 비틀거리다가 쉰 듯한 신음소리를 내뱉으면서 바닥에 쿵 쓰러졌습니다. 나는 발로 녀석을 똑바로 눕혀 심장에 손을 대 봤습니다. 아무런 고동이 없었습니다. 녀석이 죽은 겁니다!

코피가 멈추지 않았지만 나는 신경 쓰지 않았습니다. 내가 무슨 생각으로 그 피를 이용해 벽에 글씨를 써 놓았는지 모르겠습니다. 아마 경찰의 수사에 혼선을 주겠다는 생각으로 그랬겠지요. 그때 나는 너무나도 기뻐서 마음이 들떠 있었으니까요. 그때, 뉴욕에서 독일인이 살해당했는데 피살자 머리 위에 'RACHE'라는 글씨가 적혀 있는 걸 보고 당시 신문들이 비밀결사의 소행이라고 떠들어 댔던 것이 떠올랐습니다. 뉴욕을 떠들썩하게 만들었으니 런던도 마찬가지일 거라고 생각하고 내 피로 옆쪽 벽에 그 글자를 적었습니다. 그러고 나서 나는 마차로 돌아왔습니다. 여전히 비바람이 거세게 몰아쳤고 거리에는 사람 머리카락 하나 보이지 않았습니다. 잠시 마차를 몰고 가다가 늘 루시의 반지를 넣어 두던 주머니에 손을 넣어 보니 반지가 없어졌다는 사실을 깨달았습니다. 내가 갖고 있는 루시의 유품은 그것 하나뿐이라 눈앞이 깜깜해졌습니다. 드레버의 시체 위로 몸을 숙였을 때 떨어진 모양이라고 생각해서 그 집으로 되돌아갔습니다. 길옆에 마차를 세우고 반지를 잃어버리느니 차라리 위험을 무릅쓰겠다고 마음먹고 단숨에 빈집으로 달려갔습니다. 빈집 앞에 도착했을 때, 그 집에서 나오던 경찰과 마주쳤지만 만취한 사람인 척 연기를 해서 간신히 의심을 피할 수 있었습니다.

이녹 드레버의 최후에 대한 이야기는 이게 끝입니다. 남은 건, 같은 방법으로 스탠거슨에게 복수해서 존 페리어의 원수를 갚는 일뿐이었습니다. 난 스탠거슨이 할리데이스 프라이빗 호텔에 머물고 있다는 걸 예전부터 알고 있었습니다. 그래서 하루 종일 그 앞에서 그자를 계속 감시했지만 녀석은 한 발짝도 밖으로 나오지 않았습니다. 드레버가 나타나지 않으니 그에게 무슨 일이 생겼다고 의심했을지도 모릅니다. 스탠거슨은 교활한 데다가 영악하기까지 한 녀석으로 경계를 늦추지 않았습니다. 방에 처박혀 있기만 하면 안전하다고 생각한 모양인데 그건 큰 착각이었습니다. 나는 녀석의 객실 창문을 알아냈고 희뿌옇게 날이 밝아 올 때쯤에 호텔 뒤쪽 골목에 있던 사다리를 타고 녀석의 방으로 숨어들었습니다. 그리고는 잠들어 있던 스탠거슨을 깨워서 예전에 사람을 죽인 죗값으로 너도 죽어야 한다고 일러 줬습니다. 나는 그에게 드레버의 최후를 들려주고 마찬가지로 알약을 하나 고를 기회를 줬습니다. 그런데 녀석은 목숨을 구할 수 있는 그 기회를 잡는 대신에 침대에서 벌떡 일어나더니 내 목을 조르려고 덤벼들었습니다. 나는 스스로를 지키기 위해서 녀석의 심장에 칼을 꽂았습니다. 하지만 신의 섭리라면 죄인이 독약 말고 다른 걸 집어 들도록 내버려 둘 리가 없으니 어떻게 해도 스탠거슨은 죽었을 겁니다.

이제 더 이상 할 말도 없고, 이야기할 힘도 없습니다. 이제 마음이 편합니다. 일을 치룬 다음에 난 하루 이틀 정도 마차를 몰았습니다. 미국으로 돌아갈 여비를 충분히 마련할 때까지 계속 마부 일을 할 생각이었죠. 오늘 아침도 여느 날과 같이 마차 대기장에 있었는데 지저분한 옷차림을 한 아이가 오더니, 제퍼슨 호프라는 마부가 있으면 베이커 가 221B번지에 사는 신사분이 부르시니 가 달라고 말했습니다. 그래서 나는 별생각 없이 여기로 왔는데 저 젊은 신사분은 순식간에 내 손에 수갑을 채워 버렸군요. 정말 기막힌 솜씨였습니다. 이것으로 내가 하고 싶었던 이야기는 끝입니다. 나를 살인자라고 생각하시겠지만, 나는 내가 여러분과 마찬가지로 정의를 행하는 집행관이라고 생각합니다."

제퍼슨 호프의 이야기를 듣자니 온몸이 떨렸고, 그가 이야기하는 모습이 매우 인상 깊어서 우리는 아무 말도 하지 못하고 그 속으로 가만히 빠져들었다. 범죄 이야기라면 자잘한 것까지 다 꿰고 있어 신물이 난 형사들마저도 그의 이야기에는 흥미를 느끼는 듯했다. 호프가 이야기를 마치고 나서도 우리는 한동안 아무 말 없이 앉아 있었다. 레스트레이드가 속기로 받아 적는 연필 소리가 잠시 적막을 깼지만 곧 그 소리도 마지막 구두점을 찍고 멎었다.

"한 가지 더 듣고 싶은 게 있습니다. 내가 낸 광고를 보고 반지를 찾으러 온 사람은 누굽니까?"

셜록 홈즈가 이렇게 묻자 피의자는 그에게 장난스럽게 윙크를 해 보인 뒤 말했다.

"내 비밀이라면 털어놓을 수 있지만 다른 사람을 말려들어 곤경에 빠지게 하고 싶지는 않습니다. 난 그 신문 광고를 보고, 덫일 수도 있고 진짜 그 반지를 찾을 기회일 수도 있다고 생각했습니다. 내 친구가 나서서 가서 보고 오겠다고 하더군요. 그 친구도 일을 제법 잘했지요?"

"정말 대단했습니다."

홈즈가 진심으로 칭찬했다. 그때 경위가 엄숙한 목소리로 말했다.

"그럼, 신사분들. 법의 절차는 반드시 준수되어야 합니다. 이 용의자는 목요일에 판사 앞에 서게 될 것이며, 여러분도 함께 출두해 주셔야 합니다. 그때까지는 제가 용의자의 신변을 확보하겠습니다."

경위가 벨을 울리자 두 간수가 들어와서 제퍼슨 호프를 끌고 갔다. 친구와 나는 경찰서를 나와 영업용 마차를 타고 베이커 가로 돌아왔다.

7. 사건의 끝

우리는 목요일에 판사 앞에 서 달라는 통보를 받았지만 그날 우리에게 증언을 할 기회는 주어지지 않았다. 우리보다 더 높으신 재판관께서 그 사건에 손을 뻗어서, 제퍼슨 호프는 엄격한 정의로 심판이 내려질 법정으로 불려 갔기 때문이다. 체포된 그날 밤에 제퍼슨의 동맥류가 파열되는 바람에 그는 독방에 쓰러진 채 다음 날 아침에 싸늘한 시신으로 발견됐다. 그는 마치 죽기 직전에도 본인의 쓸모 있었던 삶과 잘 마쳐 놓은 일을 떠올렸는지 입가에는 편안한 미소를 머금고 있었다.

다음 날 저녁, 우리 둘이 호프의 죽음에 대해서 이야기하던 중에 홈즈는 이렇게 말했다.

"그가 죽었으니 그렉슨과 레스트레이드가 매우 안타까워하겠군. 이제 어떻게 자기들의 공을 화려하게 떠벌릴 수 있겠나?"

"내가 보기에 그 형사들은 범인을 체포하는 데 별 도움도 안 됐다고 생각하네만."

내가 말하자 친구는 씁쓸한 표정으로 말을 이었다.

"이 세상에서 무엇을 했는지는 그리 중요하지 않네. 문제는 자기가 무엇을 했다고 다른 사람들이 믿게끔 하는 걸세. 신경 쓰지 말게."

잠시 입을 다물고 있던 홈즈가 좀 더 밝은 목소리로 말했다.

"나는 이 사건을 꼭 수사해 보고 싶었다네. 지금까지 내가 손댄 사건 중에서 최고였으니까. 단순한 사건이긴 했지만 훌륭한 교훈 몇 가지를 얻었지."

"단순한 사건이었다고?"

나는 큰 소리를 냈다. 내가 놀라는 표정을 보자 셜록 홈즈는 미소를 지었다.

"글쎄, 그 말을 빼면 달리 표현할 길이 없군. 아무런 도움 없이 상식적인 범위 안에서 추리했고, 겨우 사흘 안에 범인을 잡은 걸 보면 너무 단순한 사건이라는 말이 맞지 않나."

"그건 그렇군."

"예전에도 말했지만 사건에서 미심쩍은 부분은 수사의 방해물이 아니라 사건을 해결하는 단서가 되는 법일세. 이런 수수께끼를 풀려면 거꾸로 추리하는 게 중요하지. 이건 아주 유효한 방법이고 또 매우 쉬운데도 다른 사람들은 잘 쓰지 않더군. 일상생활에서는 순차적으로 결론을 이끌어 내는 방법이 더 도움이 되는 경우가 많으니 거꾸로 추리하는 방법은 홀대를 받기 십상이지. 종합적 추리를 할 줄 아는 사람이 50명이라면 분석적 추리를 할 줄 아는 사람은 한 명 정도라네."

"솔직히 무슨 말인지 이해가 안 되는군."

"자네가 이해하리라고는 생각지 않았네. 어떻게 설명해야 잘 알아들을 수 있을까. 대다수의 사람들은 사건의 흐름을 들으면 그 결과를 예측하여 말할 수 있네. 그 사건 하나하나를 머릿속에서 연결해서 마지막으로 무슨 일이 일어날지 추측하는 거지. 하지만 어떤 결과를 듣고, 지금까지 일어난 사건의 흐름을 논리적으로 설명할 수 있는 사람은 거의 없다네. 바로 그런 능력이 바로 내가 말하는 거꾸로 추리하는 것, 또는 분석적 추리라 할 수 있네."

"무슨 말인지 잘 알았네."

"그런데 이번 사건은 결과가 먼저 나왔고, 다른 것들은 전부 스스로 찾아가야 했다네. 그럼 내가 이번 사건을 해결하기 위해서 어떤 추리 단계를 거쳤는지 설명해 주겠네. 처음으로 돌아가 보자고. 우선, 나는 사건에 대해서 아무런 선입견도 없는 상태에서 그 집까지 걸어서 갔다네. 당연히 도로부터 조사를 시작했지. 예전에도 말했지만 거기에는 마차 바퀴자국이 똑똑히 찍혀 있었어. 사람들에게 물어본 결과, 그 자국이 지난밤에 생겼다는 사실을 알 수 있었네. 그리고 바퀴 폭이 좁은 걸로 봐서 자가용 마차가 아니라 영업용 마차 자국이라는 사실도 알아냈지. 보통 여럿이 타는 런던의 영업용 마차는 개인적으로 이용하는 자가용 마차보다 폭이 훨씬 좁거든.

이게 첫 단서였지. 그러고 나서 정원의 좁은 길을 천천히 걸어 보니 진흙길이라 발자국이 잘 찍힌다는 점도 알 수 있었네. 자네 눈에는 그 길이 발자국이 어지럽게 찍혀 있고 여기저기에 웅덩이가 생긴 흙길로만 보였겠지. 하지만 잘 훈련된 내 눈에는 발자국 하나하나에 의미가 있는 것처럼 보인다네. 발자국을 조사하는 기술은 아직 탐정 과학에서 그리 중시되지 않지만, 어림없는 소릴세. 나는 평소부터 발자국을 중시했고, 이젠 제2의 본능이 되었을 정도로 연구를 거듭했다네. 그래서 길에 경관들의 발자국이 뚜렷이 남아 있었음에도 불구하고, 그들보다 먼저 두 사내가 정원을 지나갔다는 사실을 읽어낼 수 있었네. 어느 쪽이 먼저 왔느냐 하는 건, 두 사람의 발자국이 경관들의 발자국에 밟혀 군데군데 지워진 것을 보고 알 수 있었지. 이렇게 해서 두 번째 연결 고리를 찾아냈다네. 그것으로 밤에 그 집을 방문한 사람은 둘이라는 사실을 알았네. 보폭을 계산해 봤더니, 한 사람은 키가 매우 컸어. 또 다른 사람은 요즘 유행하는 부츠를 신고 있으니 옷도 아마 요즘 유행에 맞게 입고 있으리라는 사실도 알아낼 수 있었네.

　이 추리는 집에 들어가자마자 입증되었네. 고급 부츠를 신은 남자가 쓰러져 있었으니, 이게 살인 사건이라면 키 큰 사내가 범인이라고 생각했어. 시체에 상처는 없었지만 공포에 질린 표정을 보니 자신이 죽을 것이라는 사실을 알고 있었던 듯했네. 심장마비로 죽거나 갑자기 자연사를 당한 경우라면 절대로 그런 표정을 짓지 않지. 시체의 입 냄새를 맡아 보니 희미하게 신 냄새가 나서 독을 억지로 먹었다는 걸 알았네. 그건 두려움과 혐오에 휩싸인 시신의 얼굴을 보면 추리할 수 있었어. 다른 가설은 사실과 들어맞지 않아서, 소거법을 통해 이런 결론을 내렸지. 이런 사건은 듣도 보도 못한 일이 아닐세. 범죄사를 살펴보면 강제로 독극물을 먹인 범행은 그리 드물지 않다네. 독극물을 연구하는 사람들이라면 우크라이나 오데사에서 일어난 돌스키 사건이나 프랑스 몽펠리에의 르투리에 사건 등을 잘 알고 있을 걸세.

　그 다음, 아주 중요한 문제로 살인 동기가 무엇인가 하는 문제가 떠올랐다네. 사라진 게 없었으니 강도는 아니었다네. 그렇다면 정치적인 문제나 여자 문제가 얽혀 있을 것이라고 생각했지. 처음부터 아무래도 여자 문제일 거라고 짐작했네. 정치 문제가 얽힌 경우라면, 암살자는 범행을 저지르고 나서 잽싸게 현장에서 도망쳐 버렸을 텐데, 이 사건의 범인은 아주 신중하게 살인을 범했거든. 방 안 가득 찍혀 있는 발자국을 보니 범인이 오랫동안 방 안에 있었다는 걸 알았지. 그래서 이 사건은 정치적인 범행이 아니라 개인적인 원한에 따른 것이며 계획적인 복수라고 결론을 내렸네. 벽에 피로 적은 글자를 보는 순간, 나는 내 생각을 확신할 수 있었다네. 수사의 방향을 흐리기 위한 글자라는 사실을 확실하게 분명히 알 수 있었어. 그리고 반지가 발견된 덕분에 범행 동기를 더욱 분명히 알 수 있었다네. 범인은 그 반지를 피해자에게 보여주면서 죽였거나 또는 사라진 여자를 떠올리게 한 것이 분명했네. 그래서 그렉슨이 클리블랜드로 전보를 보냈을 때, 드레버의 전력에 특이한 점은 없는지 문의했느냐고 물어본 거야. 자네도 기억하겠지만, 그렉슨은 묻지 않았다고 했지.

나는 범행이 일어난 방을 자세히 조사해서, 내가 추리한 범인의 키가 정확했다는 것을 확인했고, 그 밖에도 범인이 트리치노폴리 잎담배를 피운다는 점과 손톱의 길이 등을 알 수 있었지. 방에 격투를 벌인 흔적이 없다는 점으로 미루어 보건대 바닥에 떨어진 피는 흥분한 범인의 코피일 거라고 생각했고 또, 방 안을 조사해 보니 범인의 발자국을 따라서 피가 떨어져 있었다네. 혈기왕성한 사람이 아니라면 그렇게 많은 피를 흘릴 리가 없으니 그걸 바탕으로, 좀 대담하기는 했지만, 범인은 다혈질이고 얼굴이 붉은 사내라고 말했던 걸세. 결과는 내 추리가 정확했다는 사실을 입증해 주었네.

그 집을 떠나고 나서 난 그렉슨이 하지 않은 일을 했다네. 클리블랜드 시 경찰서에 전보를 쳐서 이녹 드레버의 결혼 관계에 대해서 알려 달라고 했지. 그 회답은 아주 결정적이었네. 회신에 따르면, 드레버는 제퍼슨 호프라는 예전의 연적을 두려워해서 경찰에 보호를 요청한 적이 있었고, 호프라는 사내가 현재 유럽에 있다는 내용도 들어 있었다네. 이로써 사건을 풀 열쇠를 손에 넣었고, 살인범을 잡는 일만 남았지.

드레버와 함께 그 집에 들어간 사내가 영업용 마차를 모는 마부라는 사실은 이미 꿰뚫고 있었네. 도로에는 말의 발자국과 마차의 바퀴자국이 찍혀 있었는데, 만약 마부가 딸려 있었다면 말이 그렇게 제멋대로 어슬렁대도록 내버려 두었을 리가 없으니 말일세. 그럼 마부는 어디로 갔을까? 집으로 들어가지 않았다면 달리 설명할 방법이 없네. 제3자가 있었을지도 모른다고? 생각이 있는 사람이라면 언제 배신할지도 모르는 사람 앞에서 그런 범행을 저지를 리가 없지. 그리고 마지막으로, 런던이라는 도시에서 누군가를 미행해야 한다면 마부가 되는 것보다 더 좋은 방법이 어디 있겠나? 이런 사실들을 종합해서 생각해 보니, 제퍼슨 호프는 런던에서 영업용 마차를 몰고 있다는 결론이 나왔지.

그리고 만약 그가 마부 노릇을 하고 있다면 범행 후에도 일을 그만 둘 이유가 없다고 생각했네. 그의 입장에서 보면, 만약 자기가 갑자기 일을 그만두면 오히려 사람들의 눈길을 끌 수도 있으니 한동안 영업을 계속할 것이라고 생각한 거지. 그리고 아는 사람 하나 없는 곳에서 이름을 바꿀 이유가 없으니, 가명을 쓰고 있을 거라고는 생각하지 않았네. 그래서 나는 소년 탐정단을 불러 모아서 런던에 있는 영업 마차 사무소를 전부 조사시켰고 마침내 그 사내를 찾아냈네. 그 아이들이 어찌나 멋지게 일을 처리했는지. 나는 그 성과를 재빨리 활용한 셈인데 그건 자네도 잘 알고 있겠지. 스탠거슨이 살해된 건 예상 밖의 일이었지만 미리 알았더라도 어쩔 수 없었을 걸세. 어쨌든 그 사건 덕분에 어딘가에 존재하리라고 추측했던 그 알약을 손에 넣을 수 있었어. 이것으로 내 추리는 끊어진 곳도, 빈틈도 없는 완벽한 논리의 고리로 연결되어 있다는 사실을 알 수 있다네.”

“정말 대단하군! 자네의 공적은 세상에 널리 퍼져야 마땅해. 자네는 이 사건에 관한 기록을 꼭 공표해야 하네. 자네에게 그럴 마음이 없다면 나라도 대신 나서서 하겠네.”

“자네 마음대로 하게, 의사 양반. 그 전에 이걸 한번 보게! 여기!”

홈즈가 신문을 건네주며 말했다. 그것은 그날의 〈에코〉 신문으로, 홈즈가 가리킨 곳에는 이번 사건을 다룬 기사가 실려 있었다.

이녹 드레버 씨와 조셉 스탠거슨 씨 살해 사건의 용의자인 호프가 급사하는 바람에 대중들의 관심을 끌던 충격적인 화젯거리도 사라지게 되었다. 이로써 사건의 자세한 내용은 영원히 묻혀 버리고 말 것이다. 그러나 믿을 만한 정보에 따르면, 이번 살인 사건은 치정과 모르몬교가 얽힌 뿌리 깊은 원한에 의해 저질러졌다고 알려졌다. 피해자는 모두 젊은 시절에 모르몬교도였으며 갑작스럽게 죽음을 맞은 용의자 호프도 솔트레이크시티 출신이었다. 어쨌든 이번 사건을 통해서, 우리나라의 수사진의 실력이 매우 뛰어나다는 사실을 다시금 확인했으며, 모든 외국인들에게 자신들의 사적인 감정이나 원한을 자기 나라가 아니라 영국 영토까지 끌고 들어와서는 안 된다는 교훈을 주었다. 런던경찰국의 유명한 레스트레이드 형사와 그렉슨 형사의 공적 덕분에 사건의 범인을 신속하게 체포할 수 있었다는 사실은 공공연히 알려진 바이다.

범인은 셜록 홈즈 씨의 방에서 체포된 듯하다. 아마추어 탐정인 홈즈 씨도 사건 수사에 다소 도움이 되었다고 하니, 앞으로 두 형사의 지도를 받으면 뛰어난 수사법을 익힐 수 있을 것이다. 한편, 두 형사는 이번 사건 해결의 공로를 인정받은 덕분에 조만간 표창을 받을 예정이다.

　"내가 말한 그대로야. 우리의 '진홍색 연구'는 그들에게 표창만 안겨 주고 끝나 버린 셈이지."

　홈즈가 별일 아니라는 듯이 웃으면서 소리쳤고, 내가 대답했다.

　"걱정하지 말게나. 내가 일기에 모든 사실을 기록해 두었으니 곧 사람들에게 진상을 알리겠네. 그때까지는 자네도 로마의 구두쇠처럼 혼자서만 만족하고 있게. 그 사람은 이렇게 말했다지. '사람들은 나를 비난하지만 나는 궤짝에 가득 쌓인 금을 바라보며 스스로를 자랑스럽게 생각한다.'고 말일세."

셜록 홈즈 전집 10

^{부록} 셜록 홈즈의 발자취

셜록 홈즈 전집 10

부록 셜록 홈즈의 발자취

초판	1쇄 발행 2012년 12월 10일
개정판	1쇄 발행 2020년 6월 1일
	8쇄 발행 2023년 12월 30일

엮은이	편집부
펴낸이	한승수
펴낸곳	문예춘추사
편 집	구본영
마케팅	박건원
디자인	박소윤

등록번호	제300-1994-16
등록일자	1994년 1월 24일
주소	서울시 마포구 동교로27길 53 지남빌딩 309호
전화	02-338-0084
팩스	02-338-0087
블로그	moonchusa.blog.me
E-mail	moonchusa@naver.com

셜록 홈즈 전집 10

Sherlock Holmes

부록 **셜록 홈즈의 발자취**

편집부 엮음

문예춘추사

Sherlock Holmes

 탄생한 지 100여 년이 넘도록 전 세계 사람들의 뜨거운 사랑을 받고 있는 명탐정의 대명사, 셜록 홈즈. 그는 다양한 각도에서 끊임없이 재해석되며 수많은 팬들을 사로잡고 있다.

 그렇다면 이 매력적인 캐릭터는 어떻게 탄생했을까?

 《셜록 홈즈》 시리즈의 작가는 잘 알려져 있듯이 영국의 아서 코난 도일 경이다. 그는 에든버러 대학에서 당대 최고의 법의학자였던 조셉 벨 Joseph Bell 박사에게 의학 수업을 받았다. 벨 박사는 예리한 관찰력과 통찰력으로 환자들의 직업과 습관 등을 알아맞혔고 이는 코난 도일에게 큰 영향을 끼쳤다.

 코난 도일은 자기만의 추리력을 갈고 닦아서 가축 살해범이라는 누명을 쓴 변호사 에달지에 대한 무죄 판결을 이끌어 내기도 했다. 그는 사건 현장의 특성과 증거를 수집했고, 피고인 에달지와 그의 주거 및 범행도구로 제시된 농기구 등을 냉철하고 명확하게 비교·분석했다. 그의 논리적이고 합당한 추론은 판사가 무죄 판결을 내릴 수밖에 없게 만들었다.

그렇지만 경찰관도 아니고 변호사도 아닌 일반 의사가 모든 사건에 다 개입할 수는 없었다. 게다가 원칙적으로 의사는 병원을 지켜야 했기에 수사할 만한 여유도 없었다. 결국 코난 도일은 현실에서 자신이 할 수 있는 일에 한계가 있음을 깨닫고 고문탐정이 등장하는 소설을 쓰게 된다. 세계인이 사랑하는 명탐정 '셜록 홈즈'는 그렇게 탄생했다.

객관적인 단서와 증거를 바탕으로 삼아 논리적으로 추론해 문제를 해결하는 셜록 홈즈의 방식은 프로파일링 기법이라 할 수 있다. 누구든 평소에 이것을 익혀 두면 눈앞에 어려움이 닥칠 때마다 문제와 원인을 정확하게 파악해 좋은 해결책을 찾아낼 수 있을 것이다.

이처럼《셜록 홈즈》시리즈에는 범죄 수사의 기본 원칙과 분석적인 태도는 물론이고, 논리적인 추리 방법을 널리 알리겠다는 코난 도일의 꿈도 함께 담겨 있다. 거짓과 범죄와 음모가 판치는 현실에 비추어 볼 때, 우리 시대에도 정의를 위해 물불 가리지 않고 뛰어드는 홈즈 같은 사람이 필요하다.

가장 원작에 충실한 번역으로 평가받는 문예춘추사의《셜록 홈즈》시리즈를 통해 독자들이 짜릿한 재미를 맛보면서 현실의 문제에 대한 명쾌한 해답을 찾아내기를 바란다.

― 표창원〈前 경찰대 교수, 現 표창원 범죄과학연구소 대표〉

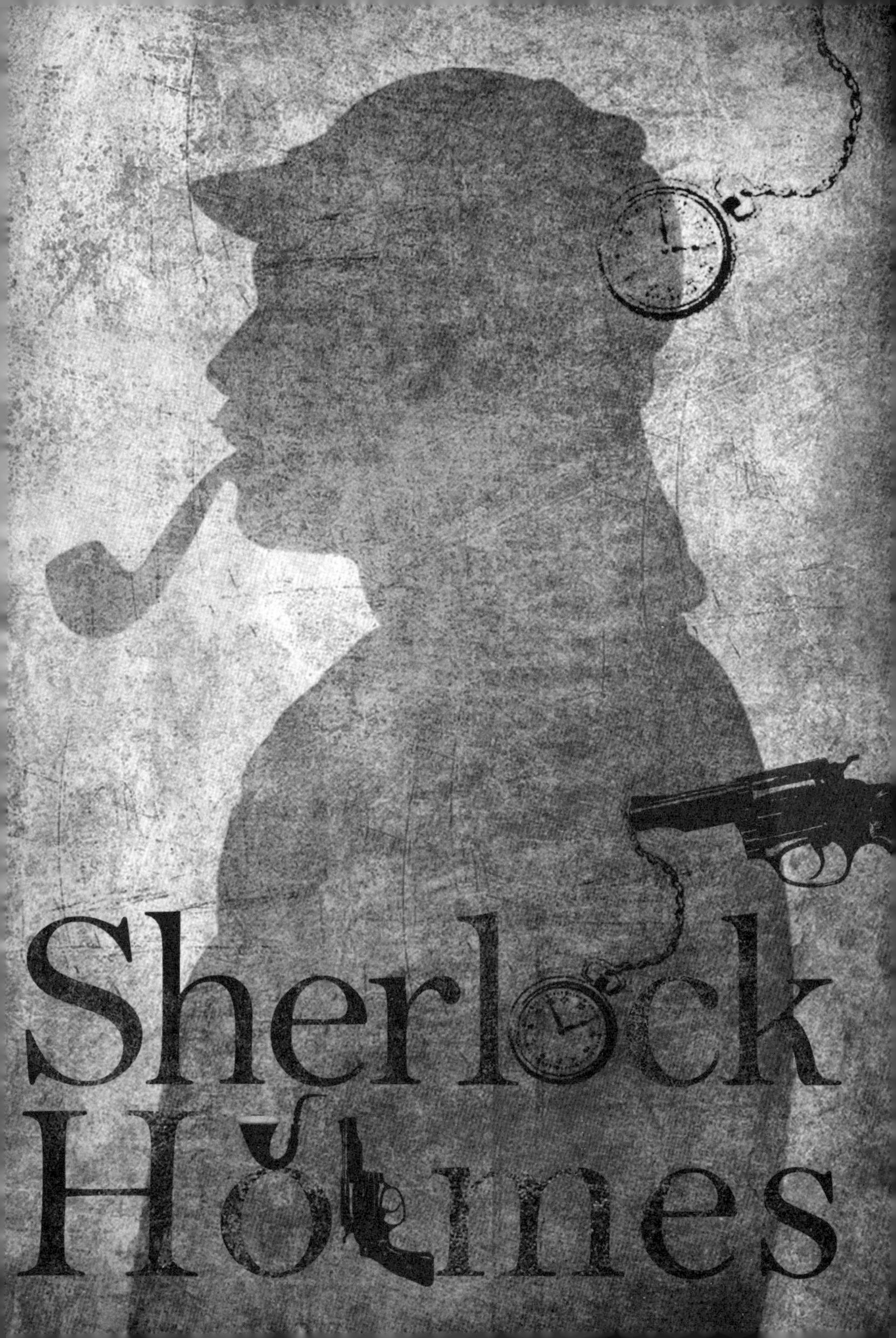
Sherlock
Holmes

셜록 홈즈의 아버지, 아서 코난 도일 경

1. Who is Sir Arthur Conan Doyle?

아서 코난 도일 경은 1859년 5월 22일에
태어나 1930년 7월 7일에 숨을 거둔 영국
의 소설가이다. 전 세계적으로 널리 알려
진 셜록 홈즈 캐릭터를 창조해 냈으며 그
밖에도《잃어버린 세계》,《마라코트 심해》
등을 비롯한 공상과학소설을 출판하여 추
리 문학은 물론이고 밀리터리 문학 등에도
큰 영향을 미쳤다.

　원래 그의 직업은 의사였다. 스코틀랜드
에든버러에서 태어난 그는, 당시 의과대학
으로 유명하던 에든버러 대학에서 의학공부를 했다. 그러면서도 짬을 내서 잡지에 단편을 기고하기도 했고, 포경선捕鯨船의 선의船醫 겸 선원으로 근무하는 등 본업과 관련 없는 경험을 쌓았다. 나중에 이 경험들은《셜록 홈즈》시리즈에 다양하게 녹아들었다.

- 셜록 홈즈 연재를 시작하다

《진홍색 연구》단행본 첫 표지　　　1987년《진홍색 연구》연재 초판 표지　　　《진홍색 연구》영화 포스터

　코난 도일은 의학박사 학위를 취득하고 나서 일반 개업의로 병원을 열었다. 그러나 워낙 손님이 없자 남아도는 시간에 다시 소설을 쓰기 시작했다. 그는 1887년에 첫 홈즈 이야기인《진홍색 연구》를, 1889년에는 두 번째 소설인《네 개의 서명》을 출간하여 소설가로서 이름을 알리기 시작했다.

　그런데 마침〈스트랜드〉라는 잡지도 출간을 준비하고 있었다. 그 신생 잡지의 편집장은 코난 도일의 작품을 주시했고, 드디어 거기에서《셜록 홈즈》시리즈 단편을 연재하기로 계약했다. 상당한 원고료를 받게 되자 코난 도일은 의사라는 본업을 그만두고 전업 작가로서의 삶을 시작했다.

마침내 1891년 7월, 홈즈 시리즈의 첫 단편인 〈보헤미아의 스캔들〉이 잡지에 실렸고 독자들에게 열광적인 호평을 받았다. 그때부터 1927년까지, 잠시 라이헨바흐 폭포에서 사라졌던 몇 년을 빼고 (4권 《셜록 홈즈의 회상록》 참고) 셜록 홈즈와 존 왓슨 박사는 독자들에게 짜릿한 모험과 낭만을 선사했다.

- 첫 아내를 잃다

1899년, 홈즈를 소재로 한 연극이 무대에 올라갔고 코난 도일은 더 많은 부와 명성을 얻게 되었다. 그러나 이 무렵 그의 첫 부인 루이자 호킨스가 폐결핵에 걸려 사실상 시한부 인생을 선고받았다. 호킨스는 비교적 오래 투병하다가 1906년에 세상을 떠났다.

한편 코난 도일은 아내를 잃기 전인 1897년부터 진 엘리자베스 레키와 불륜 관계를 맺었고 첫 아내가 세상을 뜬 이듬해인 1907년에 그녀와 재혼했다. 심지어 아내가 사망하기 전에 약혼까지 한 사이였다고 한다. 그런데 특이하게도, 레키와 만날 때는 항상 보호자를 대동했고 그녀와 잠자리를 하는 일이 전혀 없었다고 전해진다.

- 심령주의에 빠져들다

코난 도일의 아버지인 찰스 얼터먼트 도일은 삽화가였다. 초창기의 《셜록 홈즈》 시리즈에 그가 그린 삽화가 실리기도 했으나 얼마 못가 그의 알코올 중독이 심해져 수용소에 들어가고 말았다. 결국 찰스 도일은 수용소에서 사망했고, 코난 도일은 죄책감과 그리움을 이기지 못하고 심령연구학회에 관심을 보이기 시작했다.

1906년에 첫 번째 아내였던 루이자 호킨스를 잃고 연달아 아들과 형제, 조카들까지 사망하자 그는 심령주의에 더욱 빠져들게 되었으며 죽음을 초월한 존재에 대한 과학적 증거를 찾고자 했다. 이는 나이가 들수록 더욱 심해지는 경향을 보였는데, 작가의 상황에도 불구하고 셜록 홈즈는 '미신 따위는 믿지 않는다'는 입장을 고수한다.

찰스 도일이 그린 《진홍색 연구》 삽화

- 추리력을 뽐낸 코난 도일

코난 도일은 실제 사건에서 자신의 추리력을 뽐내기도 했다. 죽기 전에 자기 아들에게 "홈즈가 실재한다면 아마도 나 자신일 것이다."라고 말한 적도 있다고 하며, 여러 번 범죄 사건을 해결하는 데 일조했다고 한다. 한번은 어떤 남자가 가축 참살 혐의로 기소되었는데, 코난 도일이 여러 방면으로 조사해 그자의 시력이 나빠 사건을 저지를 수 없다는 사실을 증명하여 무죄 석방시켰다.

영국의 유명한 추리 소설가 애거서 크리스티는 1926년 11월 말에 가출해 열흘 동안 행방이 묘연해진 적이 있었다. 이것은 나중에 엄청난 스캔들로 번졌지만 크리스티는 끝내 그 사건에 대해 구체적으로 밝히지 않았다. 코난 도일은 그때 그녀의 행방을 추리하기도 했다. 크리스티의 차가 기차역 근처에 남겨진 것을 보고 그녀가 기차를 탔으리라 추리했고 어디에 내렸을지까지도 추리해 낸 것이다. 사흘 후, 경찰은 정말로 코난 도일이 지목한 역 근처에서 애거서 크리스티를 발견했다.

언젠가는 해자가 있는 저택에서 한 여인이 사라졌고 용의자도 잡혔지만 시신을 찾지 못해 용의자가 풀려날 상황이 되고 말았다. 어떤 기자가 코난 도일에게 사건에 대한 의견을 묻자, 그는 "해자를 수색해야 될 것이다."라고 조언했다. 하지만 당시 경찰은 해자가 너무 얕다는 이유로 그곳만 빼고 저택을 수색했다. 나중에 기자가 그 말을 형사에게 흘리고 나서야 경찰은 해자 속에서 썩어 가던 여인의 시신을 발견했다.

이러한 에피소드 등을 보면, 코난 도일은 실제로도 상당한 추리가였음을 알 수 있다.

- 기사 작위를 받다

코난 도일은 상당히 보수적이면서도 애국적인 영국 신사였다. 그는 1899년에 벌어진 보어 전쟁에 자원하여 잠시 군의관으로 복무했고, 영국 정부를 옹호하는 글을 수십 편 써 냈다. 그리하여 영국인들의 애국심을 높이고 외국 언론의 비난에 맞섰다. 코난 도일은 그에 대한 공로를 인정받아 1902년에 기사 작위를 받았다. 세간에서는 이것이 《셜록 홈즈》 시리즈 덕분이라고 아는 경우가 많으나 실제로는 보어 전쟁과 관련하여 정부를 옹호하는 글을 써서 받은 것이다. 이 때문인지는 몰라도 코난 도일은 처음에 기사 작위를 받는 것을 꺼렸다. 한편, 소설 속의 셜록 홈즈도 〈세 명의 개리뎁〉 사건 초반에 기사 작위를 받기를 거부했다는 설명이 있는데 아마 그 영향을 받았으리라 추측된다.

- 말년

1927년에 출간한 《셜록 홈즈의 사건 수첩》이 마지막 셜록 홈즈 시리즈가 되었다. 코난 도일은 그것으로 명탐정 이야기를 마감하고, 이후 심령술이나 요정에 관련된 글을 몇 편 썼으나 아무도 주목하지 않았다. 그는 1930년 7월 7일에 심근경색으로 숨을 거두었다.

2. 코난 도일과 셜록 홈즈의 관계

1893년 12월, 〈스트랜드〉를 즐겨 읽던 독자들은 엄청난 충격을 받고 휘청거릴 수밖에 없었다. 6년 동안 런던 시민들은 물론이고 다른 나라 독자들까지 즐겁게 해 주던 셜록 홈즈와 왓슨 박사의 모험담이 끝나고 말았던 것이다. 〈마지막 사건〉이라는 제목답게 악의 중추인 모리어티 교수와 맞서 싸우던 셜록 홈즈가 그와 함께 라이헨바흐 폭포에 떨어져 실종되는 것으로 이야기가 끝나자 애독자들의 분노는 하늘을 찔렀다.

당장 큰 손해를 본 것은 〈스트랜드〉였다. 수천 명의 독자가 뒤도 돌아보지 않고 구독을 취소했다. 어떤 독자는 셜록 홈즈의 장례식을 치렀고, 런던 시민들은 고인故人에게 조의를 표하기 위해 검은 리본을 맸으며, 미국에서도 협박이 담긴 항의 편지가 날아들었다. 심지어 코난 도일이 셜록 홈즈를 죽였다며 소송을 준비한 사람도 있었다고 한다. 이 작품을 쓰

대부분의 홈즈 시리즈가 연재된 잡지 〈스트랜드〉

고 난 뒤 어찌나 시달렸던지 코난 도일은 "내가 실제로 사람을 죽였더라도 이렇게 욕을 먹지는 않았을 것이다."라고 얘기했다.

사실 코난 도일은 그때 경이로운 명탐정 이야기에 질려 있었다. 게다가 다른 주인공이 등장하는 전혀 다른 소설을 써도 홈즈에게 묻히기 일쑤였다. 그래서 작가에게는 홈즈를 되살릴 생각이 없었지만, 전 세계에서 빗발치는 항의 앞에서 끝까지 꿋꿋할 수는 없었다. 1901년에 '〈마지막 사건〉 이전의 사건'이라는 전제를 달아 〈바스커빌 가의 사냥개〉라는 작품을 발표했으나 이 정도로는 독자들의 마음을 달래기에 부족했다. 결국 코난 도일은 눈물을 머금고 셜록 홈즈 이야기를 써야만 했다. 마침내 1903년 9월, 〈스트랜드〉에 홈즈의 부활을 알리는 〈빈집의 모험〉이 실렸고 독자들은 길게 줄을 서 잡지를 구매했다. 그때부터 1927년 4월 〈쇼스콤 장원〉을 발표할 때까지 홈즈 시리즈는 중단 없이 계속 연재되었다.

3. 코난 도일의 또 다른 작품들

코난 도일의 대표작을 꼽으라면 당연히 《셜록 홈즈》 시리즈를 들겠지만 그는 역사소설, 연애소설 등 다양한 장르의 글을 써 낸 작가였다. 특히 셜록 홈즈만큼은 아니어도 《잃어버린 세계》를 비롯해 여러 공상과학소설에 출연한 챌린저 교수Professor Challenger도 나름대로 유명세를 떨쳤다.

홈즈 시리즈를 제외한 코난 도일의 작품 중에서 비교적 유명한 것들을 추려 보면 다음과 같다.

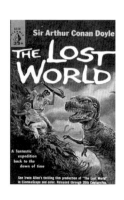

1) 챌린저 교수 시리즈

잃어버린 세계The Lost World (1912)

독가스대The Poison Belt (1913)

안개의 나라The Land of Mist (1926)

지구가 비명을 질렀을 때When the World Screamed (1928)

분해 기계The Disintegration Machine (1929)

2) 역사소설

마이카 클라크Micah Clarke (1889)

하얀 회사The White Company (1891)

여단장 제라르의 공적The Exploits of Brigadier Gerard (1896)

3) 역사 르포

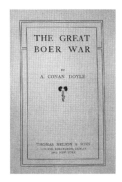

대 보어 전쟁 The Great Boer War (1900)

4) 공상과학소설

마라코트 심해 The Maracot Deep (1929)

이외에도 코난 도일은 다양한 작품을 썼으나 그 어느 것도 《셜록 홈
즈》 시리즈의 인기를 뛰어 넘을 수는 없었다.

셜록 홈즈, 그 뒷이야기들

1. Who is Sherlock Holmes?

흔히 코난 도일이 의사였다는 사실 때문에 왓슨 박사가 작가를 가장 많이 닮은 캐릭터라고 여기기 쉽지만 사실 셜록 홈즈야말로 작가와 가장 비슷한 캐릭터이다. 역사에 대한 높은 관심, 잡다하고도 해박한 지식, 출판에 대한 열정 등을 보면 홈즈는 작가의 성격을 빼다 박았다. 결국 왓슨과 홈즈라는 두 등장인물 모두 작가의 성격을 조금씩 물려받은 분신이라 볼 수 있다.

그렇다면 홈즈는 구체적으로 어떤 캐릭터일까?

- 성격

홈즈의 성격을 관찰하면 무엇보다 감정을 경시하고 이성을 중시하는 합리적인 인간상임을 알 수 있다. 사건이 일어나더라도 그 잔혹함에 주목하기보다는 사건의 원인과 과정을 탐구하는 데 더 신경을 쓴다. 그러면서도 아주 냉혹하지는 못해서 도움을 청하는 사람들이 오면 거절하지 못하고 받아들이는 경우도 많다. 〈너도밤나무 집〉 사건에서도 처음에는 사소해 보이는 의뢰인의 편지를 받고 툴툴거렸지만 곧 그녀의 사정을 듣고 진지하게 상담해 주는 다정한 면모를 보였다.

범죄를 수사할 때면 매우 활발하게 움직이나 일이 잘 풀리지 않으면 무서울 만큼 깊이 사색한다. 자신이 애용하는 팔걸이의자에 앉아서 파이프를 피우며 하루 종일 또는 밤새 있는 것이다. 그러는 동안 통찰력이 번뜩이고 풀리지 않던 사건에 가느다란 빛줄기가 비치곤 한다.

- 취미와 특기

홈즈는 합리적이고 이성적인 인물이면서도 굉장한 예술적 감각을 가지고 있다. 〈그리스어 통역사〉 사건에서 밝혀진 바에 따르면 그의 할머니는 프랑스 화가 베르네의 여동생이었고, 홈즈 자신은 연주는 물론이고 직접 작곡까지 할 정도로 바이올린에 조예가 깊다. 일이 없어 축 늘어질 때면 무료함을 참지 못하고 코카인을 비롯한 약물에 의존한다. 그 밖에도 담배를 무척 사랑하는 애연가이며, 화학 실험하는 것도 즐긴다. 셜록 홈즈의 또 다른 특기는 놀라운 변장과 연기다. 그는 뱃사람, 선장, 노인, 목사 등 여러 인물로 변장하는데 친구인 왓슨조차 제대로 알아보지 못할 정도로 뛰어난 연기력을 선보인다. 권투 실력도 수준급이어서 거구의 상대를 주먹으로 제압한다.

- 대인관계

홈즈는 굳이 '친구'라는 감정적인 대상을 만들 필요성을 느끼지 못하는 사람이다. 그렇지만 그의 뛰어난 능력과 속정 깊은 성격 때문에 주변에는 알게 모르게 사람들이 많다. 존 왓슨 박사와는 굳건한 우정으로 맺어져 있고, 그렉슨이나 홉킨스, 레스트레이드 같은 형사들과도 허물없이 지내는 편이다. 그리고 본인은 여자를 별로 좋아하지 않는다고 하지만 여성들에게 인기가 많으며 마음만 먹으면 언제든지 여성들과 친밀하게 이야기를 나눌 수 있다. 또한 길거리 아이들을 불러 모아 '베이커 가 소년 탐정단'으로 활용할 만큼 뛰어난 조직력과 리더십을 보여 준다. 이런 점으로 보아 홈즈는 훌륭한 대인관계를 만들 수 있는 능력이 있으나 감정을 억누르려는 이성 탓에 마음을 터놓는 깊은 관계에는 이르지 못하고 그때그때 쓸모에 따라 관계를 형성하는 것으로 보인다.

- 여성과의 관계

앞서 말했지만 셜록 홈즈는 여성을 싫어하면서도 그들과 비교적 좋은 관계를 유지했다. 특히나 셜록 홈즈 팬들을 설레게 하는 여성이 몇 명 있는데 간단하게 소개하면 다음과 같다.

1) 아이린 애들러Irene Adler

홈즈가 유일하게 '그 여성The Woman'이라고 부르는 존재.《셜록 홈즈의 모험》의 〈보헤미아의 스캔들〉은 홈즈가 처음으로 여성에게 큰코다친 사건으로 기록돼 있다. 홈즈는 아이린 애들러를 대단한 여자로 인정하고, 의뢰인인 보헤미아 왕이 '원하는 게 있으면 말해 보라.' 하고 물었음에도 그저 애들러(이때는 노턴 부인)의 사진만 달라고 할 정도였다.

물론 셜록 홈즈는 사건을 해결하는 도중에 그녀와 친분을 쌓은 적도 없고 사건이 끝나고 나서 서로 만난 적도 없다. 또한 그녀에게 가졌던 감정도 사랑보다는 일종의 존경심이라고 해야 알맞을 것이다. 하지만 워낙 홈즈가 흥미를 보였던 여성이 적어서인지 2차 창작물에서는 자주 홈즈의 연인으로 등장한다.

2) 바이올렛 헌터Violet Hunter

《셜록 홈즈의 모험》 중에서 〈너도밤나무 집〉 사건의 의뢰인으로 등장한 젊고 총명한 가정교사이다. 원래 셜록 홈즈는 그녀의 의뢰 내용을 보고 내키지 않아 했지만 그녀의 당찬 모습에 관심을 보인다. 헌터에게 '물론 내 동생이었다면 그런 자리는 별로 권하지 않았을 겁니다.'라고 조언하는 등 꽤 다정한 모습을 보이지만 그녀가 사건의 중심에서 멀어지자마자 흥미를 잃었고, 왓슨은 이것을 매우 실망스럽다고 기록했다.

3) 메리 모스턴Mary Morstan

사실 메리 모스턴은 왓슨과 가까운 여성이지만 그래도 여러 이야기에서 꾸준히 얼굴을 내미는 몇 안 되는 여성 캐릭터다. 그녀는 〈네 개의 서명〉 사건에서 홈즈를 찾아온 의뢰인이었는데 차분하고 총명하며 지혜로운 여성으로 묘사된다. 왓슨은 표정이 풍부한 푸른 눈동자와 상냥하고 기품 있는 태도에 반했다고 한다. 독자들을 두근거리게 하던 엄청난 보물이 걸린 사건은 실망스러운 결과를 낳았지만 모스턴은 아그라의 보물 대신에 존 왓슨 박사라는 보물을 얻었다고 기뻐하는 모습을 보여 큰 감동을 주었다. 메리 모스턴과 존 왓슨 커플은 1888년에 결혼했고, 왓슨과 홈즈의 환상적인 동거 생활도 한동안 중단되었다.

메리 모스턴과 홈즈가 어떤 사이였는지는 자세히 그려지지 않았다. 적어도 모스턴은 홈즈에게 호감을 가졌던 것 같다. 갑자기 사건이 터져 왓슨이 집을 비울 때에도 남편을 격려하는 모습을 보이니, 홈즈를 왓슨에게 활기를 주는 좋은 친구로 생각했을지도 모른다.

4) 허드슨 부인Mrs. Hudson

이 여성은 홈즈가 성인이 되어 베이커 가에 거주할 때부터 어머니처럼 돌봐 준 중요한 인물이기에 소개한다. 베이커 가 221B 하숙집의 주인인 허드슨 부인은 장년에서 노년에 이르는 연배이다. 홈즈의 독특한 성격과 생활 방식에도 불구하고 계속 그를 지지하며 〈빈집의 모험〉 사건에서는 위험을 무릅쓰고 홈즈의 지시대로 따라해 그를 위험에서 구해 주기도 한다.

- 가족 관계

셜록 홈즈의 든든한 형,
마이크로프트 홈즈

    셜록 홈즈의 가족 관계는 베일에 싸여 있다. 그나마 언급되는 것은 할머니의 가계와 일곱 살 위의 형인 마이크로프트 홈즈Mycroft Holmes뿐이다. 마이크로프트는 영국 정부에서 일하는 하급 공무원이다. 그러나 공식적인 직책 말고도 때로 영국 정부 그 자체로 활동하기도 하고, 국왕이나 수상과도 아주 가까운 관계를 맺고 있기도 하다. 그래서 무척 곤란한 국가적 문제가 발생하면 종종 마이크로프트의 천재적인 두뇌를 빌려 해결하는 것으로 보인다.

    홈즈 형제의 관계는 제법 괜찮아 보인다. 마이크로프트는 동생에게 〈그리스어 통역사〉나 〈브루스파팅턴 호의 설계도〉처럼 재미있는 사건을 소개해 주기도 했으며, 후에 셜록 홈즈가 라이헨바흐 폭포에 떨어져 죽은 것으로 위장하고 유럽을 떠돌 때는 그의 뒤를 봐 주기도 했다.

- 주소

런던 베이커 가 221B에 있는 셜록 홈즈 박물관

셜록 홈즈는 런던의 베이커 가 221B에 있는 허드슨 부인의 하숙집에 산다고 설정되어 있는데 실재하지 않는 곳이다. 오늘날 셜록 홈즈 박물관이 생겨 '베이커 가 221B'라는 명패를 걸고 있기는 하지만 그곳도 본래 239번지였다가 워낙 큰 인기를 끌자 주소를 바꾼 경우이다.

- 셜록 홈즈의 모티브

셜록 홈즈는 모르는 게 없다. 사람을 한번 보기만 해도 그의 직업이며 성격, 습관 등을 재빨리 알아채 주변인들을 놀래고는 한다. 그러나 홈즈가 어떻게 알았는지 그 과정을 얘기하면 순식간에 놀라움은 시시함으로 변한다. 홈즈는 무에서 유를 창조해 내는 마법사가 아니라 어디까지나 순간적인 통찰력과 관찰력, 그리고 추리력으로 대상을 '파악'하

셜록 홈즈의 모델이 된 조셉 벨 교수

는 '이성적인 인간'임을 깨닫기 때문이다.

그렇다면, 홈즈는 소설 세계뿐만 아니라 현실에서도 존재할 수 있을까?

그럴지도 모르겠다. 셜록 홈즈는 어디에서 툭 떨어진 것이 아니라 실존 인물에게서 그 모티브를 빌려온, 현실에 기반을 둔 캐릭터이기 때문이다.

코난 도일은 1870년대 말, 에든버러 대학에서 의학 공부를 하면서 조셉 벨Joseph Bell교수를 알게 되었다. 그도 홈즈처럼 환자의 외모나 신체적 특징을 보고 그의 정체를 파악하곤 했다. 코난 도일은 벨 교수를 가리켜서 '교수님은 우리(의대생들)에게 인간은 총명하다는 사실을 가르쳐 주었다.'고 평했다. 또한 벨은 자신이 홈즈의 모델임을 평생 자랑스러워했다고 한다.

벨 교수에 얽힌 재미있는 일화가 있다. 어느 날, 한 남자가 벨 교수에게 피부과 진료를 받으러 왔다. 잠시 후 벨은 환자에게 말을 걸기 시작했다.

벨 : 제대한 지 얼마 안 되셨군요.
환자 : 예, 그렇습니다.
벨 : 부사관이었지요?
환자 : 예, 그렇습니다.
벨 : 하이랜더 연대셨죠?
환자 : 예, 맞아요.
벨 : 바베이도스Barbados에서 군 생활을 하셨군요?
환자 : 예, 그렇습니다.

어떻게 그 사실들을 알았느냐는 질문에 벨은 아무렇지도 않게 대답했다.

"신사적이지만 행동이 딱딱한 것을 보니 부사관이야. 모자를 벗지 않는 걸 보면 군대에서 밴 습관이 아직 남아 있어서 갓 제대했다는 사실을 알았지. 권위적인 성격이 있어 보이는 것이 스코틀랜드인 같으니 스코틀랜드 지방의 하이랜더 연대에 있었을 거야. 그리고 기생충에 감염되어 림프관이 막히는 피부병인 상피증에 걸렸어. 그런데 그건 서인도 제도에서만 걸리는 병이거든."

이렇게 놀라운 벨 교수의 예리한 관찰력과 추리력은 그대로 셜록 홈즈에게 옮아갔다.

2. 셜록 홈즈의 화가, 시드니 파젯

전형적인 셜록 홈즈의 옷차림

19세기 영국 신사의 차림

사냥 모자를 쓰고 입에는 파이프를 문 채 코트를 걸친 남자. 누구든 보자마자 셜록 홈즈라고 생각할 것이다. 그런데 정작 원작 삽화에 묘사된 홈즈는 대개 정장을 빼 입은 멀끔한 신사의 모습이다. 왜 그럴까?

사실 소설에서 가장 흔한 홈즈의 옷차림은 다름 아닌 '실내복'이다. 현대인의 시각에서 보면 오피스텔에서 거주하며 일하는 탐정이 트레이닝복을 입은 채 의뢰인을 맞은 셈인데 보수적인 런던 시민들에게 그런 모습을 보여 주기는 어려웠을 것이다. 당시에는 신사라면 대개 정장을 갖춰 입었으며 밖에 나갈 때는 모자와 지팡이도 빠뜨리지 않았다. 현대인들에게는 고문탐정이라기보다 엄격한 대기업 회사원처럼 보이는 모습이야말로 100여 년 전 런던 신사에게는 평범한 옷이었다.

그렇다면 도대체 왜 실내복도, 정장도 아닌 사냥 모자와 파이프, 코트가 '셜록 홈즈'의 상징이 되었을까? 그건 홈즈를 그려 낸 시드니 파젯 Sidney Paget 덕분이다. 많은 작가들이 셜록 홈즈의 삽화를 그렸지만 시드니 파젯의 영향력에는 미치지 못하는 것이 현실이다. 원래 시드니 파젯의 형제인 월터 파젯에게 삽화 의뢰를 하려 했지만 중간에 일이 꼬여 결국 시드니 파젯이 맡게 되었다고 한다. 그는 제법 잘 생기고 날카로운 홈즈의 얼굴을 창조했으며, 자기가 자주 쓰던 사냥 모자를 홈즈에게 씌워 주었다.

이렇게 해서 오늘날 우리에게 익숙한 셜록 홈즈의 모습이 탄생했다.

Sherlock Holmes

시드니 파젯

시드니 파젯이 그린 셜록 홈즈

사냥 모자를 쓴 시드니 파젯

3. Who is Doctor Watson?

존 H. 왓슨John H. Watson은 고문탐정 셜록 홈즈의 친구이자 전기 작가로, 홈즈 시리즈 대부분을 기록으로 남겼다. 원래 군의관이었으나 영국-아프가니스탄 전쟁에서 부상을 입고 전역하여 영국으로 귀국했다. 처음에는 런던의 좋은 호텔에 머물렀지만 돈이 떨어지자 같이 하숙을 할 사람을 찾다가 셜록 홈즈를 만나게 되었다. 몇 년 뒤, 〈네 개의 서명〉 사건에서 메리  모스턴을 만나 결혼하면서 독립해 병원을 차리게 된다.

- 성격

기본적으로 상냥하고 믿음직스러우며 위급한 환자를 상대하는 의사이기 때문에 봉사심이나 정의감도 있다. 은근히 위험한 모험을 좋아하고 전쟁을 겪어서인지 참혹한 범행 현장을 보고도 비교적 태연하다.

사실 왓슨은 홈즈만큼 뛰어난 천재가 아니다. 머리가 나쁜 편은 아니지만 유명한 명탐정보다 관찰력이나 통찰력, 범죄에 대한 지식이 떨어져서 사건 해결을 옆에서 지켜보며 기록하는 역할을 도맡는다. 비록 홈즈 자신은 왓슨의 기록 스타일을 좋아하지 않지만, 독특한 홈즈와 평범한 세계를 잇는 다리가 되어 주는 왓슨 덕분에 독자들은 놀라운 모험을 함께할 수 있게 되었다.

또한 왓슨은 작가 코난 도일과 여러모로 닮은 캐릭터이다. 작가는 자기 지인들에게서 등장인물들의 성격을 따 왔는데 주인공이라 할 수 있는 홈즈와 왓슨은 코난 도일 자신의 성격을 많이 반영하고 있다. 특히 왓슨은 코난 도일과 여러 가지 유사한 배경을 지니고 있다. 우선 둘 다 의사 출신으로서 군의관으로 근무한 경험이 있고 알코올 중독으로 사망한 가족이 있다. 이것을 보면 마치 왓슨이 코난 도일의 대리자처럼 보인다. 그러나 셜록 홈즈 이야기를 실제 벌어진 사건으로 여기는 팬들은 코난 도일이야말로 왓슨의 대리자라고 여긴다.

- 왓슨의 결혼에 대하여

왓슨은 〈네 개의 서명〉에서 메리 모스턴과 결혼하여 베이커 가의 하숙집을 나와 홈즈와 따로 살게 되었다고 한다. 이후 그녀는 《셜록 홈즈의 모험》 및 《셜록 홈즈의 회상록》에서 가끔 등장하고 어떤 때는 홈즈가 왓슨에게 그녀의 안부를 묻기도 한다.

그러나 다음에 출간된 〈바스커빌 가의 사냥개〉 사건에서는 다시 왓슨이 베이커 가에서 생활하는 상황이 연출되고 아내는 언급되지 않는다. 또 그 뒤를 이은 《셜록 홈즈의 귀환》에서는 홈즈가 아내를 여읜 왓슨을 위로하는 장면이 등장한다. 따라서 왓슨의 첫 번째 아내가 사망한 것은, 홈즈가 모리어티 박사와 계곡에서 결투를 벌인 1891년부터 그가 돌아온 1893년 사이일 것으로 추정된다.

결론적으로 왓슨은 작품에서 총 두 번 결혼한 것으로 추측되지만 곳곳에 숨어 있는 홈즈의 말이나 묘사를 통해서 세 번 혹은 그 이상 결혼했다고 주장하는 이들도 있다. 이처럼 왓슨이 누구와, 몇 번이나 결혼했는지는 팬들에게 있어서 영원한 논쟁거리라 할 수 있다.

4. 권총으로 보는 셜록 홈즈와 존 왓슨의 우정

홈즈 이야기에서는 가장 위험한 무기라 할 수 있는 총이 심심치 않게 등장한다. 이 당시에 총은 가장 확실하게 자신을 보호할 수 있는 무기였던 것이다.

총의 기원을 거슬러 올라가면 서기 700년 무렵에 중국에서 발명된 화약이라 할 수 있다. 이것이 서양으로 전해져 대포 등으로 쓰이다가 점차 소형화되어 15세기 말부터 화승총의 형식으로 활약하기 시작했다.

이후 총기는 무섭도록 발전해 호신용은 물론이고 범죄자들의 공격 도구로도 자주 쓰였다. 영국에서 일반인의 권총 소지가 금지된 것은 1997년으로, 셜록 홈즈가 활약하던 19세기 말부터 20세기 초까지는 자유롭게 총기를 휴대할 수 있었다.

그러므로 홈즈 시리즈에서도 권총이 매우 흔하게 등장하며 셜록 홈즈와 왓슨 박사도 총기를 가지고 있다. 그들이 총을 사용한 대표적인 예를 몇 가지 들어 보면 다음과 같다.

1. 〈네 개의 서명〉에서 원주민 통가를 죽일 때 사용했다.
2. 〈바스커빌 가의 사냥개〉에서 홈즈가 총으로 사냥개를 사살했다.
3. 〈너도밤나무 집〉에서 루캐슬이 기르던 마스티프를 죽일 때 왓슨이 사용했다.
4. 〈빈집의 모험〉에서 왓슨이 권총의 손잡이로 세바스찬 모런 대령의 머리를 내리쳤다.
5. 〈머스그레이브 가의 의식문〉에 따르면 홈즈는 벽에 총으로 빅토리아 여왕을 뜻하는 애국적인 문자, 'V. R.'을 새겨 둔 적이 있다.

6. 홈즈는 〈마지막 사건〉에서 모리어티 교수와 대화할 때 가까이에 권총을 두고 있었다.

7. 홈즈는 〈녹주석 보관〉 사건을 해결할 때도 번웰 경을 협박하면서 총을 들이대는 것을 잊지 않았다.

8. 그밖에도 〈혼자 자전거 타는 사람〉, 〈블랙 피터〉, 〈춤추는 인형〉에 서 홈즈나 왓슨이 범인을 제지하기 위해 권총을 사용했다.

권총에 얽힌 다양한 에피소드 중에서도 〈세 명의 개리뎁〉 사건은 셜록 홈즈 팬들과 왓슨 박사에게 매우 깊은 인상을 주었다. 왓슨의 허벅지에 총을 쏜 에번스를 홈즈가 권총 손잡이로 내려치는 장면인데, 평소에 감정을 억누르던 셜록 홈즈가 눈물을 내보였다는 묘사가 등장한다.

　그자는 순식간에 품에서 권총을 꺼내 두 발을 쏘았다. 나는 새빨갛게 달군 부젓가락으로 허벅지를 찔린 듯한 격렬한 고통을 느꼈다. 동시에 홈즈가 권총 손잡이로 그자의 머리를 있는 힘껏 내리쳤다. 에번스가 얼굴에 피를 흘리며 바닥에 쓰러지는 모습과 홈즈가 그자의 몸을 뒤져 무기를 빼앗는 모습이 어렴풋하게 눈에 들어왔다. 그러고 나서 홈즈는 가늘면서도 다부진 팔로 나를 안아 일으켜 의자로 데려가 앉혔다.

　"왓슨, 다치진 않았겠지? 부탁이니 아무렇지도 않다고 말해 주게!"

　저렇게 차가운 얼굴 뒤에 그토록 깊은 우정과 사랑이 숨어 있음을 알기 위해서라면 한 번쯤 다쳐도 괜찮았다. 아니, 한 번이 아니라 여러 번 다쳐도 괜찮을 듯싶었다. 그 맑고 날카로운 눈이 잠시 흐려졌고 굳게 다문 입술이 부르르 떨렸다. 그때 나는 딱 한 번, 홈즈의 위대한 두뇌는 물론이고 크고 다정한 마음도 엿보았다. 나는 오랫동안 변변치는 못해도 한결같이 홈즈에게 봉사했는데 그것은 뜻밖의 진실을 깨달은 순간에 정점에 달했다.

《셜록 홈즈의 사건 수첩》, 197~198쪽

이 사례에서 볼 수 있듯이 홈즈에게도 감정, 그것도 매우 풍부한 감정이 있다. 어쩌면 홈즈는 스스로 그 사실을 잘 알고 혹시라도 추리에 방해가 될까 봐 이성을 이용해 필사적으로 감정을 억누르는 것일지도 모른다. 하지만 왓슨과 함께 지낸 다음부터는 조금씩 그 감정이 풀리는 것이 보인다. 실제로 홈즈와 왓슨의 우정이 정점에 달한 이 에피소드는 코난 도일이 말년에 쓴 작품 중의 하나이다.

권총은 대단히 위협적인 무기이지만 적어도 왓슨과 팬들에게는 홈즈의 따뜻한 마음을 엿볼 수 있는 흥미로운 에피소드를 선사했다.

5. 베이커 가 221B는 어디?

셜록 홈즈가 연재될 때만 해도 베이커 가에는 85번지까지만 있었다. 홈즈와 왓슨의 하숙집인 베이커 가 221B번지는 존재하지도 않았던 것이다. 오늘날의 베이커 가 중에서 남쪽만 옛날부터 베이커 가였고, 북쪽은 요크 플레이스York Place와 어퍼 베이커 가Upper Baker Street로 불렸다. 당연히 이 주소의 번지수도 100을 넘지 못했다.

셜록 홈즈 박물관 입구   셜록 홈즈 박물관 내부 모습

그러나 1930년대 런던 시가지의 주소가 개편되면서 요크 플레이스와 어퍼 베이커 가가 베이커 가로 통합되었고, 번지수도 85번지를 넘어 드디어 221번지가 만들어졌다. 그런데 애석하게도 그 자리에 영국의 건축업체 애비 내셔널 빌딩 소사이어티가 건물을 지어 올리는 바람에 221번지는 한동안 애비 내셔널의 본사로 사용되었다. 당연히 셜록 홈즈 팬레터가 쇄도했고 애비 내셔널은 2002년에 다른 곳으로 옮겼다.

한편 셜록 홈즈 박물관은 221번지 옆인 239번지에 있었지만 워낙 셜록 홈즈가 유명하다 보니 결국 239번지를 221B번지로 바꿔 버렸다. 그래서 현재 221B번지라는 주소로 편지를 보내면 셜록 홈즈 박물관으로 가게 된다.

아담한 규모를 자랑하는 박물관은 층마다 유명한 장면을 재현해 두었고, 셜록 홈즈로 분장한 할아버지가 같이 사진을 찍어 준다. 박물관과 함께 셜록 홈즈 사무소도 영업하고 있는데, 그곳으로 사건을 의뢰하는 편지를 보내면 답장을 받을 수 있다고 한다.

The Sherlock Holmes Museum

221b Baker Street, London, NW1 6XE, England, UK

 http://www.sherlock-holmes.co.uk

셜록 홈즈 박물관의 화장실

<글로리아 스콧 호> 사건의 모형

<혼자 자전거 타는 사람> 사건의 모형

6. 셜록 홈즈의 황당한 신분 도용 사건

영국과 프랑스는 매우 가까운 나라다. 사이가 좋을 법도 하지만 우리 나라와 일본이 그렇듯, 영국과 프랑스도 잔 다르크가 활약한 백년전쟁 처럼 왕위 계승이나 영지 소유권 등을 둘러싸고 오랫동안 으르렁거리는 앙숙이었다. 심지어 두 나라는 20세기 초반에 추리 소설에서도 라이벌 관계를 유지했다. 영국의《셜록 홈즈》시리즈와 프랑스의《아르센 뤼팽》 시리즈가 맞붙은 것이다.

《아르센 뤼팽》의 작가 모리스 르블랑은 초기 작품에서 셜록 홈즈 를 등장시켰다. 원래 '셜록 홈즈'라는 이름 그대로 썼으나 뤼팽이 그 를 압도하자 영국인들에게 엄청난 비난을 받았고, 셜록 홈즈의 원작자 인 아서 코난 도일도 항의 서한을 보내며 소송하겠다고 날뛰기도 하였 다. 그래서 결국 교묘하게도 이름의 SH와 H를 바꿔 '헐록 숌즈Herlock Sholmes(프랑스식 발음으로는 에를록 숄메)'라는 인물로 출연시켰으며 왓 슨은 윌슨으로 바꿔 버렸다. 비록 이름은 바꿨지만 당연히 영국에서 건 너왔다는 헐록 숌즈가 누구인지 모르는 사람은 없었다.

문제는 프랑스의 반영反英 감정 때문에 헐록 숌 즈의 성격이 대단히 이상하고 한참 덜 떨 어지는 인물로 묘사되었다는 점이다. 처음에는 그래도 뤼팽과 대등한 정도 였지만 뒤로 갈수록 엉성해지고 실수를 연발해서 코난 도일의 셜록 홈즈와 완전히 동떨어진 캐릭터가 되고 말았다. 재미있게도 원작의 셜록 홈즈는 할머니

쪽으로 프랑스의 혈통을 이어받은 것으로 설정되어 있다. 딱히 프랑스인과 원한 관계가 없던 셜록 홈즈로서는 참으로 황당한 신분 도용 사건을 겪은 셈이다.

7. 지문감식법

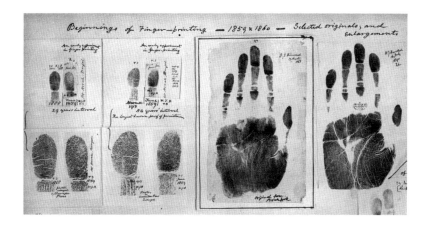

오늘날 지문은 범죄 용의자나 피해자를 찾는 데 매우 중요하게 쓰인다. 그러나 지문을 통해 신원을 확인하기 시작한 것은 겨우 100여 년 남짓하다. 지문이 정확히 언제부터 사용되었는지는 알려지지 않았으나 각종 자료를 참고하면 근대부터 지문이 개인을 인증하는 수단으로 떠올랐음을 발견할 수 있다.

지문이 사람마다 다 다르며 카테고리별로 구분할 수 있다는 사실은 19세기 초반 무렵부터 본격적으로 연구되었다. 1823년 브레슬라우 대학에서 해부학을 가르치던 얀 에반겔리스타 프루티녜는 아홉 개의 지문 패턴에 관한 논문을 발표하였으나 지문을 이용해 사람의 신분을 밝히는 것 따위의 구체적인 사용법은 언급하지 않았다.

1880년에는 영국인 헨리 폴즈가 영국의 과학 잡지 〈네이처〉에 지문 연구 논문을 발표하였다. 그는 1874년에 일본을 방문하여 기독교 선교와 의료 활동을 펼쳤는데 일본인들이 신분을 인증하는 수단으로 지장을 사용하는 것을 보고 흥미를 느꼈다. 그러다가 1877년에 조몬 시대 토기에 묻은 지문이 현대인의 지문과 크게 다르지 않다는 점을 발견하고 본격적으로 지문 연구를 시작하였다. 그는 1886년에 런던경찰국에 지문을 사용하도록 권했으나 경찰은 미처 지문의 중요성을 깨닫지 못하고 그 조언을 거부하였다.

프랜시스 골턴 　　　　　　　　　　후안 부체티크

1892년에는 영국의 프랜시스 골턴이 자신의 저서 《지문》에서 지문의 패턴이며 형태에 대해 정교하고도 세세하게 다루었다. 그해 드디어 지문이 범인 검거에 결정적인 영향을 끼친 사건이 일어났다. 1892년, 골턴의 저서를 접한 아르헨티나인 경찰관 후안 부체티크가 지문을 활용해서 두 아들을 살해한 범인을 체포한 것이다. 이는 세계 최초로 지문을 이용하여 실제 범죄 수사에 활용한 사례였다.

이처럼 지문 연구에 매진한 학자들 덕분에 1897년 영국령 인도의 캘커타에서는 총독령에 의해 범죄 수사에 지문을 적극적으로 활용하는 부서를 설치하였다. 당시 아지즈 하케와 헴 찬드라는 두 인도인 전문가들이 지문 패턴을 분석하는 데 활약했으나 어찌 된 이유에서인지 이들이 개발한 지문 분류법에는 그들의 상관이었던 에드워드 리처드 헨리의 이름을 따서 헨리식 분류법이라는 이름이 붙었다. 막 20세기에 들어선 1901년, 영국 최초로 스코틀랜드에 지문국이 만들어졌고 그 다음해에는 뉴욕 시민안전국에도 도입되었다.

홈즈는《셜록 홈즈의 귀환》에 수록된 〈노우드의 건축업자〉 에피소드에서 처음으로 지문을 활용하여 범인을 잡는다. 팬들이 추측하기로 그 사건은 1894년에 벌어졌으므로 범죄와 관련된 정보에 재빠른 홈즈라면 충분히 지문을 활용할 만하다.

홈즈가 누비던 대영제국의 사회 · 문화

1. 해가 지지 않는 나라, 대영제국

세계사에 별 관심이 없는 사람이라도 '대영제국'이라는 단어는 한번쯤 들어 봤을 것이다. 실제로 영국은 20세기 초반까지 엄청난 식민지를 가지고 있었다. 1921년 당시 영국은 전 세계 인구의 25퍼센트인 4억 5천 8백만 명 이상의 인구와 3,670만 제곱킬로미터의 영토를 차지했다. 자연스럽게 영국은 세계 역사상 가장 큰 영토를 가진 나라가 되었다.

사실 영국 본토는 그렇게 넓은 편이 아니다. 영국 본토와 아일랜드 섬을 통틀어 '브리튼 제도' 또는 '영국 제도'라고 하는데, 한때 그 모든 지역이 영국이라는 국가에 속했지만, 1922년에 아일랜드 섬의 북쪽 지방을 뺀 나머지 지방이 아일랜드 공화국으로 독립해 나갔다. 그래서 현재 브리튼 제도에는 영국과 아일랜드 공화국이라는 두 나라가 속해 있다. 브리튼 제도는 6,000개 이상의 섬을 포함하며, 전체 면적은 30만 제곱킬로

<1800년대 후반의 잉글랜드 지도>

미터 정도이다. 이 중에서 잉글랜드, 웨일스, 스코틀랜드가 자리 잡은 그레이트브리튼 섬은 세계에서 여덟 번째로 큰 섬이다.

그렇지만 홈즈가 주로 활약하는 무대는 그레이트브리튼 섬의 잉글랜드 지방이다. 1800년대 후반 잉글랜드 주를 표시한 지도를 보면, 홈즈가 어디를 어떻게 누볐는지 감이 잡힐 것이다.

비록 셜록 홈즈는 잉글랜드 내부에서 주로 활동했지만,《셜록 홈즈》시리즈 전반에는 드넓은 식민지의 모습이 자주 등장한다. 왓슨 박사의 부인 중 하나였던 메리 모스턴은 인도에서 태어났고, 머나먼 오스트레일리아에서 건너온 등장인물도 제법 있다. 그러나 식민지는 때때로 범죄자들을 유형 보내는 곳으로 쓰이거나 혹은 범죄자들이 법의 처단을 받기 전에 탈출하는 목적지가 되었다.

아래 지도에서 볼 수 있듯이, 저렇게 광대한 영토 어딘가로 도망친다면 부끄러운 과거를 숨긴 채 새롭게 출발하더라도 아무도 알아차리지 못할 것이다.

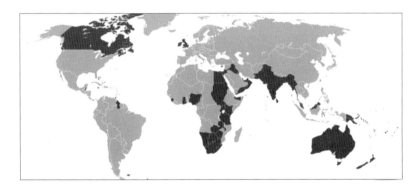

검은색으로 표시된 부분이 20세기 초반 대영제국의 영토이다

2. 셜록 홈즈와 함께한 영국 왕들

《셜록 홈즈》시리즈가 발표되는 동안, 영국에서는 총 세 명의 왕이 즉위했다.

그 사실을 간단히 표로 정리해 보면 다음과 같으며 왕 이름 뒤에 있는 숫자는 재위연도를, 책 제목 옆에 있는 숫자는 출간 연도를 가리킨다.

빅토리아 여왕 (1837~1901)	《진홍색 연구》(1887년)
	《네 개의 서명》(1890년)
	《셜록 홈즈의 모험》(1892년)
	《셜록 홈즈의 회상록》(1894년)
에드워드 7세 (1901~1910)	《바스커빌 가의 사냥개》(1902년)
	《셜록 홈즈의 귀환》(1904년)
조지 5세 (1910~1936)	《공포의 계곡》(1914년)
	《셜록 홈즈의 마지막 인사》(1917년)
	《셜록 홈즈의 사건 수첩》(1927년)

셜록 홈즈는 작중에서 귀족이나 높으신 분들 앞에서도 기죽지 않았고 도리어 약간 삐딱한 모습을 보이기도 한다. 그러면서도 영국의 왕에게는 상대적으로 공손한 태도를 취하는 편이다.

그것은 아마도 당시 영국이 세계 최강대국으로서 전성기를 구가하고 있었기 때문일 것이다. 특히 빅토리아 여왕은 60년이 넘게 재위하면서 영국 여왕이자 인도 황제로서 군림하여 영국 제국주의의 상징과도 같은 인물이었다. 그러므로 홈즈는 (보수적인 영국인 입장에서 봤을 때) 빛나는 대영제국을 이끄는 왕들에게는 나름대로 존경을 표한 것으로 보인다.

빅토리아 여왕　　　　　　　에드워드 7세　　　　　　　조지 5세

　여담으로 셜록 홈즈는 영국 국왕과도 긴밀한 관계를 맺고 있었다.

　1895년 11월에 벌어진 〈브루스파팅턴 호의 설계도〉 사건을 해결하여
빅토리아 여왕의 윈저 별궁으로 초대받아 비싼 에메랄드 핀을 선사받았
고, 〈고명한 의뢰인〉에서 베일에 가려진 진짜 의뢰인은 다름 아닌 에드
워드 7세로 추정된다.

　〈브루스파팅턴 호의 설계도〉 사건에서 셜록 홈즈는 마이크로프트를
가리켜 '가끔 형 자신이 영국 정부가 될 때도 있다.'고 말했고, 셜록 홈즈
자신은 〈마지막 인사〉를 비롯해 숱한 사건에서 영국을 구원했다. 그러니
홈즈 형제가 영국 왕들과 가까운 관계를 맺은 것은 당연한 일이라 할 수
있다.

3. 까다로운 영국 귀족의 구분

셜록 홈즈는 왕족들뿐만 아니라 다양한 귀족들을 만났다. 그런데 한국인에게는 이런 귀족 작위가 낯설게만 다가온다. 여기에서는 간단하게, 셜록 홈즈 이야기를 이해할 수 있을 정도로만 영국 작위와 호칭에 대해 소개하기로 한다.

1. 남작 Baron / Baroness

세습 귀족 중에서 가장 낮은 작위는 남작이다. 남성형은 baron, 여성형 또는 남작 부인은 baroness이다. 〈고명한 의뢰인〉에 등장한 악당 그루너도 남작이라는 작위를 가지고 있었다.

2. 자작 Viscount / Viscountess

남작 위에 있는 계급. 그런데 단어를 자세히 보면 vis + count 로 이루어졌다는 사실을 알 수 있다. Count는 본래 백작을 의미하는 단어로서 자작이 원래 백작 Count의 대리인에서 출발한 작위임을 보여 준다.

4. 백작 Earl(Count) / Countess

영국의 백작은 Earl이고 유럽 대륙의 백작은 Count이다. 귀족 작위 중에서 중간에 위치하지만 아마 가장 귀에 익은 작위명이 아닐까 싶다. 〈보헤미아의 스캔들〉에서 보헤미아 왕이 이용한 가명도 '폰 크람 백작'이었다. 백작의 후계자는 특이하게도 자작을 의미하는 Viscount로 불린다.

5. 후작 Marquis / Marchioness(Marquise)

오늘날의 후작은 백작보다 높은 작위이지만 원래는 백작보다 높지 않았으며 국경 근처에 영지를 가졌다는 의미를 내포하고 있었다. 하지만 봉건시대로 들어서면서 공작과 백작 사이의 계급으로 상승되었다. 참고로 유럽 대륙에서는 여후작이나 후작 부인을 Marquise라고 한다.

6. 공작 Duke / Duchess

공작은 대개 왕족들 또는 왕가의 후예에게 주어지는 작위이다. 현재 영국 여왕 엘리자베스 2세의 아들들도 대개 공작의 작위를 가지고 있다. 재미있게도 《셜록 홈즈》 시리즈에서는 공작이 자주 나온다. 〈독신 귀족〉에서는 '발모럴 공작'의 차남이 등장하고 〈프라이어리 학교〉에서는 '홀더네스 공작'이 모습을 드러낸다. 다들 신분이 어마어마한 존재로 그려지는데, 그런 만큼 공작은 호칭도 특별했다. 다른 귀족들이 lord나 lady 등의 칭호로 만족할 때 공작은 Your(His/Her) Grace처럼 특별한 칭호를 쓸 수 있었다. 한국어로 굳이 번역한다면 각하, 합하 정도가 될 것으로 보인다.

7. 공 Prince / Princess

'왕자'로 번역되기 쉽지만 유럽에서는 소국 군주의 칭호로 쓰이고, 영국에서는 일반적인 왕자, 공주는 물론이고 여왕의 배우자나 왕위를 이을 후계자에게도 널리 쓰인다. 일례로 빅토리아 여왕의 부군은 '앨버트 공Prince Albert of Saxe-Coburg and Gotha'으로 불렸다. 이렇게 생각하면 유명한 프랑스 소설 《어린 왕자The

앨버트 공

Little Prince》의 주인공도 그저 '왕자'가 아니라 '작은 나라의 군주'라는 뜻일 가능성이 높다.

8. 호칭

일반적으로 귀족의 이름 앞에는 lord나 lady가 붙는다. 이를 좀 더 자세하게 설명하면 다음과 같다.

공작 및 공작 부인
= Duke + 지역명 또는 이름 / Your (His/Her) Grace
후작, 백작, 자작, 남작 및 공작, 후작의 아들과 백작의 장자
= Lord + 지역명 또는 이름
백작의 차남 이하 및 자작, 남작의 아들
= Honourable + 이름 또는 성
공작, 후작, 백작, 자작, 남작, 준남작, 기사의 부인 및 공작, 후작, 백작의 딸
= Lady + 지역명 또는 이름
준남작, 기사
= Sir + 이름

4. 귀족과 평민 사이, 젠트리

셜록 홈즈의 의뢰인들은 대개 신분이 높은 편이다. 의뢰인 중에는 흔히 '신사'로 번역되는 젠트리 계층이 많고 귀족도 적지 않다. 드물지만 영국이나 타국의 왕실이며 로마 교황청까지도 홈즈를 찾는다. 사실 홈즈 개인의

신분도 평민이 아니라 중상류층인 신사라 할 수 있다. 셜록 홈즈의 형인 마이크로프트 홈즈가 처음으로 등장하는 〈그리스어 통역사〉 사건에서 홈즈는 왓슨에게 자기 가문의 내력을 간략하게 일러 준다. 그에 따르면 홈즈가문은 대대로 지방의 대지주squire였고 할머니는 프랑스의 화가 베르네의 누이동생이다. 여기서 잠깐, 홈즈의 신분으로 추정되는 신사gentry 계급에 대해 좀 더 자세히 알아보자.

영국에는 평민과 귀족 사이에 우리나라의 중인과 같은 신분 계층이 하나 더 있는데 그것이 바로 신사 계급이다. 그들은 귀족은 아니지만 가문의 휘장을 사용할 수 있도록 허용받은 계층으로서 귀족의 손자, 준남작 및 그 아들, 부유한 지주, 법률가·성직자·개업 의사 등 전문 직업인, 부유한 상인 등을 핵심으로 한 중산계급의 상류층을 가리킨다. 또한 영지 규모에 따라서 준남작baronet, 기사knight, 향사esquire, 신사gentleman로 분류되기도 한다.

신사 계급은 16세기 이후에 중산 농민과 귀족 계급이 몰락하자 급부상했으며 20세기 초까지 강력한 힘을 가지고 있었다. 이 계층은 영국의 자본주의와 사회발전에 있어 그 근간을 이루었다고 할 만하다.

특히 '준남작'이라는 생소한 작위를 눈여겨볼 필요가 있다. 은근히 《셜록 홈즈》 시리즈에 자주 등장하는데 《바스커빌 가의 사냥개》의 주인공인 헨리 바스커빌 경도 준남작이다. 이 작위는 영국에만 있는 것으로, 남작과 기사 사이에 있다. 그러니까 귀족은 아니지만 대대손손 물려 줄 수 있는 마지막 작위로서 나름대로의 명예를 누리는 셈이다.

설령 세습 작위는 받지 못하더라도 기사나 향사, 신사들도 풍부한 지식과 부를 누린 계층이었다. 이러한 점을 본다면, 셜록 홈즈는 비교적 훌륭한 가문에서 대학 교육까지 받고 자라난 엘리트 계층이며 마이크로프트 홈즈가 뛰어난 두뇌를 바탕으로 영국의 정부 그 자체로 일하는 것이 그리 이상하지 않음을 알 수 있다.

영국의 준남작 휘장

5. 영국 화폐단위

1971년에 화폐 단위를 개혁하기 이전까지 영국의 화폐 단위는 몹시 복잡했다.

영국 금화에는 소버린, 파운드, 하프소버린이 있었고 은화로는 크라운 (5실링), 하프크라운, 더블플로린(4실링), 실링, 6페니, 3페니가 있었다. 그냥 동전에는 페니, 하프페니, 파딩(0.25페니) 등이 있었다.

이처럼 옛날 영국 화폐에는 파운드, 실링, 페니 등이 쓰였는데 이 단위가 십진법으로 떨어지는 것이 아니라 아주 제각각이었다. 간단히 예를 들어 보면 다음과 같다.

빅토리아 파딩   빅토리아 크라운

하프 소버린   빅토리아 소버린

1기니=21실링
1파운드=1소버린=4크라운=20실링=240펜스
1크라운=5실링=60펜스
1실링=12펜스

〈보헤미아의 스캔들〉에서 마부에게 '빨리 가면 반 파운드를 더 주겠소.'하는 말이 나오는데, 이는 오늘날 구매력으로 환산하면 5만 원 정도된다. 그 얘기를 들은 마부들의 채찍질이 매서워지는 것은 당연하다.

그러나 워낙 단위가 복잡하여 영국은 1971년 2월 15일부터 화폐 제도를 개혁하여 십진법으로 바꾸고, 실링을 폐기하였다. 오늘날에는 파운드와 페니(복수형은 펜스)만 쓰고 있으며 1파운드는 곧 100펜스이다.

6. 19세기의 교통수단

1) 마차

셜록 홈즈와 왓슨은 주로 마차와 기차를 타고 잉글랜드를 누빈다. 특히나 마차는 셜록 홈즈가 활약하는 데 없어서는 안 될 중요한 수단이다. 자동차는 1914년을 배경으로 한 〈마지막 인사〉 사건에서 처음으로 등장하지만 어찌된 영문인지 그 다음에는 나타나지 않는다. 그만큼 20세기초반까지는 마차가 매우 중요한 탈것이었음을 알 수 있다. 홈즈가 활약하던 시기에 런던을 돌아다니는 마차는 무려 1만 대에 달했다고 한다.

오늘날 영국의 자동차가 좌측통행과 오른쪽 핸들을 유지하는 데에도 마차의 영향이 크다. 대부분이 오른손잡이인 마부들은 채찍을 잡고 말을 모는 데에 오른쪽 자리가 편했을 것이고, 그에 따라 자연스럽게 좌측통행의 관례가 생겼다. 기어 조작을 왼손으로 한다는 점에서 볼 때 불편할 수도 있는 위치이나 지금까지는 잘 이어져 오고 있다.

브로엄brougham : 4인승 사륜마차

　말 한 마리가 끄는 박스형 마차로, 1838년 처음 선보였다. 마차의 이름은 주문자인 대법관 브로엄 경의 이름에서 유래되었으며 차체를 지탱하는 부분을 연구해서 승하차하기 편한 높이로 개량된 것이 획기적이라는 평을 받아 상당히 유행했다.

클래런스clarence : 4인승 사륜마차

　그로울러growler라고도 불리며 브로엄brougham에서 확장된 크기의 마차로, 윌리엄 4세 클래런스 공작의 이름을 따서 만든 것이다. 내부는 폐쇄되어 있고 마부석은 마차의 앞쪽에 위치해 있다.

옴니버스omnibus : 합승마차

말 두 마리가 끄는 합승마차로 1829년에 처음 등장했다. 탑승 인원은 22명이며, 당연하지만 여타 마차들에 비해 매우 저렴했고 밤늦게까지 운행했다.

핸섬handsome : 2인승 이륜마차

핸섬 캡hansom cab이라고 불리기도 하며 1834년 J. A. 핸섬에 의해 발명됐다. 초기에는 이렇다 할 특징이 없는 평범한 마차였으나 1839년 J. 채프먼에 의해 개조된 뒤로 런던의 명물이 될 정도로 유행세를 탔다. 실크해트를 쓴 마부가 객차의 후면부 위에 앉아 마차를 모는데 차체가 가벼워서 스피드가 빠르다. 다만 균형은 그다지 좋지 않아 거친 길을 달리면 승차감이 좋지 않았다.

랜도 landau : 2~4인승 사륜마차

말 두 마리가 끄는 가죽 포장마차로 마차 천장을 접었다 폈다 할 수 있다. 종류가 꽤 다양한 편인데 2인승은 '버루시'라는 이름으로 불리고 4인승은 서로 마주보며 탈 수 있다. 주로 대중교통에 이용됐다.

빅토리아 victoria : 2인승 사륜마차

빅토리아 여왕의 이름을 따서 1884년에 출시된 프랑스식 마차이다. 랜도와 마찬가지로 천장을 접을 수 있지만 더 고급스러우며 차체가 낮고 문이 없다.

기그gig : 2인승 이륜마차

다른 마차들에 비해서 훨씬 간소한 편이며 또 다른 2인승 사륜 마차인 '독카트'와 비슷하다.

독카트dogcart : 2인승 이륜마차

직역하면 개 수레. 초기에는 좌석 뒤의 공간에 개를 태울 수 있어 이렇게 불렸으며 주로 간편하게 이동할 때에 사용했다.

2) 자전거

1891년의 자전거 사진

　〈혼자 자전거 타는 사람〉에서는 자전거를 타는 남녀가 등장한다. 이 당시 자전거는 단순히 여가 수단 이상의 의미를 지니고 있었다. 지금도 자전거는 이동 수단으로 쓰이고 있지만 버스나 지하철 등 더욱 편리한 교통수단도 잘 발달되어 있다.

　그러나 19세기에는 달랐다. 마차나 기차는 노동자들이 타기에 부담스러울 만큼 가격이 비쌌다. 그래서 그들은 걸어갈 수 있는 범위 안에서 일자리를 구해야만 했는데 1880년대에 자전거가 대중화된 이후로는 꽤 먼 거리까지 이동이 가능하여 취업의 기회가 대폭 상승했다.

　특히 자전거는 여성들에게 큰 영향

을 끼쳤다. 오늘날에야 여자가 자전거를 타는 것이 전혀 문제되지 않지만 당시에는 여성이 자전거를 탄다는 것은 대담하고 도전적인 행위였다.

일단 1860년대의 자전거는 앞바퀴가 크고 뒷바퀴가 작은 형태라 위험했고, 치렁치렁한 여성들의 옷은 페달을 돌리기에 너무 힘들었다. 빅토리아 시대에 영국 여성들은 긴 드레스를 입고 코르셋으로 허리를 죄었다. 거기에 모자며 장갑까지 착용했으므로 그냥 걸어 다니는 것도 어려웠다. 당연히 자전거를 타기에도 어려웠는데, 1849년에 미국의 아멜리아 블루머가 획기적인 발명을 했다. 무릎까지 오는 헐렁한 바지인 블루머bloomer를 고안한 것이다. 우아하면서도 실용적인 이 옷은 여성들에게 큰 호응을 얻었지만 보수적인 사람들은 당연히 싫어했다. 결국 아멜리아 블루머는 비판을 견디지 못했고, 획기적인 그 옷은 일부 사람들만 입거나 자전거를 탈 때 입는 옷으로 남게 되었다.

그러나 1880년대 후반에 들어서 오늘날과 비슷한 세이프티 자전거가 나오고 이어 공기 타이어까지 개발되자 외출할 때마다 남자들이 모는 마차를 기다려야 했던 여성들은 열광하지 않을 수 없었다. 1890년대에는

전 세계적으로 자전거 붐이 일었는데 전체 자전거 시장의 수요 중에서 여성이 3분의 1 넘게 차지할 정도였다. 그러자 블루머처럼 실용적인 옷이 다시 각광을 받았다.

여성들이 자전거를 탈 기회가 많아지면서 남녀가 어울려 함께 자전거를 타고 데이트를 즐길 수 있게 되었다. 19세기 말 자전거 대유행기에는 자전거를

타면서 싹튼 남녀의 로맨스가 신문과 잡지를 장식했다. 〈혼자 자전거 타는 사람〉에서 의뢰인인 바이올렛 스미스 양이 '웬 남자가 자전거를 타고 자기 뒤를 따라온다.'고 했을 때 홈즈와 왓슨은 수줍은 성격의 남성이라면 그럴 수도 있겠다고 생각했다. 그때 자전거를 타다가 사랑을 시작한 커플이 많았기 때문일 것이다.

이렇게 자전거는 노동자와 여성처럼 '이동'에서 소외되어 있던 계층에게 한줄기 빛이 되어 주었으며, 구시대의 억압에서 벗어나는 데 요긴한 도구가 되었다. 이런 시대적 배경을 이해하고 나면 자기를 뒤쫓아 오는 남자를 향해 무섭게 자전거를 돌진해 가던 바이올렛 스미스 양의 당찬 성격이 당시로서는 얼마나 파격적인 것이었는지 알 수 있다.

3) 철도와 지하철

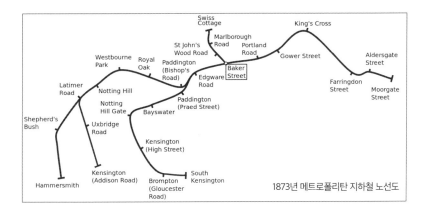

1873년 메트로폴리탄 지하철 노선도

〈빨강 머리 연맹〉에서 셜록 홈즈와 왓슨 박사는 지하철을 타고 베이커가 역에서 알더스게이트 역까지 간다. 19세기 말에 웬 지하철인가 싶기도 하겠지만 오역이 아니다. 정말로 그 당시 런던에는 지하철이 있었다.

영국은 산업혁명이 시작된 나라이자 철도가 시작된 나라이다. 산업혁명 덕분에 증기기관이 발달했고 이 증기기관을 이용하여 탄생한 것이 증기기관차이다. 자연스럽게 철도가 발달했고 그것은 영국뿐만 아니라 전 세계 산업혁명의 견인차 역할을 했다. 첫 증기기관차는 1825년 운행되었으며 1830년대부터 철도를 건설하기 시작했다.

19세기 초의 철도들은 조그만 철로 회사들에 의해 운영되어 서로 연결돼 있지는 않았다. 하지만 19세기와 20세기 초에 운영기관이 몇몇 합병 회사들로 좁혀졌고, 그 후 제2차 세계대전이 끝난 뒤 1947년에 철도법을 개정하여 철도를 국유화했다. 영국의 철도 이용은 셜록 홈즈가 활약하던 19세기 중후반부터 급격하게 증가해 20세기 초에 절정을 이루었다.

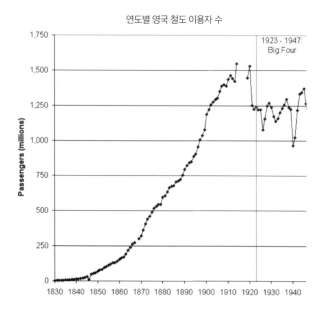

연도별 영국 철도 이용자 수

철도 이용객수가 막 증가하던 1850년 무렵, 런던 브리지 역, 유스턴 역, 패딩턴 역, 킹스 크로스 역, 비숍스게이트 역, 그리고 워털루 역 등 여섯 개의 독립된 철도 종점역이 런던 중심가 바로 밖에 설치되었다. 그래서 기차를 타고 런던에 온 승객들은 결국 마차로 갈아타고 도로를 가로질러 시내로 들어가야 했다. 그 바람에 런던 시내의 교통 체증이 무지막지하게 심해졌고 그 해결책으로 1830년대에 런던 시와 간선 철도 종점 역을 연결하는 지하 철도망이 계획되었으나 1850년이 되어서야 심도 있게 논의되었다.

어쨌든 지하철 공사가 시작되었고, 마침내 1863년 1월 10일에 메트로폴리탄 철도가 세계 최초로 지하철 영업을 시작했다. 그러나 오늘날처럼 100퍼센트 지하로만 이어진 것은 아니고 철도망의 55퍼센트 정도는 지상 구간이었다. 또한 전기로 움직이는 객차가 아니라 증기 기관차라 지하 공간을 다닐 때면 매연이 극심했다.

영국 지하철 그림

메트로폴리탄 지하철 역 그림

7. 19세기 후반 여성들의 직업

산업혁명이 일어나자 영국 하층민 여성들은 주로 공장에 나가 저렴한 임금을 받는 육체노동자로 일하기 시작했다. 약간의 교양이 있는 중류층 여성은 종교인이나 가정교사, 타자수 등으로 일했으나 대개 결혼을 하면 그만두는 편이었고, 상류층 여성은 가정주부로서 남편을 돌보거나 사교 모임에 나가곤 했다.

《셜록 홈즈》 시리즈에서는 중상류층 이상의 여성이 자주 등장한다. 자연히 직업을 가진 여성은 드물었고 있더라도 매우 한정된 직업뿐이었다. 우선 〈바스커빌 가의 사냥개〉 사건에 등장한 로라 라이언스 부인과 〈신랑의 정체〉 사건을 의뢰한 메리 서덜랜드 양은 타자수였다. 그리고 왓슨의 첫 번째 부인이었던 메리 모스턴과 〈너도밤나무 집〉의 바이올렛 헌터 양은 가정교사로 일하고 있었는데, 이 정도가 당시 중류층 여성들이 가질 수 있었던 직업의 전부였다.

한편 매우 흥미롭게도 산업혁명이 막 일어난 19세기 초반에는 귀족 여성들이 직물기계를 다루었다. 이것은 한 번도 기계를 접해 보지 못한 평민들이 두려움을 느꼈기 때문이다. 하지만 그 현상은 곧 사라졌고 직물 공장은 하류층 여성들로 가득 차고 말았다.

1920년대의 여성 타자수

4부

셜록 홈즈, 40년의 이야기

1. 셜록 홈즈 단행본 목록

공식적으로 발표된 《셜록 홈즈》 시리즈는 장편 4편, 단편 56편을 포함하여 총 60편에 달한다. 게다가 40년 동안 연재되었으므로 각 권의 통일성이 적고, 인물들의 성격이 변하거나 결혼 횟수가 뒤바뀌는 설정 오류도 간간이 눈에 띈다. 그러나 이러한 점은 옥에 티가 아니라 오히려 셜록 홈즈 팬들의 호기심을 자극하는 연구 대상으로 주목받고 있다. 그 정도까지는 아니더라도 60편의 작품을 읽으면서 주인공들과 세상이 변해가는 모습을 살펴보는 것도 재미있을 것이다.

독자들의 이해를 돕기 위해 아래에 《셜록 홈즈》 시리즈를 발간 순서대로 모두 적어 보았다. 꺾쇠 안에 적힌 것은 해당 작품이 처음으로 발표된 잡지 이름이며, 뒤의 숫자는 연재된 연도를 가리킨다.

1. 진홍색 연구 *A Study in Scarlet* <비턴스 크리스마스 애뉴얼>, 1887

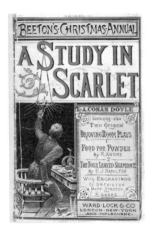

아프가니스탄 전쟁에서 왼쪽 어깨에 총상을 입고 영국으로 다시 송환된 의학박사 존 H. 왓슨은 셜록 홈즈라는 사설탐정과 함께 존 베이커 가에서 하숙생활을 시작한다. 조금씩 서로를 알아가던 중, 런던경찰국의 그렉슨 형사로부터 살인사건이 발생했다는 편지를 받은 홈즈는 왓슨과 함께 현장으로 향하는데……

2. 네 개의 서명 *The Sign of Four* <리핑콧스 먼슬래 매거진>, 1890

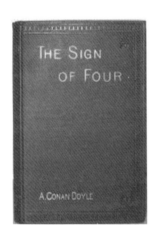

<진홍색 연구>에 기록된 사건이 발생한 지 7년이 지난 어느 날, 홈즈는 기묘한 편지와 진주에 관한 사건을 의뢰 받고 아그라의 보물에 관한 미스터리를 풀어 나간다. 사건을 해결하는 홈즈와 함께 보물에 관한 단서를 추적하던 왓슨은 의뢰인인 메리에게 호감을 느끼게 되고 둘은 결국 사랑을 약속하게 된다.

3. 셜록 홈즈의 모험 *The Adventures of Sherlock Holmes* 〈스트랜드〉, 1891~1892

'아이린 애들러'가 등장하는 에피소드로 유명한 〈보헤미아의 스캔들〉이 실린 단편집이다. 은행을 털기 위해 치밀한 계략을 꾸민 사람의 이야기인 〈빨강 머리 연맹〉 또한 유명하며, 〈입술 비뚤어진 남자〉에서는 경찰도 발견하지 못한 수수께끼 같은 남자를 주목하고 사건을 해결하는 홈즈의 모습을 볼 수 있다.

1. 보헤미아의 스캔들 A Scandal in Bohemia
2. 빨강 머리 연맹 The Adventure of the Red-Headed League
3. 신랑의 정체 A Case of Identity
4. 보스콤 계곡의 수수께끼 The Boscombe Valley Mystery
5. 다섯 개의 오렌지 씨앗 The Five Orange Pips
6. 입술 비뚤어진 남자 The Man with the Twisted Lip
7. 푸른 카번클 The Adventure of the Blue Carbuncle
8. 얼룩 끈 The Adventure of the Speckled Band
9. 기술자의 엄지손가락 The Adventure of the Engineer's Thumb
10. 독신 귀족 The Adventure of the Noble Bachelor
11. 녹주석 보관 The Adventure of the Beryl Coronet
12. 너도밤나무 집 The Adventure of the Copper Beeches

4. 셜록 홈즈의 회상록 *The Memoirs of Sherlock Holmes* 〈스트랜드〉, 1892~1893

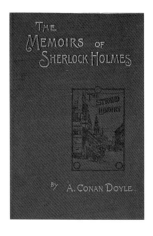

셜록 홈즈가 사설탐정이 되기로 결심한 계기인 〈글로리아 스콧 호〉가 실린 단편집이다. 또한 평소 자신의 이야기를 잘 하지 않던 홈즈가 처음으로 왓슨에게 자신의 가족과 집안에 대한 이야기를 하게 되는 〈그리스어 통역사〉가 실려 있다. 그리고 마침내 홈즈는 〈마지막 사건〉에서 숙적 모리어티와 최후의 결전을 벌인다.

1. 경주마 은점박이 The Adventure of Silver Blaze

2. 노란 얼굴 The Adventure of the Yellow Face

3. 증권거래소의 직원 The Adventure of the Stockbroker's Clerk

4. 글로리아 스콧 호 The Adventure of the Gloria Scott

5. 머스그레이브 가의 의식문 The Adventure of the Musgrave Ritual

6. 라이기트의 대지주 The Adventure of the Reigate Squire

7. 등이 구부러진 남자 The Adventure of the Crooked Man

8. 입원 환자 The Adventure of the Resident Patient

9. 그리스어 통역사 The Adventure of the Greek Interpreter

10. 해군 조약 The Adventure of the Naval Treaty

11. 마지막 사건 The Adventure of the Final Problem

5. 바스커빌 가의 사냥개 *The Hound of the Baskervilles* 〈스트랜드〉, 1901~1902

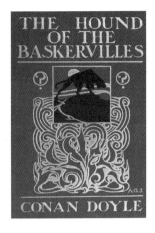

바스커빌 가문을 둘러싼 무시무시한 저주에 관한 이야기를 들은 홈즈와 왓슨. 상속인 헨리 경과 함께 지내며 사건을 조사하고 자료를 수집해서 홈즈에게 보고하던 왓슨의 편지는 이야기에 재미와 흥미를 더해 준다. 황야를 둘러싼 음모와 어둠의 이야기도 홈즈의 추리력 앞에서 손 쓸 수 없이 무너지고 진실을 드러낸다.

6. 셜록 홈즈의 귀환 *The Return of Sherlock Holmes* 〈스트랜드〉, 1903~1904

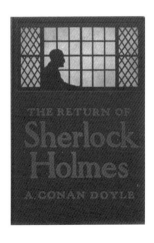

〈마지막 사건〉에서 사망한 줄 알았던 셜록 홈즈가 돌아왔다. 죽은 줄만 알았던 홈즈가 괴상한 모습을 한 노인이 되어 나타났을 때, 왓슨은 그 노인이 그렇게 그리워하던 친구라는 것을 알아보지 못했다. 공백기가 무색하게 탐정으로서 화려하게 부활한 홈즈와 친구의 표정이며 눈빛 하나까지 속속들이 읽어 내는 왓슨을 만날 수 있다.

1. 빈집의 모험 The Adventure of the Empty House

2. 노우드의 건축업자 The Adventure of the Norwood Builder

3. 춤추는 인형 The Adventure of the Dancing Men

4. 혼자 자전거 타는 사람 The Adventure of the Solitary Cyclist

5. 프라이어리 학교 The Adventure of the Priory School

6. 블랙 피터 The Adventure of Black Peter

7. 찰스 오거스터스 밀버턴 The Adventure of Charles Augustus Milverton

8. 여섯 개의 나폴레옹 상 The Adventure of the Six Napoleons

9. 세 학생 The Adventure of the Three Students

10. 금테 코안경 The Adventure of the Golden Pince-nez

11. 스리쿼터백 실종 사건 The Adventure of the Missing Three-Quarter

12. 애비 농장 저택 The Adventure of the Abbey Grange

13. 제2의 얼룩 The Adventure of the Second Stain

7. 공포의 계곡 *The Valley of Fear* 〈스트랜드〉, 1914~1915

더글러스라는 부자에게 위험이 닥쳤다는 암호문을 받자마자 그가 살해됐다는 소식을 들은 홈즈와 왓슨은 당장 사건 수사에 착수한다. 시신의 한쪽 팔에 새겨진 갈색 낙인과 사라진 결혼반지, 안주인과 더글러스의 친구인 제임스 바커의 관계까지, 모든 정황이 사건을 미궁으로 빠뜨리기만 하는데……

8. 셜록 홈즈의 마지막 인사 *His Last Bow* 〈스트랜드〉, 1908~1917

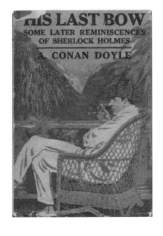

세월이 흘러 나이가 많이 든 홈즈는 시골에서 생활하며 자연을 벗 삼아 살아가고 있다. 그러나 <셜록 홈즈의 마지막 인사>를 통해 세계 역사에서도 가장 끔찍했던 1914년, 영국의 고급 정보를 빼내려는 독일 스파이를 제지하며 여전히 건재함을 보여 주고, <죽어 가는 탐정>에서는 남아시아의 풍토병에 걸려 정신 착란 증세까지 보이면서도 사건을 해결한다.

1. 등나무 저택 The Adventure of Wisteria Lodge

2. 소포 상자 The Adventure of the Cardboard Box

3. 레드 서클 The Adventure of the Red Circle

4. 브루스파팅턴 호의 설계도 The Adventure of the Bruce-Partington Plans

5. 죽어 가는 탐정 The Adventure of the Dying Detective

6. 프랜시스 카팍스 여사 실종 사건 The Disappearance of Lady Frances Carfax

7. 악마의 발 The Adventure of the Devil's Foot

8. 셜록 홈즈의 마지막 인사 His Last Bow: An Epilogue of Sherlock Holmes

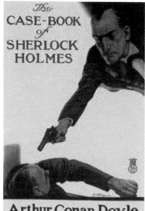

기이하고 놀라운 사건들을 해결하며 오랜 시간 함께했던 친구이자 동료였던 홈즈와 왓슨. 그들은 말로는 설명할 수 없는 신뢰를 바탕으로 서로의 든든한 버팀목이 되어준다. 특히 사건을 해결하다가 총상을 입은 왓슨을 향해 홈즈가 눈물을 비치는 인간적인 모습을 엿볼 수 있는 〈세 명의 개리뎁〉 사건이 수록되어 있다.

1. 고명한 의뢰인 The Adventure of the Illustrious Client
2. 피부가 새하얀 병사 The Adventure of the Blanched Soldier
3. 마자랭의 보석 The Adventure of the Mazarin Stone
4. 세 박공집 The Adventure of the Three Gables
5. 서식스의 흡혈귀 The Adventure of the Sussex Vampire
6. 세 명의 개리뎁 The Adventure of the Three Garridebs
7. 토르 교 사건 The Problem of Thor Bridge
8. 기어 다니는 사람 The Adventure of the Creeping Man
9. 사자 갈기 The Adventure of the Lion's Mane
10. 베일 쓴 하숙인 The Adventure of the Veiled Lodger
11. 쇼스콤 장원 The Adventure of Shoscombe Old Place
12. 은퇴한 물감 제조업자 The Adventure of the Retired Colourman

2. 코난 도일이 직접 선정한 〈셜록 홈즈 베스트 12〉

열 손가락 깨물어 안 아픈 손가락이 어디 있으랴 싶지만, 작가에게는 분명 만족스러운 작품이 있을 것이고 조금 아쉬움이 남는 이야기도 있을 것이다.

코난 도일은 생전에 가장 마음에 드는 작품 열두 편을 뽑았는데 그 순위는 다음과 같다.《셜록 홈즈》시리즈를 모두 읽은 독자라면 자기가 나름대로 매긴 순위와 비교해 보는 것도 흥미롭겠다.

1. 얼룩 끈

갑자기 새로운 소리가 들려오기 시작했다. 아주 희미하고 조심스러운 소리로, 주전자가 쉴 새 없이 수증기를 뿜어 올리는 듯한 소리였다. 그 소리를 듣는 순간 홈즈가 침대에서 벌떡 일어나더니, 성냥불을 켜고 미친 사람처럼 지팡이로 벨 끈을 내리치기 시작했다.

"왓슨, 보이나?"

홈즈가 소리쳤다. 그리고 다시 한 번 외쳤다.

"그것을 보았나?"

《셜록 홈즈의 모험》, 303~304쪽

2. 빨강 머리 연맹

"그렇습니다. 바로 오늘 아침에 말입니다. 평소와 다름없이 10시에 사무실로 나갔더니 문은 잠겨 있었고 문 한가운데에는 압정으로 박아 놓은 사각형의 작은 종이가 붙어 있었습니다. 이게 그겁니다. 한번 보십시오."

월슨은 이렇게 말하며 편지지만 한 하얀 종이를 내밀었다. 거기에는 이렇게 적혀 있었다.

빨강 머리 연맹을 해산함.

1890년 10월 9일

셜록 홈즈와 나는 터져 나오는 웃음을 참을 수가 없었다. 냉정하기 짝이 없는 글귀와 그 너머로 보이는 월슨의 슬픔에 잠긴 얼굴을 보는 순간, 다른 생각은 모조리 사라졌고 그저 우스워서 견딜 수가 없었다.

《셜록 홈즈의 모험》, 66~67쪽

3. 춤추는 인형

하지만 전보에 대한 답장이 늦어져 이틀이나 초조하게 기다려야 했다. 그동안 홈즈는 초인종이 울릴 때마다 신경을 곤두세우곤 했다. 이틀째 되던 날 저녁, 힐튼 큐빗이 편지를 보냈다. 오늘 아침에 해시계 위에서 긴 그림문자를 발견한 것만 빼면 특별한 이상이 없다는 내용이었다. 옮겨 적은 그림문자가 동봉되어 있었는데 다음과 같았다.

몇 분 동안 이 기괴한 그림을 들여다보던 홈즈가 갑자기 놀람의 고함을 지르며 자리에서 벌떡 일어섰다. 얼굴에는 불안한 빛이 가득했다.

《셜록 홈즈의 귀환》, 98쪽

4. 마지막 사건

이렇게 해서, 오늘날 가장 위험한 범죄자와 가장 뛰어난 법의 수호자는 소용돌이치는 폭포 밑에서 영원히 잠들게 되었다. 스위스인 젊은이도 끝내 찾을 수 없었다. 틀림없이 모리어티의 수많은 부하 중 한 명일 것이다. 홈즈가 모아 둔 증거 덕분에 모리어티의 조직이 만천하에 드러났으며, 이제 이 세상에 없는 그의 손이 그들의 머리에 일격을 가했다는 사실은 아직도 많은 사람들의 기억에 생생하게 남아 있다. 그 조직의 우두머리인 모리어티의 악행에 대해서는 재판에서도 거의 밝혀지지 않았다. 그럼에도 불구하고 내가 여기에 그의 수많은 악행을 확실하게 적어 둔 이유가 있다. 홈즈를 부당하게 공격하여 모리어티의 오명을 감추고 그에 대한 기억을 바꾸고자 꾀하는 교활한 옹호자들에게 반격을 가하기 위해서이다. 셜록 홈즈는 내 생애를 통틀어 가장 좋은 친구이자 가장 현명한 친구로 기억될 것이다.

《셜록 홈즈의 회상록》, 367~368쪽

5. 보헤미아의 스캔들

"셜록 홈즈 선생님, 안녕하세요?"

사람들 몇 명이 거리를 지나고 있었는데, 말을 걸어온 것은 빠른 걸음으로 우리 앞을 지나쳐 간 긴 외투를 입은 가냘픈 청년인 듯했다.

"언제 들어 본 목소리인데."

이렇게 말한 홈즈는 가로등이 희미하게 비추고 있는 거리를 뚫어져라 바라보았다.

"그게 누구였더라."

《셜록 홈즈의 모험》, 43쪽

6. 빈집의 모험

"나도 이 근처에서 살고 있소이다. 처치 가 모퉁이에서 조그만 책방을 운영하고 있으니 시간이 나면 한번 놀러 오시구려. 선생도 책을 모으시는 것 같은데, 여기 《영국의 새》, 《캐툴러스 시집》, 《성스러운 전쟁》이 있소. 전부 싸게 드릴 수 있다오. 앞으로 다섯 권만 더 있으면 저 두 번째 칸도 꽉 찰 거요. 지금은 이가 빠져서 보기에 영 안 좋구먼."

나는 등 뒤에 있는 책꽂이를 향해 뒤돌았다. 그리고 다시 고개를 돌려 정면을 봤는데 탁자 너머에서 셜록 홈즈가 나를 보며 웃고 있는 게 아닌가! 나는 자리에서 일어나 한동안 멍하니 그를 바라보았다. 그리고 태어나서 처음으로 잠시 정신을 잃었다.

《셜록 홈즈의 귀환》, 15~16쪽

7. 다섯 개의 오렌지 씨앗

우리는 한동안 말없이 앉아 있었다. 그렇게 풀 죽은 홈즈의 모습을 본 적이 없었다.

"내 자존심에 커다란 상처를 입었네, 왓슨. 물론 하찮은 개인적 감정이지만 내 자존심은 완전히 짓뭉개졌네. 이 사건은 이제 내 문제가 되었네. 내가 살아 있는 한 결코 포기하지 않고 그 폭력배들을 뒤쫓을 걸세. 나를 찾아와 도움을 요청한 사람을 사지로 내몰다니……."

홈즈는 자리에서 벌떡 일어나 흥분을 가라앉히지 못하고 방 안을 서성이면서 길고 가느다라며 섬세한 손가락을 쥐었다 폈다 했다.

《셜록 홈즈의 모험》, 188쪽

8. 제2의 얼룩

"서두르게 왓슨, 서둘러!"

홈즈가 미친 듯이 외쳤다. 뚱한 표정 뒤에 숨겨 두었던 악마 같은 에너지를 단번에 폭발시킨 것이다. 그는 카펫을 걷어 내더니 곧바로 바닥에 엎드려 그 아래에 있던 사각형 판자 사이마다 손톱을 찔러 넣었다. 그러자 판자 중 하나가 옆으로 움직였다. 거기에는 마치 상자 뚜껑처럼 경첩이 달려 있었다. 그 아래로는 검고 작은 구멍이 입을 벌리고 있었다. 홈즈는 손을 안으로 밀어 넣었는데 곧 분노 때문인지 실망 때문인지 모를 씁쓸한 신음 소리를 내면서 손을 뺐다. 구멍 안은 텅 비어 있었다.

《셜록 홈즈의 귀환》, 467쪽

9. 악마의 발

그날 아침 조사에서는 알아낸 것이 거의 없었다. 그런데 조사를 시작하자마자 아주 불길한 인상을 주는 어떤 사건에 맞닥뜨렸다. 우리가 비극이 벌어진 현장으로 가기 위해 좁고 구불구불한 시골길로 접어들었을 때, 마차가 덜컹거리면서 달려오는 소리가 들렸다. 우리는 길 끝에 서서 마차를 먼저 보냈는데 마차가 스쳐 지나가는 순간, 닫힌 유리창 너머로 이를 드러낸 채 비참하게 일그러뜨린 얼굴이 언뜻 보였다. 뚫어져라 쳐다보는 눈이며 뿌득뿌득 이를 가는 입 모양이 악마의 환영처럼 스쳐 지나갔다.

《셜록 홈즈의 마지막 인사》, 243쪽

10. 프라이어리 학교

뒤쪽은 거친 회색 석회암으로 이루어진 언덕이었다. 우리는 길을 버리고 그 언덕의 비탈을 따라서 여관으로 가기로 했다. 그러다 문득 홀더네스 저택 쪽을 돌아보니 도로를 따라서 자전거 한 대가 이쪽으로 달려오는 것이 보였다.

"숙여, 왓슨!"

홈즈가 내 어깨를 힘껏 누르며 말했다. 우리가 몸을 낮춘 순간, 자전거가 빠른 속도로 도로를 지나쳐 갔다. 무럭무럭 피어오르는 흙먼지 속으로 자전거를 타고 가는 사내의 창백하고 흥분한 얼굴이 똑똑히 보였다. 그는 어젯밤에 만난 제임스 와일더였다. 어제의 단정한 모습과 달리, 입을 벌리고 전방을 노려보며 두려움이 가득한 그 표정은 어쩐지 우스꽝스러운 그림 같아 보였다.

《셜록 홈즈의 귀환》, 191쪽

11. 머스그레이브 가의 의식문

저녁 햇살이 쏟아져 들어와서 바닥이 아주 잘 보였는데 바닥에 깔린 낡고 닳아빠진 회색 돌은 시멘트로 굳게 다져 두었고 움직인 흔적도 없었어. 브런턴이 거기에는 손을 대지 않았다는 이야기지. 바닥을 여기저기 두드려 봤지만 모두 같은 소리가 났고, 속이 빈 소리는 나지 않았어. 금이 간 곳이나 틈새도 발견할 수 없었지. 그런데 다행스럽게도 내가 무엇 때문에 그러는지 깨달은 머스그레이브가 나와 마찬가지로 열심히 바닥을 찾다가 문답을 꺼내 다시 읽어 보더군.

'그 밑에! 그 밑에를 빼 먹었어!'

그가 이렇게 외쳤다네. 그 말을 바닥을 파라는 뜻으로 해석했지만,

곧 내가 틀렸음을 깨달았지.

'그럼 이 밑에 지하실이 있단 말인가?'

내가 큰 소리로 물었네.

'맞아. 이 집을 처음 지을 때부터 있었던 거야. 입구는 이쪽일세.'

《셜록 홈즈의 회상록》, 159~160쪽

12. 라이기트의 대지주

그 순간 비명이 들렸다.

"살려 줘! 사람 살려! 살인자다!"

놀랍게도 내 친구의 목소리였다. 나는 허겁지겁 방 밖으로 달려 나갔다. 아까보다 비명이 낮아지기는 했지만 우리가 처음 들어간 방에서 의미를 알 수 없는 쉰 목소리가 흘러나오고 있었다. 나는 방으로 뛰어 들어가서는 그 안쪽에 있는 옷방으로 달려갔다. 커닝엄 부자가 바닥에 쓰러진 홈즈를 짓누르고 있었다. 아들은 두 손으로 홈즈의 목을 조르고 있었고 아버지는 홈즈의 한쪽 손목을 비틀어 댔다. 바로 세 사람이 달려들어 그들을 제지하자 홈즈가 비틀거리며 자리에서 일어났다.

그의 얼굴은 창백했고 완전히 지쳐 버린 표정이었다.

"경위, 이 두 사람을 체포하세요."

그가 숨을 헐떡이며 말했다.

"무슨 혐의로요?"

"마부인 윌리엄 카원을 살해한 혐의요!"

《셜록 홈즈의 회상록》, 187쪽

셜록 홈즈 퀴즈

《진홍색 연구》
1. 왓슨이 홈즈를 처음 만난 무렵 키우던 개는 무슨 종인가?
ⓐ 스패니얼
ⓑ 불도그
ⓒ 테리어
ⓓ 말티즈

2. 경찰 존 랜스가 제퍼슨 호프를 발견했을 때, 호프가 취한 척하며 부르던 노래의 제목은 무엇인가?
ⓐ 〈콜롬바인의 여인의 노래〉
ⓑ 〈콜롬바인의 유행의 깃발〉
ⓒ 〈콜롬바인의 배의 돛대〉
ⓓ 〈콜롬바인의 축제의 깃대〉

3. 존 랜스가 브리검 영으로부터 경고받은 기간은 며칠인가?
ⓐ 40일
ⓑ 20일
ⓒ 25일
ⓓ 30일

《네 개의 서명》
4. 왓슨이 실수로 새디어스 숄토에게 많이 먹도록 권했던 것은 무엇인가?
ⓐ 피마자기름
ⓑ 로벨린
ⓒ 캠퍼
ⓓ 스트리크닌

5. 홈즈가 새디어스 숄토를 체포한 애설니 존스를 비꼬며 말했던 괴테의 명언은 무엇인가?

ⓐ 최고의 행복이란 나의 결함을 살펴 바르게 잡는 일이다.

ⓑ 사람은 언제나 자신이 이해하지 못하는 것을 비웃는 법이다.

ⓒ 더 관대해지려면 나이를 먹어야 한다. 남이 저지르는 잘못을 살펴보면 예전에 내가 다 저질렀던 것들이다.

ⓓ 우리가 내세울 수 있는 모든 증명은 결국 자기 의견의 변형에 지나지 않는다.

6. 조너선 스몰이 타고 도망치던 증기선의 선체와 굴뚝은 무슨 색인가?

ⓐ 선체: 검은 바탕에 빨간 선 두 줄, 굴뚝: 검은 바탕에 하얀 줄

ⓑ 선체: 검은 바탕에 하얀 선 두 줄, 굴뚝: 검은 바탕에 빨간 줄

ⓒ 선체: 검은 바탕에 하얀 선 한 줄, 굴뚝: 검은 바탕에 하얀 줄

ⓓ 선체: 검은 바탕에 빨간 선 한 줄, 굴뚝: 검은 바탕에 빨간 줄

《셜록 홈즈의 모험》

7. 〈보헤미아의 스캔들〉에서 홈즈가 받은 익명의 편지는 어느 나라에서 제작된 것이었나?

ⓐ 프랑스

ⓑ 체코

ⓒ 영국

ⓓ 독일

8. 〈보스콤 계곡의 수수께끼〉에서 제임스 매카시는 아버지가 죽어 갈 때 그가 어떤 동물의 이름을 내뱉었다고 증언했는가?

ⓐ 개

ⓑ 토끼

ⓒ 소

ⓓ 쥐

9. 〈다섯 개의 오렌지 씨앗〉에서 존 오픈쇼는 어느 다리의 부근에서 살해당했다. 그 다리의 이름은 무엇인가?

ⓐ 웨스트민스터

ⓑ 타워

ⓒ 워털루

ⓓ 런던

10. 〈녹주석 보관〉에서 보관에 박혀있는 녹주석은 총 몇 개인가?

ⓐ 41개

ⓑ 39개

ⓒ 37개

ⓓ 35개

《셜록 홈즈의 회상록》

11. 〈경주마 은점박이〉에서 존 스트레이커가 사망할 당시 손에 쥐고 있던 것
은 칼과 무엇인가?

ⓐ 넥타이

ⓑ 손수건

ⓒ 찢어진 셔츠자락

ⓓ 모자

12. 〈증권거래소의 직원〉에서 홀 파이크로프트는 무엇을 보고 피너 형제가
동일인물이라는 것을 알게 되었나?

ⓐ 점

ⓑ 사마귀

ⓒ 금니

ⓓ 손톱

13. 〈머스그레이브 가의 의식문〉에서 왓슨은 언젠가 홈즈의 기분이 좋지 않
은 날에는 그가 벽에 'V. R.'이라는 글자를 권총으로 쏘았다고 한다. 그때 그
가 썼던 권총의 종류는 무엇인가?

ⓐ 콜트

ⓑ 헤어 트리거

ⓒ 토카레프

ⓓ 웨브리

14. 〈입원 환자〉에서 의사 퍼시 트리벨리언을 찾아온 두 남자는 자신들이 어느 나라의 귀족이라고 소개했는가?
ⓐ 오스트리아
ⓑ 러시아
ⓒ 프랑스
ⓓ 체코

《바스커빌 가의 사냥개》
15. 찰스 바스커빌 경이 사망하기 전, 황야에서 괴수를 목격했던 사람은 총 몇 명인가?
ⓐ 두 명
ⓑ 세 명
ⓒ 네 명
ⓓ 다섯 명

16. 헨리 바스커빌 경이 받은 익명의 편지는 어떤 신문의 글자들을 오려 낸 것이었나?
ⓐ 〈해럴드〉
ⓑ 〈텔레그래프〉
ⓒ 〈크로니클〉
ⓓ 〈타임스〉

17. 탈옥수 셀던을 쫓을 때 헨리 바스커빌 경이 가지고 갔던 무기는 무엇인가?
ⓐ 말채찍
ⓑ 권총
ⓒ 납을 넣은 지팡이
ⓓ 칼

《셜록 홈즈의 귀환》

18. 〈노우드의 건축업자〉에서 레스트레이드는 가정부가 존 헥터 맥팔레인을 유죄로 만들 만한 단서를 가르쳐 주었다고 했는데, 그 단서는 무엇인가?
ⓐ 지팡이
ⓑ 옷자락
ⓒ 머리카락
ⓓ 지문

19. 〈혼자 자전거 타는 사람〉에서 바이올렛 스미스는 무엇을 가르치는 가정 교사인가?
ⓐ 독일어
ⓑ 프랑스어
ⓒ 음악
ⓓ 미술

20. 〈여섯 개의 나폴레옹 상〉에서 홈즈는 어떤 방법으로 보석이 들어 있던 나폴레옹 상을 산산조각 냈는가?
ⓐ 사냥용 채찍
ⓑ 권총
ⓒ 바닥에 내던짐
ⓓ 왓슨의 지팡이

21. 〈세 학생〉에 등장한 '세 학생'의 키 순서는? (작은 사람부터 나열)
ⓐ 길크리스트 - 인도인 학생 - 맥라렌
ⓑ 인도인 학생 - 맥라렌 - 길크리스트
ⓒ 인도인 학생 - 길크리스트 - 맥라렌
ⓓ 맥라렌 - 인도인 학생 - 길크리스트

《공포의 계곡》

22. 모리어티 일당의 정보를 넘겨 준 자는 어떤 책에서 마지막 암호를 만들었는가?
ⓐ 성경

ⓑ 연감

ⓒ 철도여행 안내서

ⓓ 런던 소식지

23. 스카우러단의 만행을 기사로 내보냈다가 습격을 받은 신문사는 어디인가?

ⓐ 〈크로니클〉

ⓑ 〈타임스〉

ⓒ 〈스탠다드〉

ⓓ 〈해럴드〉

24. 버디 에드워즈가 스카우러단을 체포할 때, 에드워즈를 제외하고 그 방에 있었던 단원들은 총 몇 명이었나?

ⓐ 6명

ⓑ 7명

ⓒ 8명

ⓓ 9명

《셜록 홈즈의 마지막 인사》

25. 〈소포 상자〉에서 홈즈와 왓슨이 읽은 소포와 관련된 기사의 제목은 무엇인가?

ⓐ 〈낯선 소포 A Strange Packet〉

ⓑ 〈엉뚱한 소포 A preposterous Packet〉

ⓒ 〈신기한 소포 A Noble Packet〉

ⓓ 〈섬뜩한 소포 A Gruesome Packet〉

26. 〈죽어 가는 탐정〉에서 왓슨이 아픈 홈즈를 찾아 베이커 가에 갔을 때 벽난로 위의 장식장에서 '보지 못했던' 것은 무엇인가?

ⓐ 권총 총알

ⓑ 담배 상자

ⓒ 주사기

ⓓ 수첩

27. 〈프랜시스 카팍스 여사 실종 사건〉에서 카팍스 여사가 기절한 원인이 된 약물은 무엇인가?
ⓐ 클로로포름
ⓑ 할로세인
ⓒ 에테르
ⓓ 리도카인

《셜록 홈즈의 사건 수첩》

28. 〈세 명의 개리뎁〉에서 왓슨은 살인자 에번스가 쏜 총에 공격당했다. 총알이 스치고 지나간 부위는 어디인가?
ⓐ 어깨
ⓑ 허벅지
ⓒ 발목
ⓓ 옆구리

29. 〈토르 교 사건〉에서 깁슨 부인이 손에 쥐고 있던 던바 양의 편지에는 몇 시에 만나기로 적혀 있었는가?
ⓐ 8시
ⓑ 8시 반
ⓒ 9시
ⓓ 10시

30. 〈사자 갈기〉에서 사망한 맥퍼슨을 그리워하다 따라 죽은 개의 종은 무엇인가?
ⓐ 하운드
ⓑ 휘핏
ⓒ 스패니얼
ⓓ 테리어

※ 정답은 95쪽에 있습니다.

아서 코난 도일 경 연보

1859년	5월 22일, 스코틀랜드 에든버러에서 왕립 건설원 관리인 아버지 찰스 얼터먼트 도일과 어머니 메리 폴리 사이에서 태어남.
1871년 12세	스토니 허스트에 있는 예수회 칼리지의 예비학교인 호더 학원에서 3년간 수학한 뒤, 이 해에 칼리지에 입학함.
1875년 16세	스토니 허스트 학교 교장의 추천으로 오스트리아의 페르트키르히 학교로 유학을 감.
1876년 17세	뛰어난 성적으로 페르트키르히 학교를 졸업한 후 에든버러 의과대학에 입학함. 가계를 돕기 위해 의사 조수로 일함. 이때 코난 도일의 대학 은사였던 조셉 벨 교수는 독특한 유머와 날카로운 관찰력을 지닌 사람으로 후에 홈즈의 모델이 됨.
1879년 20세	남아프리카를 무대로 한 모험 소설인 《사샛사밸리의 수수께끼》가 〈체임버스 저널〉에 익명으로 실림.
1881년 22세	대학을 졸업하고 의사 자격증을 획득한 뒤 아프리카 서해안을 항해하는 화물선에 의사로서 승선함.
1882년 23세	9월, 포츠머스 시 교외에 위치한 사우스 시에서 병원을 개업함.
1885년 26세	7월, 의학박사 학위를 받음. 그해 8월에 루이자 호킨스와 결혼함.
1886년 27세	예전부터 동경하던 에드거 앨런 포와 에밀 가보리오의 영향을 받아 탐정 소설을 쓰기로 결심함. 이에 홈즈 시리즈 중 최초의 작품인 《진홍색 연구》를 완성하지만 출판사에서 출판을 허락하지 않아 이듬해에 출판하게 됨.
1889년 30세	2월, 역사소설인 《마이카 클라크》가 출판되어 인기를 얻음. 같은 해 두 번째 홈즈 시리즈인 《네 개의 서명》을 출간함.
1891년 32세	런던에서 안과 전문의로 개업했지만 잘되지 않자 의사 생활을 접고 작가로 살기로 결심함. 그해 6월 사우스 노드로 거주지를 옮김. 〈스트랜드〉에 홈즈 시리즈 단편을 차례대로 발표함.
1892년 33세	〈스트랜드〉에 발표되었던 12개의 단편을 모아 《셜록 홈즈의 모험》이라는 첫 홈즈 시리즈 단편집으로 출간함.

1893년 34세	〈스트랜드〉 12월호에 발표한 〈마지막 사건〉을 끝으로 일단 홈즈 시리즈를 마무리 지음. 같은 해 부친인 찰스 얼터먼트 도일 사망함.
1894년 35세	홈즈 시리즈의 두 번째 단편집인 《셜록 홈즈의 회상록》을 출간함.
1899년 40세	10월에 보어 전쟁이 일어나자 군의관으로 남아프리카 전선에 종군함.
1900년 41세	애국적인 작품 《대 보어 전쟁》을 출간함.
1902년 43세	세 번째 홈즈 시리즈 장편 《바스커빌 가의 사냥개》를 출간함. 같은 해 8월에 기사 작위를 받음.
1903년 44세	독자들의 요청으로 다시 홈즈 시리즈를 집필하기 시작함.
1905년 46세	세 번째 홈즈 시리즈 단편집인 《셜록 홈즈의 귀환》을 출간함.
1906년 47세	7월 4일, 아내 루이자 호킨스 사망.
1907년 48세	9월, 진 엘리자베스 레키와 재혼한 후 서식스 주로 이주함. 같은 해 변호사 에달지를 도와 그의 혐의를 풀어 줌.
1912년 53세	10월, 공상과학소설 《잃어버린 세계》를 출간함.
1914년 55세	네 번째 홈즈 시리즈 장편 《공포의 계곡》을 출간함.
1916년 57세	5년간 집필해 오던 여섯 권짜리 역사서 《프랑스와 영국의 플랑드르 전투》를 완성함.
1917년 58세	〈스트랜드〉에 단문 〈셜록 홈즈 씨의 성격에 대한 소고〉를 발표함. 홈즈 시리즈의 네 번째 단편집인 《셜록 홈즈의 마지막 인사》를 출간함.
1918년 59세	심령술에 관한 책인 《새로운 계시》를 출간함.
1924년 65세	자신의 자서전인 《회고와 모험》을 출간함.
1927년 68세	홈즈 시리즈의 다섯 번째 단편집인 《셜록 홈즈의 사건 수첩》을 출간함.
1930년 71세	7월 7일, 심근경색으로 자택에서 숨을 거둠.

셜록 홈즈 퀴즈 정답

《진홍색 연구》
1. ⓑ 2. ⓑ 3. ⓓ
《네 개의 서명》
4. ⓓ 5. ⓑ 6. ⓐ
《셜록 홈즈의 모험》
7. ⓓ 8. ⓓ 9. ⓒ 10. ⓑ
《셜록 홈즈의 회상록》
11. ⓐ 12. ⓒ 13. ⓑ 14. ⓑ
《바스커빌 가의 사냥개》
15. ⓑ 16. ⓓ 17. ⓐ
《셜록 홈즈의 귀환》
18. ⓓ 19. ⓒ 20. ⓐ 21. ⓑ
《공포의 계곡》
22. ⓑ 23. ⓓ 24. ⓑ
《셜록 홈즈의 마지막 인사》
25. ⓓ 26. ⓓ 27. ⓐ
《셜록 홈즈의 사건 수첩》
28. ⓑ 29. ⓒ 30. ⓓ

※ 몇 개나 맞히셨나요?

0~5개	아직 《셜록 홈즈》를 읽지 않으셨군요…….
6~15개	입문자 셜로키언, 조금 더 힘내세요!
16~25개	매우 꼼꼼하게 읽으셨군요. 훌륭합니다!
26~30개	당신은 진정한 셜로키언!

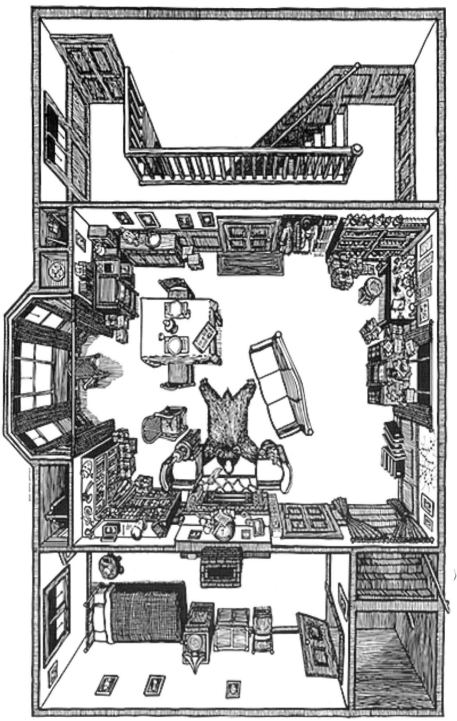

홈즈의 베이커 가 하숙집 평면도